凱信企管

用對的方法充實自己，
讓人生變得更美好！

用對的方法充實自己，
讓人生變得更美好！

用對的方法充實自己，
讓人生變得更美好！

用對的方法充實自己，
讓人生變得更美好！

英語自學1本通

單字、慣用語、會話 *ALL IN ONE*，
打造英語力，一本就夠！

專為自學者量身打造！

User's Guide 使用說明

想要自學提升英語力，隨時都可以！

你可以……

1. 按步就班，循序漸近的階段式學習；
2. 選擇最需要提升的階段努力，讓實力快速前進。

1 STEP 基礎：單字打底

學習從基礎開始，單字發音、詞性詞義、同反義字，再利用情境例句更熟悉單字用法及深刻記憶。

例 The **salesman** told her that today all items are 40% off the regular price.
售貨員告訴她今天所有的物品都打六折。

* **salesman** [ˋselzmən]
n. 售貨員

2 STEP 進階：實用慣用語

學習更上一層樓，慣用語讓英文更精進。以廣角包圍式學習，包括：同反義詞彙、精準的對話詞意練習，一次學好學滿，語意表達更精準。

＊跟上
A：Hey! Slow down! I can'
B：Walk faster, or we'll be

＊保持
A：Nice job. **Keep up** the
B：Thanks boss. 謝謝老闆

同 retain，preserve，maintain／保持
反 disheartenment 氣餒，abandon 放棄

3 STEP 達標：生活會話

用簡單、實用的日常會話，建立溝通的信心！還能同步延伸學更多的替換句／相關會話，英文溝通靈活又流利。

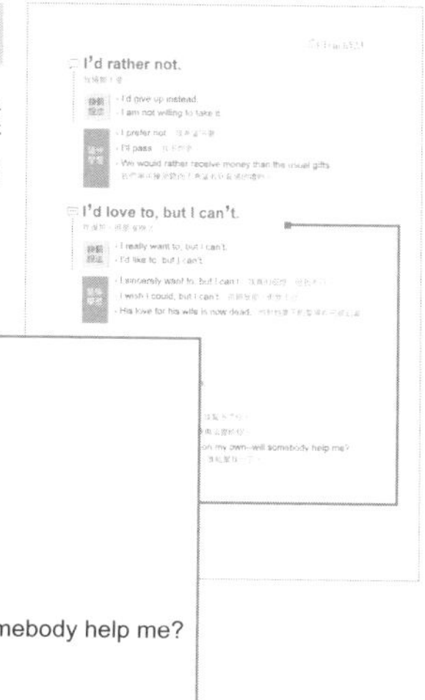

't help you.

換個說法

u are on your own.

uld not help you.

延伸學習

n't be any help. 我幫不了你。

n't assist you. 我無法協助你。

an't push the cart on my own--will somebody help me?

一個人推不動這輛車，誰能幫我一下？

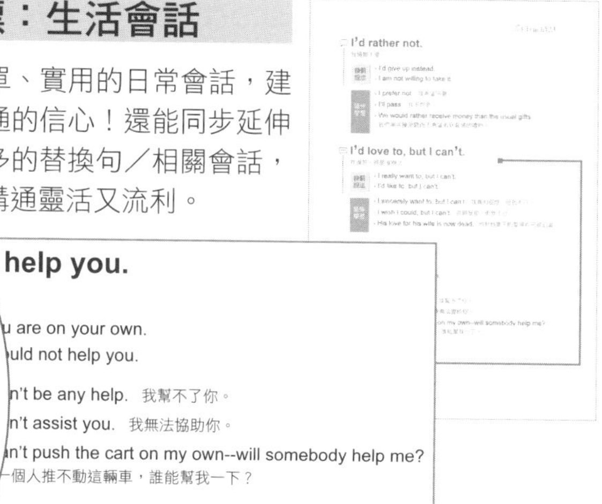

4 PLUS 聽力與口語同步鍛鍊

全書收錄外師隨掃即聽「單字X例句X慣句語X生活會話」音檔，時時都能用音檔沉浸在英語環境裡，強化聽力與道地口語。

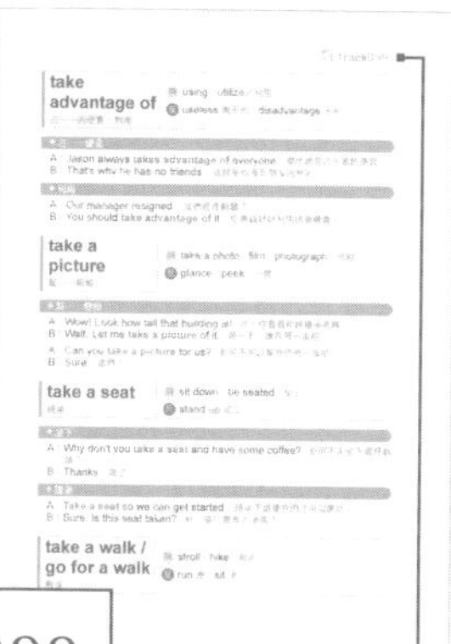

Track099

全書音檔雲端連結

因各家手機系統不同，若無法直接掃描，仍可以至以下電腦雲端連結下載收聽。（https://tinyurl.com/44c9k39t）

Preface 作者序

以前我在教英文的時候，很多學生跟我說：「若不是為了升學，非要提升英文成績，真的很不喜歡唸英文啊！真的太辛苦了……」。

這時候，我都會不厭其煩的跟他們說：「其實，英文變得流利（厲害），生活真的會大不同；你真的會覺得人生更加精彩！例如：想到國外旅遊時，隨時都能說走就走；或是工作時接待國外客戶，當你能溝通流利一定也能讓老闆刮目相看；甚至外語頻道、國際網路訊息你都能得到第一手資料……這些種種都能頓時拉高你的人生高度，為什麼要排斥呢？」

而這些好處，也是在我把英文學好之後，真實所感受到的！我不僅能把所學跟大家分享，還能隨著計劃順利地出國唸書，親自感受世界之美，「英文力」真的是很重要的關鍵！

另外，我也常聽不少的人說，也想把英文學好，但是阻力也不少，例如：生活忙碌，時間難以調配、擔心自己的程度上補習班或線上課程壓力太大、補習費用太高……。

因此，我特別規劃了這一本書－《英語自學1本通：單字、慣用語、會話 ALL IN ONE，打造英語力，一本就夠！》讓英文學習不再困難！從單字、發音、慣用語到生活會話，只要你願意每天花一點時間，在家裡自行規劃能夠達標的進度，跟著本書循序漸進或自行選擇需要補強的部分開始自學，假以時日，英文程度絕對能夠大進步，讓自己都驚豔不已。

我還是要再一次重申：學英文永遠都不嫌晚！不管程度，不論年齡，無論你是想重新開始學習的大人、上班族，或是想讓孩子打好基礎，進而流利說英文的家長都可以，只要肯學，只要開始，隨時都沒問題！

Contents 目錄

PART 1
生活單字

PART 1 音檔雲端連結

因各家手機系統不同，若無法直接掃描，仍可以至以下電腦雲端連結下載收聽。
（https://tinyurl.com/5n82p6kt）

Track001

★ above [əˋbʌv]

prep. 在……上面，在……之上

同 on 在……上面／up 向上／upon 在……之上

例 Anny hoped her grades to be **above** the average grade.
安妮希望她的成績能高於平均分數。

★ across [əˋkrɔs]

prep. 橫越，橫過

同 cross 交叉／橫過

例 He laid two sticks **across** each other.
他把兩根棍子交叉地放著。

★ act [ækt]

v. 行為，舉動，扮演……角色

n. 法令

同 behave 行為表現／do 做，實行

例 He **acts** an important role.
他扮演了一個重要角色。

例 Parliament has passed an **act** forbidding the killing of rare animals.
國會通過了一項法令，禁止捕殺稀有動物。

★ action [ˋækʃən]

n. 行動，活動，姿態，動作

同 behavior 行為
performance 執行，表演

例 She had a fine **action**.
她姿態優美。

★ active [ˋæktɪv]

adj. 活躍的，主動的，積極的

同 lively 活躍的
energetic 積極的，精力充沛的

例 He is very **active** at work.
他工作很積極。

★ activity [ækˋtɪvətɪ]

n. 活動，活躍

同 movement 運動，活動
action 行動

例 We will find a fun **activity** for the Christmas party next month.
我們將為下個月的聖誕派對找一個有趣的活動。

例 The classroom was full of **activity**; every child was busy.
教室裡充滿了活躍的氣氛，每個孩子都忙個不停。

★ actor [ˋæktɚ] n.（男）演員

同 performer 表演者
entertainer 演藝人員

例 He is an excellent professional **actor**.
他是一個優秀的專業演員。

★ actress [ˋæktrɪs] n. 女演員

例 The **actress** fluffed her lines.
那位女演員說錯了台詞。

★ actually [ˋæktʃuəlɪ]

adv. 實際上，事實上

例 **Actually**, it's we that owe you a lot.
實際上，應該是我們感謝您。

*** add** [æd]
v. 增加，加上，補充

同 increase 使增加／join 接合／sum up 總和

例 **Add** a few more names of laborers to the list.
名單上再加上幾個工人的名字。

*** address** [ə`drɛs]
n. 住址，地址
v. 對……說話

同 abode 住所，住處／greeting 問候，致敬

例 Mr. Johnson wrote down his **address** clearly.
強森先生清楚的寫下他的**地址**。

例 The football captain **addressed** his team.
足球隊長向隊員**講話**。

*** admire** [əd`maɪr]
v. 欽佩，讚美，讚賞

同 despise 讚美／appreciate 讚賞

例 I **admire** her for her bravery.
我**欽佩**她的勇氣。

*** adult** [ə`dʌlt] n. 成人

同 full-grown 成人／grown-up 成人／mature 成熟的／of age 成年

例 The **adults** teach them these skills.
大人們教他們這些技術。

*** advertisement**
[ˌædvɚ`taɪzmənt]
n. 廣告，啟事，宣傳

例 I always skip the **advertisement** section when I'm reading papers.
看報紙時我總會略過**廣告**。

*** advice** [əd`vaɪs]
n. 勸告，忠告，忠言

同 counsel 忠告／direction 教導

例 **Advice** is seldom welcome.
忠言多逆耳。

*** advise** [əd`vaɪz] v. 勸告

例 I shall do as you **advise**.
我應該依照你的**忠告**去做。

*** affect** [ə`fɛkt] v. 影響，感動

同 influence n. 影響，感化，勢力，有影響的人（或事），（電磁）感應 vt. 影響，改變／move 改變，移動

例 Smoking **affects** health.
吸菸**影響**健康。

例 I was deeply **affected** by the news.
我深深被這消息所**感動**。

*** afraid** [ə`fred]
adj. 害怕的，恐懼的

同 cowardly 恐懼的／fearful 害怕的

例 At the news, the old lady was so **afraid** that her face was drained of blood.
新聞中，老太太**嚇得**臉上失去了血色。

*** again** [ə`gɛn]
adv. 再一次，此外

同 afresh 再／anew 再／on the other hand 此外

例 I might, and **again** I might not.
我有可能會，**此外**也有可能不會。

★ **against** [ə`gɛnst]
prep. 反對，靠著，逆

同 in opposition to 反對／versus 對抗

例 We sailed **against** the wind.
我們逆風航行。

★ **agree** [ə`gri] v. 同意，贊成

同 accept 接受／approve of 認可

例 I quite **agree** with what you say.
我相當**贊成**你所說的。

★ **ahead** [ə`hɛd]
adv. 在前面，在前方

同 forward 在前面

例 Walk straight **ahead** until you reach the river.
一直向前走，直到你到河邊。

★ **aim** [em] v. 目標，目的，瞄準

同 direct 目標／end 目的

例 He **aimed** with the gun.
他用槍**瞄準**。

例 I **aim** to be a lawyer.
我的**目標**是要當個律師。

★ **air conditioner**
[`ɛr͵kən`dɪʃənɚ]
n. 冷氣機，空氣調節設備

例 An **air conditioner** is very necessary in July in Beijing.
在七月的北京，有台**冷氣機**是十分必要的。

★ **airline** [`ɛr͵laɪn]
n. 航空公司，航線

例 My mother often travels with China **Airlines**.
我母親常常搭中華**航空**的飛機去旅行。

例 Domestic **airline** is out of service today because of the typhoon.
國內**航線**今天因為颱風全面停止服務。

★ **airplane** [`ɛr͵plen] n. 飛機

同 plane 飛機

例 We go there by **airplane**.
我們搭**飛機**去那兒。

★ **alarm** [ə`lɑrm]
n. 警報，警報器
v. 使驚慌，使……驚慌

同 agitate 驚慌／arouse 驚異

例 They heard the fire **alarm**.
他們聽到了火警**警報**。

★ **album** [`ælbəm] n. 相簿

同 photograph 相片

例 My **album** is nice.
我的**相簿**很棒。

★ **alone** [ə`lon] adj. 單獨的，只有

同 isolate 孤獨的／lonely 孤單的

例 He **alone** knows the secret.
只有他一人知道祕密。

★ **along** [ə`lɔŋ]
prep. 沿著，循，沿

例 We walked **along** the river.
我們**沿著**河走。

★ **alphabet** [`ælfə͵bɛt]
n. 字母，字母表，入門

同 letter 字母

例 The **alphabet** is on the last page.
字母表在最後一頁。

例 The **alphabet** of law is really an important part to all the law school students.
法學**入門**對所有法學院的學生來說是很重要的一部分。

★ **altogether** [ˌɔltəˋgɛðɚ]
adv. 總共，完全地

同 completely 完全地／entirely 完全地

例 He's not **altogether** sure what to do.
他不完全知道該怎麼做。

★ **ambulance** [ˋæmbjələns]
n. 救護車

例 They helped her into the **ambulance**.
他們扶她上了**救護車**。

★ **ancient** [ˋenʃənt]
adj. 古老的，遠古的，古代的

同 aged 老的／antique 古老的，古玩

例 It's really a very **ancient**-looking dress.
這真的是一件樣式很**古老的**衣裳。

★ **ankle** [ˋæŋkḷ] n. 腳踝

例 My **ankle** is badly swollen.
我的**腳踝**腫得很厲害。

★ **apartment** [əˋpɑrtmənt]
n. 公寓

同 flat 公寓

例 I wish I could have a garden **apartment** someday.
我希望我有天能擁有一個附有花園的**公寓**住宅。

★ **apologize** [əˋpɑləˌdʒaɪz]
v. 道歉，認錯

例 I **apologized** to her for stepping on her foot.
我因為踩到了她的腳而向她**道歉**。

★ **appreciate** [əˋpriʃɪˌet]
v. 感激，欣賞， 鑒賞

同 enjoy 欣賞／respect 尊敬

例 I **appreciate** your help.
我**感謝**你的幫助。

★ **argue** [ˋɑrgjʊ] v. 爭論，辯論

同 discuss 爭論

例 They **argued** their actions had nothing to do with the riot, but I think that's debatable.
他們**辯解**說他們的行為與這次暴動沒有關係，但我認為這話未必正確。

★ **armchair** [ˋɑrmˌtʃɛr]
n. 扶手椅，有扶手的椅子
adj. 理論性的，不切實際的

例 He is just an **armchair** strategist.
他不過是個**扶手椅上的**戰略家（紙上談兵者）。

★ **arrange** [əˋrendʒ]
v. 安排，整理，計畫

同 adapt 採取……行動／catalog 編製目錄

例 He **arranged** the books on the shelf.
他把書架上的書**整理**了一下。

★ **asset** [ˋæsɛt]
n. 財產，寶貴的人材，有利條件

同 accounts 帳目／capital 資產

例 Ability to get along with people is an **asset** in business.
在工作上善於跟別人相處是**可貴的優點**。

*** assistant** [əˋsɪstənt]
n. 助手，助理

例 He became an **assistant** cook after he graduated from the technological school.
他在技術學校畢業後當上了副廚師（二廚）。

*** assume** [əˋsum]
v. 認為，承擔，負起

同 adopt 採納／believe 認為

例 I **assume** you always get up at the same time.
我**想**你總是在同一個時間起床。

*** attention** [əˋtɛnʃən]
n. 注意，專心

同 care 關心／concern 專心

例 Please give it your **attention**.
請對此多加**關注**。

*** available** [əˋveləbl̩]
adj. 可獲得的，可利用的，有用的

同 at hand convenient 有用的

例 Attention, please. These tickets are **available** on (the) day of issue only.
請注意！這種車票僅在發售當天**有效**。

*** avoid** [əˋvɔɪd] v. 避免，避開

同 evade 避免／keep away from 避開

例 I crossed the street to **avoid** meeting him, but he saw me and came running towards me.
我穿越馬路以便**避開**他，但是他看到了我並朝著我跑過來。

*** babysitter** [ˋbebɪsɪtɚ] n. 保姆

例 She is my **babysitter**.
她是我的**保姆**。

*** backward** [ˋbækwɚd]
adj. 向後的，反向的

例 Without a **backward** glance, he walked away.
他連一眼都不往回看的走掉了。

*** badminton** [ˋbædmɪntən]
n. 羽毛球

例 I like playing **badminton**.
我喜歡打**羽毛球**。

*** bake** [bek] v. 烘烤，烘，烤

同 toast 烤

例 Do you like **baked** chicken?
你喜歡吃**烤**雞肉嗎？

*** bakery** [ˋbekərɪ]
n. 麵包店，麵包廠

例 The **bakery** is on the corner.
麵包店在轉角處。

*** balcony** [ˋbælkənɪ] n. 陽臺

例 My **balcony** is big.
我的**陽臺**很大。

★ **balloon** [bəˋlun]
n. 氣球 v. 增加

同 increase 增加

例 I bought 5 **balloons** for my son.
我給兒子買了五個氣球。

例 Membership **has ballooned** beyond all expectations.
會員的**增加**比預期要快。

★ **barbecue** [ˋbarbɪkju]
n. 烤肉，郊外舉行的烤肉

例 A grill, pit, or outdoor fireplace for the **barbecue** is really necessary.
用於**燻烤肉類**的烤架、坑洞或戶外烤爐。

★ **barber** [ˋbarbɚ] n. 理髮師

例 The **barber** is skillful.
這位**理髮師**技術很好。

★ **bark** [bark] v. 吠叫，吼叫

例 **Barking** dogs do not bite.（諺）；**Barking** dogs seldom bite.（諺）
會**叫**的狗不咬人。

★ **base** [bes] n. 基礎

同 bottom 底／foundation 根基

例 The bottle has a flat **base**.
瓶子有一個平的**底**。

★ **basement** [ˋbesmənt]
n. 地下室，地窖

例 It is rather damp in the **basement**.
地下室很潮濕。

★ **basket** [ˋbæskɪt] n. 籃子，籃網

例 They were carrying several **baskets** of fruit to the market.
他們提著幾籃水果到市場。

★ **bat** [bæt] n. 蝙蝠 v. 擊球

例 I don't like **bats**.
我不喜歡**蝙蝠**。

例 Our team is **batting** first and will be fielding later.
我們隊會先**擊球**，晚一點才會接球。

★ **bathe** [beð] v. 給……洗澡

例 The doctor told him to **bathe** his eyes twice a day.
醫生叫他每天洗眼睛兩次。

★ **beach** [bitʃ] n. 海灘，海濱

同 coast 海岸

例 The little **beach** hotel has a pleasant ambience.
這家**海濱**小旅館的環境幽雅宜人。

★ **bean** [bin] n. 豆子

同 soy 大豆

例 Coffee **beans** are bitter.
咖啡**豆**是苦的。

★ **bear** [bɛr] n. 熊 v. 產出

例 Have you heard the story of the Three **Bears**?
你聽過三隻小熊的故事嗎？

例 Different trees **bear** different fruits.
什麼樣的樹結什麼樣的果。

★ **beard** [bɪrd]
n. 鬍子，鬍鬚，落腮鬍

例 He is wearing a **beard**.
他正留著鬍鬚。

★ **beat** [bit] v. 打

同 bat 拍／blow 吹／clout 打

例 The rain was **beating** on the deck.
當時雨正打在甲板上。

★ **beginner** [bɪˋgɪnɚ] n. 初學者

同 starter 創始人

例 He wrote a book for **beginners** of economics.
他寫了一本經濟學初學者的入門書。

★ **behave** [bɪˋhev] v. 行為舉止

例 You **behaved** despicably!
你的行為真卑鄙！

★ **bell** [bɛl] n. 鐘，叫聲

例 There is a big **bell** in the temple.
廟裡有個大鐘。

例 The **bell** of a stag is sharp.
雄鹿的叫聲很尖。

★ **belt** [bɛlt] n. 皮帶

例 I need a **belt** to keep up my trousers.
我需要一條皮帶繫褲子。

★ **bench** [bɛntʃ]
n. 長椅，長凳，法官

例 He was appointment to the **bench**.
他被任命為法官。

★ **beside** [bɪˋsaɪd]
prep. 在……旁邊，除此之外

同 next to 在……旁邊

例 The refrigerators of this factory can be ranked **beside** the best of their kind in the world.
這家工廠的冰箱比得上國際上最好的同類產品。

★ **besides** [bɪˋsaɪdz]
prep. 此外，除……之外

同 except 除……之外還

例 I don't want to come out now, and **besides**, I have to work.
我現在不想出去，而且我還得工作。

★ **bike** [baɪk] n. 腳踏車，自行車

同 bicycle 自行車

例 Jack rides a **bike** to school everyday.
傑克每天都騎腳踏車上課去。

★ **bill** [bɪl]
n. 帳單，發票，議案，法案

同 recepit 發票

例 The **bill** carried the Senate.
這項法案獲得參議院通過。

★ **biology** [baɪˋɑlədʒɪ] n. 生物學

例 The **biology** of bacteria can be quite hard to understand.
細菌生物學有時會很難理解。

★ **bite** [baɪt] v. 咬

例 My dog doesn't **bite**.
我的狗不會咬人。

★ **bitter** [ˋbɪtɚ]
adj. 苦的，嚴酷的，刺骨的

例 He has had in a **bitter** disappointment.
他很嚴重地失望。

★ **blame** [blem] v. 責備

同 accuse 控訴／censure 責難

例 Don't **blame** it on him, but on me.
別怪他，該怪我。

★ **blank** [blæŋk] adj. 空白的

同 empty 空的／vacant 空的

例 Write your name, address and telephone number in the **blank** spaces at the top of the page.
在這一頁最上面的空白處寫上你的姓名、地址和電話號碼。

★ **blanket** [ˋblæŋkɪt]
n. 毯子，氈， 覆蓋層

例 The **blanket** is not thick enough.
毯子不夠厚。

例 The lake is full with a **blanket** of mist.
湖上佈滿了一層霧。

★ **blind** [blaɪnd]
adj. 盲的，不能了解，不願了解

例 He is **blind** to the effect of his actions.
他不瞭解他的行為可能帶來的後果。

★ **block** [blɑk]
n. 區，區域，一區，一組

例 We need a **block** of seats in the theater.
我們需要劇院中的一組座位。

★ **blood** [blʌd] n. 血，血氣

例 The sudden sound of footsteps in silence made her **blood** run cold.
靜寂中突然響起腳步聲使她感到毛骨悚然。

★ **blouse** [blaus]
n. 女用上衣，短衫

例 This **blouse** is not fashionable.
這件短衫不流行了。

★ **blow** [blo] v. 吹，響

例 The winds **blow** across the sea, pushing little waves into bigger and bigger ones.
風吹過海面，把小的浪花推向前進，變成越來越大的浪花。

★ **boat** [bot] n. 船

同 ship 船

例 Are you going by **boat** or by air?
你是搭船去還是搭飛機去？

★ **boil** [bɔɪl] v. 沸騰

例 Those sweet potatoes have been **boiling** away for 20 minutes.
那些紅薯已經煮沸二十分鐘了。

★ **bookcase** [ˋbukˏkes]
n. 書架， 書櫃書樹

例 The **bookcases** are in each of my rooms.
我每個房間裡都有一個書櫃。

★ **borrow** [ˋbɑro]
v. 借（入），借用

同 lend 借

例 I **borrowed** $200 from my friend.
我向朋友借了200美元。

⋆ bottom [ˋbɑtəm] n. 底部

同 base 基礎／foundation 根基

例 There is some tea left at the **bottom** of your cup.
你的杯**底**剩下一些茶。

⋆ bow [baʊ / bo]
v. 鞠躬 n. 蝴蝶結

例 The little girl tied the ribbon in a **bow**.
那個小女孩把緞帶打成個**蝴蝶結**。

⋆ branch [bræntʃ]
n. 樹枝，枝狀物，分公司

例 The company's head office is in the city, but it has **branches** all over the country.
那間公司的總部在這個城市，但它的**分公司**遍佈全國各地。

⋆ brave [brev]
adj. 勇敢的 v. 勇敢地面對

同 bold 勇敢的／courageous 有勇氣的

例 St. George **braved** the dragon.
聖喬治**勇敢面對**那條龍。

⋆ brick [brɪk] n. 磚，磚頭

例 This is a house built of **brick**.
這是一所**磚**造的房子

⋆ broadcast [ˋbrɔdˏkæst]
v. 廣播，播出，散播

例 Radio Beijing **broadcasts** on a dozen different frequencies.
北京電臺以12種不同的頻率進行**廣播**。

⋆ brunch [brʌntʃ] n. 早午餐

例 I have **brunch** on holidays.
我放假時都吃**早午餐**。

⋆ bucket [ˋbʌkɪt]
n. 水桶，提桶 v. 顛簸

例 This **bucket** is not big enough.
這個**水桶**不夠大。

例 The cars **bucketed** down the road.
成打車子在路上**顛簸**而行。

⋆ buffet [ˋbʌfət] n. 自助餐

例 I prefer **buffet**.
我比較喜歡**自助餐**。

⋆ bun [bʌn] n. 小圓麵包

例 The **bun** is not sweet.
那個**小圓麵包**不甜。

⋆ bundle [ˋbʌndḷ]
n. 一大堆，包裹，捆 vt. 匆忙忙

例 They **bundled** the children off to school.
他們**匆匆忙忙**把孩子送去上學。

⋆ burst [bɝst]
v. 爆破，爆裂，衝，闖

同 broken 爆破／exploded 爆裂

例 She **burst** through the door.
她**闖**進門。

⋆ business [ˋbɪznɪs]
n. 生意，職責

例 **Business** has been bad this year.
今年**生意**很糟糕。

例 It's a teacher's **business** to make children learn.
讓孩子學習是一位當老師的**責任**。

⋆ butter [ˋbʌtɚ] n. 奶油，醬

例 I like bread with peanut **butter** .
我喜歡吃麵包加花生**醬**。

⋆ butterfly [ˋbʌtɚ͵flaɪ] n. 蝴蝶

例 He swims the **butterfly** stroke with good technique.
他蝶式游得很好。

⋆ button [ˋbʌtn̩]

n. 按鈕，扣子，服務員

例 This **botton** is only a decoration.
這個**按鈕**只是一個裝飾。

例 Send for the **buttons**!
叫**服務員**來！

⋆ by [baɪ] prep. 搭乘

同 lift 搭乘

例 He's just standing **by** the window!
他就站在窗戶**旁邊**啊！

⋆ cabbage [ˋkæbɪdʒ] n. 包心菜

例 I planted some **cabbage**.
我種了一些**包心菜**。

⋆ cable [ˋkeb!]

n. 電纜，纜繩，繩索，越洋電報

同 cord 繩子／rope 繩

例 We have already advised you by **cable**.
我們已發**電報**通知你。

⋆ cage [kedʒ] n. 籠子

例 My mother viewed her life as a bird in a **cage**.
我的母親認為她的生活就像一隻**籠**中鳥。

⋆ calendar [ˋkæləndɚ] n. 日曆

例 Their five-year-old son is able to use the **calendar** to count how many days it is until his birthday.
他們五歲的兒子能用**日曆**算出離他的生日還有多少天。

⋆ calm [kɑm] v. 使平靜

同 peaceful 平靜的／quiet 安靜的

例 It was difficult to **calm** down the football fans.
要使足球迷們**平靜**下來是很困難的。

⋆ can [kæn]

aux. 能，會 n. 罐頭

例 Food in **cans** is called canned food.
食品裝在**罐頭**裡的叫罐頭食品。

例 Difficulties **can** and must be overcome.
困難是**能夠**而且必須被克服的。

⋆ cancel [ˋkæns!] v. 取消，消去

同 erase 抹掉

例 The concert was **cancelled**.
演唱會已經**取消**了。

⋆ cancer [ˋkænsɚ]

n. 癌症，癌，弊端

例 Bureaucracy is the **cancer** of our society.
官僚主義是我們社會的**弊端**。

⋆ carpet [ˋkɑrpɪt]

n. 地毯 vt. 斥責

同 mat 門毯／rug 門墊

例 He was **carpeted** for bad work.
他因工作表現不佳而受到**訓斥**。

★ carrot [ˋkærət] n. 胡蘿蔔

例 My boss prefers a policy of (the) stick and (the) **carrot**.
我老闆喜歡**賞**罰分明的政策。

★ cassette [kæˋsɛt] n. 卡式錄音帶卡式匣，盒子

同 tape 錄音帶

例 Put a new **cassette** in the cassette recorder to see whether it works normally.
放一捲新的**錄音帶**到錄音機裡，看看是否能正常運轉。

★ castle [ˋkæsl̩] n. 城堡

例 In this old **castle**, you can see cannons from the 17th century.
在這座古老的**城堡**裡，你可以看到十七世紀的炮台。

★ ceiling [ˋsilɪŋ] n. 天花板，最大限度

例 He has a low **ceiling** of tolerance.
他的容忍力上限很低（氣量小）。

★ celebrate [ˋsɛlə͵bret] v. 慶祝，慶賀，舉行，頌揚

例 Lu Xun will be forever **celebrated** as the glorious harbinger of a new Chinese cultural movement.
魯迅將永遠作為中國新文化運動的光榮先驅而受人**頌揚**。

★ chart [tʃɑrt] n. 圖表

例 He needs a weather **chart** to finish his report.
他需要一份天氣圖來完成他的報告。

★ chase [tʃes] v. 追，追逐，追捕

同 drive away follow 駕車尾隨

例 The Johnsons' cat likes to **chase** the mice.
強森家的貓喜歡**追逐**老鼠。

★ chemistry [ˋkɛmɪstrɪ] n. 化學，化學性質

例 The **chemistry** of carbon is quite interesting.
炭元素的**化學特性**非常有趣。

★ chess [tʃɛs] n. 西洋棋

例 Let's have a game of **chess**!
我們來下一盤**西洋棋**吧！

★ childish [ˋtʃaɪdɪʃ] adj. 幼稚的，孩子氣的

同 childlike 天真的

例 **Childish** arguments are not the useful way to solve the problem.
幼稚的爭論不是解決問題的有效方式。

★ chin [tʃɪn] n. 下巴

例 She has a narrow **chin**.
她有一個尖尖的**下巴**。

★ chopsticks [ˋtʃɑp͵stɪks] n. (pl.) 筷子

例 When you go to a Chinese restaurant, you have to use **chopsticks** instead of a knife and fork.
到中國餐館用餐時，不用刀叉而是用筷子。

★ chubby [ˋtʃʌbɪ] adj. 圓胖的

同 chunky 矮胖的／corpulent 肥胖的

例 My younger brother is a **chubby** boy.
我的小弟是個**圓胖的**孩子。

★ **clap** [klæp] v. 拍手，鼓掌

同 applause 鼓掌／bang 拍手

例 The coach **clapped** the new member of his team on the back to suggest his encouragement.
教練輕輕**拍了**拍新來隊員的背以表示鼓勵。

★ **clerk** [klɝk]
n. 店員，職員，教堂執事

例 She found a new job to work as a correspondence **clerk**.
她找到了一份新工作，職位是**文書**。

例 The **clerks** are busy now.
店員們正忙。

★ **clever** [ˋklɛvɚ]
adj. 聰明的，伶俐的

同 bright 聰明的／smart 聰明的

例 My brother is **clever** at dealing with business.
我弟弟**擅於**經商。

★ **cockroach** [ˋkakˏrotʃ]
n. 蟑螂

例 My room is full of cockroaches.
我屋子裡到處都是**蟑螂**。

★ **collect** [kəˋlɛkt] v. 收集，聚集

同 accumulate 累積／assemble 收集整理

例 A crowd had **collected** to watch the ceremony.
人群**聚集**觀看典禮。

★ **college** [ˋkalɪdʒ] n. 大專

同 university 大學／institute 學院

例 The **college** is located next to the airport.
那所**大學**在機場旁邊。

★ **comb** [kom]
n. 梳子 v. 用梳子梳理

例 Have you **combed** your hair?
你**梳過**頭髮了嗎？

★ **command** [kəˋmænd]
v. 命令，指揮，統率

同 order 命令

例 A general is a man who **commands** a large number of soldiers.
將軍是**統率**眾多士兵的人。

★ **comment** [ˋkamɛnt]
n. 評論，意見

同 mention 意見／note 評論

例 He made a **comment** about that news.
他對那條新聞發表**評論**。

★ **common** [ˋkamən]
adj. 常見的，普通的

同 usual 普通的

例 Snow is **common** in cold countries.
在寒冷的國家雪是**常見的**。

★ **company** [ˋkʌmpənɪ] n. 公司

同 association 協會／business 生意

例 He is working in a shipping **company**.
他在一家運輸**公司**工作。

★ **compare** [kəmˋpɛr] v. 比較

同 contrast 相對／confront 比較

例 Living in a town can't **compare** with living in a city in many respects.
在許多方面，在城鎮生活**比不上**在都市生活。

⋆ complain [kəm`plen] v. 抱怨

同 grumble 發牢騷

例 Almost immediately, he began to **complain** about the weather.
他幾乎立刻就開始**抱怨**起天氣來了。

⋆ complete [kəm`plit] adj. 完成的，完整的

同 close up 完成的／accomplished 完成的

例 When will the work on the highway be **complete**?
高速公路什麼時候能完工？

⋆ confident [`kɑnfədənt] adj. 有信心的，確定的

同 believing 相信／certain 確實的

例 Peter is **confident** of winning the post as the assistant of the managing director.
彼得**有信心**他能獲得總經理助理的職位。

⋆ confuse [kən`fjuz] v. 使困惑，使迷惑

同 complicate 使混亂／jumble 混亂

例 We tried to **confuse** the enemy.
我們試圖**迷惑**敵人。

⋆ congratulation [kən͵grætʃə`leʃən] n. 祝賀

例 I offer my **congratulations** on her success.
我對她的成功表示**祝賀**。

⋆ consider [kən`sɪdɚ] v. 考慮，仔細考慮

同 contemplate 思考／deliberate 考慮

例 The court would not even **consider** his claim.
法庭根本不會**考慮**他所提出的要求。

⋆ considerate [kən`sɪdərɪt] adj. 體貼的，應考慮的

同 kind 友善的／sympathetic 有同情心的

例 He is a **considerate** person.
他是一個**體貼的**人。

⋆ contact lens [`kɑntækt lɛns] n. 隱形眼鏡

例 I wear **contact lenses**.
我戴**隱形眼鏡**。

⋆ continue [kən`tɪnju] v. 繼續

同 go on 繼續

例 According to the weather report, the weather will **continue** to be fine till this weekend.
根據天氣預報，好天氣會**持續**到周末。

⋆ contract [`kɑntrækt] n. 合約 v. 簽約

同 agreement 協議／alliance 合約

例 Their firm have **contracted** to build a bridge across the river.
他們公司已**簽約**承建一座橫跨這條大河的大橋。

⋆ cookie [`kukɪ] n. 餅乾，傢伙

同 biscuit 餅乾

例 I can make **cookies** by myself.
我會自製**餅乾**。

例 The lawyer is a tough **cookie**.
這個律師是個幹練的**傢伙**。

⋆ corner [`kɔrnɚ] n. 轉角，角落

例 Do not stand at a **corner** of the street, it's very dangerous.
不要站在街道**轉角處**，這樣很危險。

★ correct [kə`rɛkt]
adj. 正確的 v. 改正

同 right 正確的

例 Please **correct** this mistake.
請改正這個錯誤。

★ cotton [`kɑtn̩] n. 棉

例 My mother prefers a **cotton** dress.
我母親喜歡棉製衣服。

★ couch [kaʊtʃ]
n. 長沙發 v. 表達

例 The refusal was **couched** in friendly language.
這友善的語言表達了拒絕之意。

例 I like to lie on the **couch** and watch TV all day in holidays.
假日時我喜歡躺在沙發上看一整天電視。

★ cough [kɔf] n. 咳嗽

例 The child had a bad **cough**, so his mother took him to the doctor.
這孩子咳得很厲害，所以他媽媽帶他去看醫生。

★ count [kaʊnt]
v. 數，算出總數，有價值

同 add 加／accumulate 累積

例 My youngest brother tried to **count** from 1 to 100 in 2 minutes.
我最小的弟弟試著在兩分鐘內從1數到100。

例 Every second **counts**.
每一秒鐘都很重要。

★ country [`kʌntrɪ]
n. 鄉下，國家

同 nation 國家

例 To live in the **country** is much easier than in the city for old men.
對老人們來說居住在鄉下比住在都市中容易得多了。

★ couple [`kʌpl̩] n. 一對，配偶

例 My brother and his wife are a happy **couple**.
我弟弟和他的妻子是幸福的一對。

★ courage [`kɝɪdʒ] n. 勇氣

同 boldness 勇敢／bravery 勇氣

例 The soldier had shown great **courage** in the battle.
這個戰士在戰役中表現得非常英勇。

★ course [kors] n. 路線，課程

同 channel 航線／direction 方向

例 The ship was blown off **course**.
那艘船被吹離航線。

★ court [kort]
n. 法庭，球場（地）

例 There's a big tennis **court** in our community.
我們社區裡有個大網球場。

★ cousin [`kʌzn̩]
n. 堂（表）兄弟姊妹，性情相近的人

例 Mary is one of Johny's **cousins**.
瑪莉是強尼的堂妹之一。

★ cover [`kʌvɚ]
v. 覆蓋，掩蓋，採訪

同 comprise 覆蓋／conceal 掩蓋

例 She **covered** the table with a cloth.
她用一塊布把桌子覆蓋了起來。

例 She **covered** a fire for a newspaper yesterday.
她昨天為報紙採訪了一篇失火的新聞。

*** crab** [kræb]
n. 螃蟹 v. 吹毛求疵

例 Old age had **crabbed** my nature.
年老使我的性格變得吹毛求疵。

*** crayon** [ˋkreən] n. 蠟筆，炭筆

例 I prefer to draw with a **crayon**.
我比較喜歡用蠟筆畫畫。

*** crazy** [ˋkrezɪ]
adj. 發瘋的，狂熱的

同 daft 痴傻的／insane 發瘋的

例 He's **crazy** to drive his car so fast.
他把車開得這麼快，真是瘋了。

*** create** [krɪˋet] v. 創造

同 invent 創造發明

例 We've **created** a beautiful new house from an old ruin.
我們已經把破舊屋重建成一棟美麗的新房子。

*** crime** [kraɪm]
n. 罪行，犯罪行為

同 evil 邪惡／sin 罪惡／wrong doing 犯罪行為

例 Killing people is a **crime**.
殺人是一種罪行。

*** cross** [krɔs]
n. 橫過，雜交，穿越，混合

同 interbreed 雜交／pass 通過

例 A tiglon is a **cross** between a lion and a tiger.
虎獅是獅子和老虎的混種。

*** crowd** [kraud] n. 群眾

同 people 民眾

例 He writes all his books for the **crowd** rather than for specialists.
他的全部作品都是為一般大眾所寫，而不是為了專家們。

*** crowded** [ˋkraudɪd]
adj. 擁擠的

例 The traffic in the **crowded** downtown area is always heavy.
擁擠的繁華商業區總是交通量很大。

*** cruel** [ˋkruəl]
adj. 殘忍的，無情的

同 brutal 殘忍的／heartless 無情的

例 He is **cruel** to animals.
他對動物很殘酷。

*** culture** [ˋkʌltʃɚ] n. 文化

例 These two countries have different **cultures**.
這兩個國家有著不同的文化。

*** cure** [kjur] v. 治療

同 heal 治療／remedy 治療法

例 I hope the doctor can **cure** the pain in my shoulder.
我希望醫生能治好我肩上的疼痛。

*** curious** [ˋkjurɪəs]
adj. 求知的，好奇的

同 inquisitive 好奇的／odd 奇特的

例 It is good to be **curious** about the world around you.
對你周圍的世界感到新奇是件好事。

★ current [ˋkɝənt]
adj. 現今的，目前的
n. 流動

同 flow 流動

例 We often use **current** English to communicate nowadays.
目前我們多用**當代**英語來溝通。

★ curtain [ˋkɝtn̩] n. 帳幕，窗簾

俚 完蛋

例 If your work doesn't improve, it will be **curtains** for you.
如果你工作不改進，你就**完蛋**了。

★ curve [kɝv] n. 曲線，彎道

例 The train turned in a **curve**.
火車沿**彎道**轉彎。

★ custom [ˋkʌstəm]
n. 習俗，習慣

例 His **custom** was to get up early and have a cold bath.
他的**習慣**是早起，然後洗個冷水澡。

★ customer [ˋkʌstəmɚ]
n. 顧客

俚 傢伙

例 You are really an odd **customer**.
你真是一個古怪的**傢伙**。

★ damage [ˋdæmɪdʒ]
v. 損害 n. 損失

同 harm 損害／hurt 傷害

例 The storm did a lot of **damage** to the crops.
暴風雨使莊稼受到了很大**損失**。

★ danger [ˋdendʒɚ] n. 危險

例 In war, life is full of **danger** for everyone.
在戰爭中，每個人的生活都充滿了**危險**。

★ dangerous [ˋdendʒərəs]
adj. 危險的

同 risky 冒險的

例 This lake is **dangerous** for swimmers.
在這座湖裡游泳是**危險的**。

★ dark [dɑrk]
adj. 暗的，黑的，陰暗的

同 black 黑的／dismal 沉悶的

例 It was getting **dark**, so we hurried home.
天黑了，所以我們急忙趕回家。

★ dawn [dɔn]
n. 黎明，破曉，展開

例 We look forward to the **dawn** of better days.
我們期待著美好日子的**展開**。

★ dead [dɛd] adj. 死的，死亡的

例 My father has been **dead** for 10 years.
我父親已經去世十年了。

★ deaf [dɛf] adj. 聾的，耳聾，不願聽

例 He was **deaf** to all advice.
他聽不進一切勸告。

★ deal [dil] v. 處理，交易，對付

同 act 行動／agreement 協議

例 How would you **deal** with an armed burglar?
你將如何對付持有武器的盜賊？

★ death [dɛθ] n. 死亡，死

例 The **death** of her mother was sudden.
她母親的死很突然。

★ debate [dɪˋbet] v. 辯論，討論

同 argue 爭執／discuss 討論

例 The government is **debating** the education laws.
政府正在就教育法進行辯論。

★ decide [dɪˋsaɪd] v. 決定，解決

同 determine 決定／judge 判斷

例 The boy **decided** not to become a sailor.
那男孩決定將來不當水手。

★ decision [dɪˋsɪʒən] n. 決定，決斷力

例 She could not make a **decision** about the dress.
她對買不買這件衣服下不了決心。

★ decorate [ˋdɛkə͵ret] v. 裝飾，佈置

例 I **decorate** my house by myself.
我親自裝飾我的房子。

★ decrease [dɪˋkris] v. 減少，減低

同 compress 壓縮／curtail 縮短

例 The number of children in the school has **decreased** this year.
今年在校的孩童人數減少了。

★ deep [dip] adj. 深的，深深的

例 He's a **deep** one.
他是個深不可測的人。

★ deer [dɪr] n. 鹿

例 Here's a drove of **deer**.
這兒有群鹿。

★ degree [dɪˋgri] n. 程度，學位，階級

同 level 程度

例 The students show various **degrees** of skill in doing the experiments.
學生們做實驗時，表現出各種不同程度的技巧。

★ delicious [dɪˋlɪʃəs] adj. 美味的，非常美味的

同 luscious 令感官愉快的／savory 美味的

例 The soup is **delicious**.
這湯真是非常美味。

★ deliver [dɪˋlɪvɚ] v. 遞送

同 consign 託運／send 發送

例 Some new books have been **delivered** to the school.
一些新書已被遞送到學校了。

★ dentist [ˋdɛntɪst]
n. 牙醫，牙科醫生

例 I see my **dentist** once a month.
我每月看一次牙醫。

★ department [dɪˋpɑrtmənt]
n. 部門，科系

例 Advertising is my **department**.
我是廣告部門的人員。

★ depend [dɪˋpɛnd]
v. 依賴，依靠， 取決於

同 confide 信賴／rely 依賴

例 It all **depends** on how you tackle the problem.
那都要看你如何應付這問題而定。

★ design [dɪˋzaɪn] v. 設計

同 depict 描畫／draw 畫

例 He plans to **design** for a new house.
他計畫設計一間新的房子。

★ desire [dɪˋzaɪr]
n. 想要，欲望，要求

同 want 想要

例 He has no **desire** for wealth.
他對財富沒有欲望。

★ detect [dɪˋtɛkt]
v. 查出，探出，發現

同 discover 發現／perceive 察覺

例 The dentist could **detect** no sign of decay in her teeth.
牙醫在她的牙齒上找不到蛀蝕的跡象。

★ develop [dɪˋvɛləp]
v. 發展，發育，開發

同 advance 拓展／flourish 繁盛

例 Several industries are **developing** in this area.
數種工業正在這個地區發展。

★ dial [ˋdaɪəl] v. 撥號，撥

例 Put in the money before **dialing**.
先投錢再撥號。

★ diamond [ˋdaɪmənd] n. 鑽石

例 The **diamond** ring is the most expensive.
鑽石戒指是最貴的。

★ diary [ˋdaɪərɪ]
n. 日記，日誌，日記本

例 We wrote down all the important things in the business **diary**.
我們記下所有重要的事在商店日誌中。

★ dictionary [ˋdɪkʃən͵ɛrɪ]
n. 字典，辭典

例 I need to buy a new **dictionary**, which includes more words.
我需要買一本字多一點的新字典。

★ different [ˋdɪfərəns]
adj. 不同的

例 It was very **different** from modern car races but no less exciting.
它與現代的賽車大不相同，但卻毫不遜色。

★ difficult [ˋdɪfə͵kʌlt] adj. 困難的

同 arduous 艱鉅的／hard 難的

例 It is **difficult** to solve this problem.
要解決這個問題十分地困難。

⋆ **dig** [dɪg] v. 挖，挖掘

例 We must **dig** over the vegetable garden to grow this new improved strain of vegetables.
為了種植這種新的改良蔬菜品種，我們必須把菜園**掘**一遍。

⋆ **diligent** [ˋdɪlədʒənt] adj. 勤勉的，勤奮的

同 industrious 勤勞

例 The boy is more **diligent** than anybody else.
這孩子比任何人都**勤奮**。

⋆ **diplomat** [ˋdɪpləˏmæt] n. 外交官

例 A U.S. **diplomat** was assigned to the embassy in London.
一位美國**外交官**被派駐倫敦使館。

⋆ **direct** [dəˏrɛkt] adj. 直接的，正好的

同 address 致力於／aim 瞄準

例 The **direct** rays of the sun are bad for your eyes.
太陽的**直**射光線對你的眼睛不好。

例 He's the **direct** opposite of his brother.
他跟他弟弟**正好**相反。

⋆ **disappear** [ˏdɪsəˋpɪr] v. 消失，不見

同 fade out 消逝／go away 走開

例 The boy **disappeared** round the corner.
男孩在轉角處**消失**了。

⋆ **discover** [dɪˋskʌvɚ] v. 發現

同 disclose 揭開／expose 曝露

例 Columbus **discovered** America in 1492.
哥倫布於1492年**發現**了美洲。

⋆ **discuss** [dɪˋskʌs] v. 討論，商討，商議

例 I want to **discuss** your work with you.
我想和你**討論**你的工作。

⋆ **discussion** [dɪˋskʌʃən] n. 討論，議論

例 After much **discussion** among the directors, the matter was settled in the end.
董事們經過大量的**討論**後，問題終於得到解決。

⋆ **dish** [dɪʃ] n. 盤子

俚 喜歡或擅長的事

同 container 盤子／plate 盤子

例 A meat **dish** is a **dish** for meat; a wooden **dish** is a **dish** made of wood.
肉**盤**即盛肉的**盤子**，木**盤**是木製的**盤子**。

例 Physics is my **dish**.
我**喜歡**物理。

⋆ **dishonest** [dɪsˋɑnɪst] adj. 不誠實的

例 The **dishonest** government official was publicly disgraced.
那個**不誠實**的政府官員被公開。

★ distance [ˋdɪstəns] n. 距離

同 extent 範圍／length 距離

例 What **distance** do you have to walk to school?
你到學校必須要走多遠的**距離**？

★ divide [dəˋvaɪd] v. 分開，劃分

同 partition 分開／portion 分派

例 Let's **divide** ourselves into several groups.
我們自己來**分成**幾個小組吧。

★ dizzy [ˋdɪzɪ] adj. 頭暈的，暈眩的

例 The airplane climbed to a **dizzy** height.
飛機攀昇到令人**頭暈目眩**的高度。

★ dot [dɑt] n. 圓點，點

同 point 點

例 On the map, towns were marked by a red **dot**.
在地圖上，城鎮是用小紅**點**標出的。

★ doubt [daʊt] n. 懷疑，擔心

同 dispute 懷疑

例 I have (my) **doubts** about whether he is the best man for the job.
我**懷疑**他是不是做這項工作的最好人選。

★ downtown [ˋdaʊnˋtaʊn] n. 市中心

例 Living in **downtown** New York city is very expensive.
住在紐約**市中心**是很昂貴的。

★ dozen [ˋdʌzn̩] n. 一打，十二個

例 I want a **dozen** of pencils, please.
麻煩我要**一打**鉛筆。（縮寫為：doz）

★ Doctor (Dr.) [ˋdɑktɚ] n. 博士，醫生，教授

同 professor 教授

例 **Dr.** Brown is a good professor.
布朗**博士**是個很好的教授。

★ dragon [ˋdrægən] n. 龍

例 Foreigners don't like **dragons**.
外國人不喜歡**龍**。

★ drama [ˋdræmə] n. 創作，戲劇

例 The witness' unexpected disclosure was filled with **drama**.
證人出人意料的揭發充滿了**戲劇**性。

★ draw [drɔ] v. 拉，畫，牽，拔

例 A dentist **draws** teeth.
牙醫**拔**牙。

★ drawer [drɔr] n. 抽屜

例 Pull out the bottom **drawer**.
拉出最低層**抽屜**。

★ dream [drim] n. 夢，幻想

同 imagine 想像／muse 夢幻

例 To spend holidays by the sea was his **dream**.
在海濱度假是他的**夢想**。

★ dress [drɛs] n. 衣服，盛裝 v. 穿

例 She is **dressed** very well.
她**穿**得很漂亮。

★ dresser [ˋdrɛsɚ]
n. 梳妝檯，鏡臺

例 She has a nice **dresser**.
她有一個不錯的梳妝檯。

★ drink [drɪŋk] v. 喝，飲

例 Would you like something to **drink**?
你想喝點什麼嗎？

★ drive [draɪv] v. 開車，駕駛

例 I **drove** to town yesterday.
我昨天開車進城了。

★ driver [ˋdraɪvɚ]
n. 駕駛人，駕駛員

例 He's an experienced bus **driver**.
他是有經驗的公共汽車司機。

★ drop [drɑp] v. 掉落，降落

例 A few **drops** of rain landed on the roof.
幾滴雨水落在了屋頂上。

★ drugstore [ˋdrʌgˏstor]
n. 藥房

例 A **drugstore** is where prescriptions are filled and drugs and other articles are sold.
藥房是照藥方配藥，出售藥品和其他雜貨的商店。

★ drum [drʌm] n. 鼓

例 His hobby is to play **drums**.
他的興趣是打鼓。

★ dryer [draɪɚ] n. 烘乾機，吹風機

例 My mom bought a accelerated freeze **dryer**.
我媽買了一台急凍乾燥機。

★ dumb [dʌm]
adj. 啞的，笨的，不願開口的

同 dense 笨的人／dull 笨的

例 He remained **dumb** despite the torture.
他忍受刑罰而不開口。

★ dumpling [dʌmplɪŋ]
n. 麵團布丁，餃子

例 Meat **dumpling** are my favorite food.
肉湯圓是我最愛的食物。

★ duty [ˋdjutɪ] n. 責任，義務

同 assignment 分派／charge 命令

例 Only one doctor is on **duty** today, the other doctor is off duty.
今天只有一個醫生值班，另一位下班了。

例 An old wooden box did **duty** for a table.
一個舊木箱作桌子用。

★ eagle [ˋigḷ] n. 老鷹

例 **Eagles** are beautiful animals.
老鷹是種美麗的動物。

★ ear [ɪr] n. 耳朵

例 She got an **ear** infection.
她的耳朵感染了。

★ earn [ɝn] v. 賺，賺取，掙得

同 get 賺

例 She **earns** a high salary.
她賺得一份高薪。

★ earrings [ˋɪr͵rɪŋ] n. (pl.) 耳環

例 She wore golden **earrings**.
她戴金耳環。

★ earth [ɝθ] n. 地球

同 globe 地球

例 The **Earth** goes round the sun once a year.
地球一年繞太陽一周。

★ ease [iz] n. 舒適，輕鬆

同 easy 簡單的

例 He passed the examination with **ease**.
他輕鬆地通過了考試。

★ east [ist] n. 東方

例 Our building faces east.
我們的大樓朝東。

★ edge [ɛdʒ] n. 邊緣，刀口

同 border 邊界／bound 邊緣

例 That knife has a sharp **edge**.
那把刀的刀口鋒利。

★ education [͵ɛdʒəˋkeʃən] n. 教育，學識

例 **Education** is given to children by the government.
政府提供對兒童的教育。

★ effort [ˋɛfɚt] n. 努力

同 attempt 努力嘗試／endeavor 試圖

例 He lifted up the rock without **effort**.
他毫不費力地舉起石頭。

★ egg [ɛg] n. 蛋

例 The little boy had **egg** all over his face.
這小男孩弄得滿臉都是蛋。

★ eight [et] n. 八

例 Most people worked an **eight**-hour day twenty years ago.
二十年前，大多數人一天工作八小時。

★ either [ˋiðɚ] adj. 兩者之一的

例 You may use **either** hammer.
兩把鎚子中你可以隨便使用哪一把。

★ elder [ˋɛldɚ] adj. 年長的

同 older 年長的

例 Janet is Mary's **elder** sister.
珍妮特是瑪麗的姐姐。

★ elect [ɪˋlɛkt] v. 選出，挑選

同 choose 選出

例 She **elected** to return to work after her baby was born.
她決定孩子出生後再去工作。

★ elementary [͵ɛləˋmɛntərɪ] adj. 基本的，初級的

同 basic 基本的／fundamental 根本的

例 An **elementary** reading book is for a child who is learning to read.
初級讀物是為了學習閱讀的孩子編的。

★ elephant [ˋɛləfənt] n. 大象

例 The African **elephant** is the largest living land mammal.
非洲象是陸地上最巨大的哺乳類動物。

★ eleven [ɪ`lɛvn̩] n. 十一

例 Nine **Eleven** was a tragic day.
911是一個悲傷的日子。

★ electric [ɪ`lɛktrɪk] adj. 電的

例 This heavy freighter is driven by two **electric** motors.
這輛重型運輸汽車是由兩台電動機驅動的。

★ embarrass [ɪm`bærəs] v. 使尷尬，使困窘

同 bewilder 窘迫／confuse 為難

例 When I began to sing, he laughed and made me **embarrassed**.
當我開始唱歌，他大笑起來而使我感到很困窘。

★ emotion [ɪ`moʃən] n. 情緒，情感

同 excitement 刺激／feeling 情感

例 Love, hatred, and grief are **emotions**.
愛、恨、悲傷都是感情。

★ emphasize [`ɛmfə͵saɪz] v. 強調

例 He **emphasized** the need for hard work.
他強調了努力工作的必要。

★ employ [ɪm`plɔɪ] v. 雇用，從事

同 hire 雇用

例 The firm **employs** about 100 men.
這家公司大約雇了100人。

★ empty [`ɛmptɪ] adj. 空的

例 The house is **empty**, no one is living there.
這座房子是空的，沒有人住。

★ end [ɛnd] n. 末尾，結束

同 last 最後的

例 It was the **end** of a dream.
這是美夢告終。

★ enemy [`ɛnəmɪ] n. 敵人

例 His behavior made him many **enemies**.
他的行為使他樹敵頗多。

★ energetic [͵ɛnɚ`dʒɛtɪk] adj. 充滿活力的

同 active 活躍的／enagetic 活力的

例 He is an **energetic** boy; he enjoys sports.
他是一個精力充沛的男孩子，他喜歡運動。

★ energy [`ɛnɚdʒɪ] n. 活力，能量，精力

例 Young people usually have more **energy** than the old.
年輕人通常比老年人有活力。

★ engine [`ɛndʒən] n. 引擎，發動機

例 This firm will supply **engines** in exchange for artificial rubber.
這家公司將提供發動機以用來換取人造橡膠。

★ engineer [͵ɛndʒə`nɪr] n. 工程師

例 Tim is an **engineer**.
提姆是位工程師。

★ enjoy [ɪn`dʒɔɪ] v. 享受，喜歡

同 like 喜歡／love 喜歡

例 I **enjoy** my job.
我喜愛我的工作。

★ enough [əˋnʌf] adj. 足夠的

同 adequate 豐富／ample 充裕的，大量的

例 They had just **enough** time to swim out of danger when the boat again completed a circle.
當快艇又轉了一圈之時，他們剛剛來得及游離險境。

★ entrance [ˋɛntrəns] n. 入口

例 He stood in the **entrance** of the hospital.
他站在醫院**入口處**。

★ envelope [ˋɛnvəˏlop] n. 信封，殼層

例 Pass me an **envelope**, please.
請給我一個**信封**。

★ environment [ɪnˋvaɪrənmənt] n. 環境

例 The children have a happy **environment** at school.
孩子們在學校擁有一個快樂的**環境**。

★ envy [ˋɛnvɪ] n. 羨慕

同 be jealous of covet 極度垂涎而產生忌妒

例 The boy's new electronic toy train was the **envy** of his friends.
這男孩的新電動玩具火車使他的朋友們很**羨慕**。

★ equal [ˋikwəl] adj. 相等的

同 same 相同的

例 It is **equal** to me whether he comes or not.
他來不來對我都**一樣**。

★ eraser [ɪˋresɚ] n. 橡皮擦

例 I need to buy a new **eraser**.
我得去買個新的**橡皮擦**。

★ error [ˋɛrɚ] n. 錯誤

同 fault 錯誤

例 The accident was caused by human **error**.
這次事故是由人為**過錯**造成的。

★ especially [əˋspɛʃəlɪ] adv. 特別地

同 particularly 特別地

例 I love Italy, **especially** in summer.
我喜歡義大利，**尤其是**在夏天。

★ event [ɪˋvɛnt] n. 事件

同 case 事件

例 The new book was the cultural **event** of the year.
這本新書是今年文化界的**大事**。

★ ever [ˋɛvɚ] adv. 曾經，永久地

同 once 曾經

例 Have you **ever** been there?
你**曾**到過那裡嗎？

★ evil [ˋivḷ] adj. 邪惡的 n. 罪惡

同 bad 壞的／sinful 罪惡的

例 The love of money is the root of all **evils**.
愛錢是**萬惡**之源。

★ exam [ɪgˋzæm] n. 考試

同 quiz 小考

例 Did you pass your chemistry **exam**?
你化學**考試**及格了嗎？

★ example [ɪg`zæmpl̩] n. 例子

同 model 模範／pattern 樣本

例 You can use any two colors — for **example**, red and yellow.
你可以使用任何兩種顏色，**例如**紅色和黃色。

★ excellent [`ɛksl̩ənt] adj. 優秀的，最好的

同 best 最好的

例 This is **excellent** work.
這是出色的工作表現。

★ except [ɪk`sɛpt] prep. 除了……之外

同 besides 除此之外／deny 否認

例 Everyone will be punished, **except** him.
每個人都將受到懲罰，除了他以外。

★ excite [ɪk`saɪt] v. 使興奮，刺激

例 The news **excited** everybody.
這消息**鼓舞**了每個人。

★ excuse [ɪk`skjuz] v. 原諒，免除

同 absolve 免除（責任）／alibi 找託辭

例 Please **excuse** me.
請原諒我。

★ exercise [`ɛksɚ͵saɪz] n. 運動，練習

同 condition 使健康

例 Here is a special set of **exercises** which will strengthen your back muscles.
這是一套特別的**體操**，會使你的背部肌肉更強壯。

★ exist [ɪg`zɪst] v. 存在

同 be live 生存

例 Contradictions **exist** everywhere.
矛盾無所不在。

★ exit [`ɛgzɪt] n. 出口

同 export 出口

例 Where is the **exit**?
出口在哪兒？

★ expect [ɪk`spɛkt] v. 期待，期望

同 anticipate 預期／await 期待

例 I **expect** he'll pass the examination.
我預料他會通過考試。

★ expensive [ɪk`spɛnsɪv] adj. 昂貴的

同 dear 昂貴的

例 It is **expensive** to travel by plane.
坐飛機旅行很**昂貴**。

★ experience [ɪk`spɪrɪəns] n. 經驗

例 **Experience** teaches. **Experience** does it.
經驗給人教訓；**經驗**給人智慧。

★ explain [ɪk`splen] v. 解釋

同 answer 答案／clarify 解釋

例 **Explain** what this word means.
解釋這個字的含義。

★ express [ɪk`sprɛs] v. 表達，說明

同 describe 描述／dispatch 說明

例 She **expressed** her thanks.
她**表示**感謝。

★ extra [ˋɛkstrə]
adj. 額外的，特別的
n. 臨時演員

例 Can I have **extra** time to finish my work?
我能有**額外的**時間來完成我的工作嗎？

例 We need 1000 **extras** for the big scene when they cross the Red Sea.
我們需要一千名**臨時演員**拍攝橫渡紅海的一場戲。

★ eye [aɪ] n. 眼睛

例 My **eye** fell upon an interesting advertisement in the newspaper.
我的**目光**落在報紙一則有趣的廣告上。

★ eyebrow [ˋaɪˏbrau] n. 眉毛

例 There were a lot of **eyebrows** raised at the news of the financial minister's dismissal.
財政部長被免職的消息引起**眾人的驚訝**。

★ factory [ˋfæktərɪ]
n. 工廠，製造廠

同 enterprise 企業

例 He owned a **factory** farm.
他擁有一間**工廠**化飼養場。

★ fail [fel] v. 失敗，衰退，不及格

同 decline 萎縮／fade 褪色

例 He **failed** his English examination.
他的英語考試**不及格**。

★ fair [fɛr] adj. 公平的，合理的

同 affair 事情／average 平均

例 There must be **fair** play whatever the competition is.
不管是什麼樣的競賽都必須**公平合理**。

★ false [fɔls] adj. 錯誤的，虛偽的

同 error 錯誤的／mistake 錯誤

例 Is this statement true or **false**?
這段陳述是正確還是**錯誤的**？

★ fancy [ˋfænsɪ]
adj. 想像的，精緻的
n. 想像

同 imagine 想像的

例 I thought he would come but it was only a **fancy** of mine.
我想他會來的，不過這僅是我的**想像**罷了。

★ fantastic [fænˋtæstɪk]
adj. 難以想像的，很棒的

同 incredible 難以想像的

例 I had a **fantastic** dream last night.
我昨晚夢了個**很棒的**夢。

★ farm [fɑrm] n. 農場，飼養場

同 field 牧場

例 We worked on the **farm** last summer.
去年夏天我們曾在**農場**工作。

★ farmer [ˋfɑrmɚ] n. 農夫

同 peasant 農民

例 **Farmers** work in the field.
農夫在田野裡工作。

★ fashionable [ˋfæʃənəbḷ]
adj. 流行的，時髦的

同 populor 流行的／hip 時髦的

例 Short skirts are **fashionable** now.
現在短裙很流行。

★ fault [fɔlt] n. 責任，過失過錯

同 failure 失敗

例 That's no **fault** of his.
那不是他的過錯。

★ favorite [ˋfevərɪt]
adj. 最喜愛的

同 beloved choice 喜愛的

例 Oranges are my **favorite** fruit.
橘子是我最喜愛的水果。

★ fear [fɪr]
v. 擔心，害怕 n. 害怕

同 frighten 害怕

例 He was shaking with **fear**.
他害怕得直發抖。

★ fee [fi] n. 費用，報酬

同 charge 費用／fare 費用

例 Who afforded your **fees**?
誰為你負擔費用？

★ feed [fid] v. 給食物，餵食

同 dine 餵／eat 吃

例 Have you **fed** the animals?
你餵過動物了嗎？

★ female [ˏfimel] n. 女性，母的

例 We've got three cats, two **females** and a male.
我們有三隻貓，兩隻母的和一隻公的。

★ fence [fɛns]
n. 籬笆，圍牆 v. 維護，保衛

例 The **fence** kept the dog in the yard.
柵欄把狗圈在院子裡。

例 The president was **fenced** by a group of bodyguards.
總統被一群保鏢保衛著。

★ festival [ˋfɛstəvḷ]
n. 聯歡會， 歡宴節日

同 holiday 假日

例 Christmas is one of the Christian **festivals**.
耶誕節是基督教的節日之一。

★ fever [ˋfivɚ] n. 發燒

例 He's got a **fever**.
他發燒了。

★ fifteen [ˋfɪfˋtin] n. 十五

例 My lucky number is **fifteen**.
我的幸運數字是十五號。

★ fifteenth [ˋfɪfˋtinθ]
adj. 第十五

例 His office is on the **fifteenth** floor.
他的辦公室在第十五層。

★ fifth [fɪfθ] adj. 第五的

例 He is the **fifth** person who passed the exam.
他是第五個通過考試的人。

★ fifty [ˋfɪftɪ] n. 五十個

例 I have **fifty** things that I can sell you.
我有五十件東西可以賣你。

★ fight [faɪt] v. 打架，戰鬥

同 attack 襲擊

例 People often have to **fight** for their liberty.
人們通常必須為自由而戰。

★ fill [fɪl] v. 裝滿

同 cram 填滿／furnish 裝滿

例 He **filled** the bucket with water.
他把水桶裝滿水。

★ film [fɪlm] n. 膠捲，薄膜，電影

同 movie 電影

例 Have you seen any good **films** lately?
你最近看過什麼好電影嗎？

★ finally [ˋfaɪnḷɪ] adv. 最後

同 at the end 最後／last 最後

例 She **finally** agreed with me.
她最後同意了我（的意見）。

★ fine [faɪn] adj. 美好的，很好的

同 good 好的

例 That's a **fine** thing to say!
那樣說太好了！

★ finger [ˋfɪŋgɚ] n. 手指 vi. 用指觸摸

例 She **fingered** the rich silk happily.
她高興地用手指觸摸著那華美的絲綢。

★ finish [ˋfɪnɪʃ] v. 到達，終止完成

同 complete 完成

例 What time does the concert **finish**?
音樂會何時結束？

★ fisherman [ˋfɪʃɚmən] n. 漁夫

例 The **fisherman** drew his net in.
那漁夫收了網。

★ fit [fɪt] v. 適合

同 suitable 適合／well 很好地

例 This food is not **fit** for your visitors.
這樣食物對你的客人來說不適合。

★ fix [fɪks] v. 修理，使固定，釘牢

同 repair 修理

例 He **fixed** a picture to the wall.
他往牆上貼了張畫。

★ flag [flæg] n. 旗子，打旗號

同 banner 旗幟

例 Here're colorful **flags**.
這裡有各色彩旗。

例 The secretary **flagged** me a taxi.
秘書為我招來一輛計程車。

★ flashlight [ˋflæʃˏlaɪt] n. 手電筒，旋轉燈，閃光

例 Have you brought your **flashlight**?
你把閃光燈帶來了嗎？

★ flight [flaɪt] n. 飛行，搭機旅行

例 Did you have a good **flight**?
你搭機旅行愉快嗎？

★ floor [flor] n. 地板，樓層

例 Our office is on the 6th **floor** of the building.
我們的辦公室在這棟樓的六樓。

★ flour [flaur] n. 麵粉

例 Bread is made from **flour**.
麵包是用**麵粉**做的。

★ flu [flu] n. 流行性感冒

同 cold 感冒

例 He is having the **flu**.
他得了流感。

★ flute [flut] n. 笛子，橫笛，凹槽

例 He plays the flute.
他吹笛子。

★ focus [ˋfokəs] n. 焦點

同 center 中心

例 Because of his strange clothes, he immediately became the **focus** of attention when he entered the office.
由於他奇裝異服，當他一走進辦公室，便立刻成了大家注目**焦點**。

★ fog [fɑg] n. 霧

例 My flight was canceled due to the heavy **fog**.
我的班機因為濃**霧**被取消了。

★ foggy [ˋfɑgɪ] adj. 多霧的，朦朧的，籠罩著霧

例 **Foggy** weather has made driving conditions very dangerous.
霧天開車很危險。

★ follow [ˋfɑlo] v. 遵守，跟隨

同 ensue 隨之發生／obey 遵守

例 The children **followed** their mother into the room.
孩子們**跟著**他們的母親進了房間。

★ foolish [ˋfulɪʃ] adj. 愚笨的，愚蠢的

同 silly 笨的

例 It's **foolish** to idle away one's precious time.
把大好時光浪費掉是**愚蠢的**。

★ football [ˋfut͵bɔl] n. 橄欖球，美式足球，足球

同 soccer 足球

例 He likes to play American **football** very much.
他很喜歡踢**美式足球**。

★ foreign [ˋfɔrɪn] adj. 外國的

例 The younger members of most American families don't like **foreign** food.
大多數美國家庭的年輕人不喜歡**外國**食品。

★ forest [ˋfɔrɪst] n. 森林

同 woods 森林

例 Thousands of old trees were lost in the **forest** fire.
成千的老樹在**森林**大火中被燒毀。

★ forget [fəˋgɛt] v. 忘記，忽視

同 lose sight of recollect 看過但想不起來

例 She **forgot** to post the letter.
她**忘記**寄這封信了。

★ forgive [fəˋgɪv] v. 原諒，饒恕，寬恕

同 absolve 寬恕／excuse 原諒

例 I'll never **forgive** you.
我永遠不**原諒**你。

★ fork [fɔrk] n. 叉子

例 We use a **fork** to eat food.
我們用叉子吃東西。

★ form [fɔrm] n. 表格，形式，外型

同 compose 組成／construct 組合

例 She has a tall graceful **form**.
她有著高挑優雅的**外型**。

★ formal [ˋfɔrml̩]
adj. 正式的，有禮的，刻板，拘謹

同 arranged 有條理的／businesslike 整理的

例 He's very **formal** with everybody.
他對誰都顯得很**拘謹**。

★ former [ˋfɔrmɚ]
adj. 之前的，先前的

同 earlier 早的／first 先前的

例 The owner of that shop is Mr. Brown, and the **former** owner was Mr. Johnson.
那家商店的主人是布朗先生，而以前的店主是強森先生。

★ forty [ˋfɔrtɪ] n. 四十

例 A man of **forty** can still have dreams.
四十歲的人還是可以擁有夢想。

★ forward [ˋfɔrwɚd]
adv. 向前，方面，在前

同 advanced 前進／aggressive 進取的

例 The child is very **forward** at walking.
這孩子很早就會走路了。

★ four [for] adj. 四個

例 I have **four** brothers.
我有四個兄弟。

★ fourteen [ˋforˋtin] adj. 十四的

例 There are **fourteen** days in 2 weeks.
兩個禮拜有十四天。

★ fourth [ˌforθ] adj. 第四個

例 James is Larry's **fourth** brother.
詹姆斯是賴瑞**第四個**弟弟。

★ fox [fɑks] n. 狐狸，狡猾的人

例 He's a sly old fox.
他是狡猾的老**狐狸**。

★ frank [fræŋk]
adj. 率直的，坦白的

同 blunt 率直的／candid 坦白的

例 Will you be quite **frank** with me about this matter?
在這個問題上你能不能真正**坦白**的跟我說？

★ freedom [ˋfridəm]
n. 自由，解放，解脫

同 constrain 解脫／repression 解放

例 The children enjoyed the **freedom** of the school holidays.
孩子們喜歡學校放假時的**無拘無束**。

★ freezer [ˋfrizɚ]
n. 冰箱，冰庫，冷凍庫

同 fridge 冰箱

例 We keep frozen food in a **freezer**.
我們在**冰箱**裡保存冷凍的食品。

★ freezing [ˋfrizɪŋ] adj. 極冷的

例 Mr. Wang gave me a **freezing** glance.
王先生給了我冷淡的一瞥。

* **fresh** [frɛʃ] adj. 新鮮的

同 alert 活潑的／bright 明亮的

例 These vegetables are **fresh**, I picked them this morning.
這些蔬菜很新鮮，是我今天早上摘的。

* **fried** [fraɪd] adj. 油炸的

例 He **fried** eggs for lunch.
他煎蛋當午餐。

* **friendly** [ˋfrɛndlɪ] adj. 友善的，親密的

同 kindly 友善的

例 He is **friendly** to us all.
他對我們大家都很**友好**。

* **friendship** [ˋfrɛndʃɪp] n. 友誼，友愛，友情

例 The boys have had a long **friendship**.
這些孩子們有很長時間的**友誼**了。

* **frighten** [ˋfraɪtn̩] v. 驚嚇，震驚，使害怕

同 great fear 驚嚇／terror 害怕

例 He was **frightened** of the fierce dog.
他被這隻兇猛的狗**嚇**到了。

* **frisbee** [ˋfrɪzbi] n. 飛盤

例 The Mall is a better place to play **frisbee** with a dog.
這間購物中心是個和狗一起玩**飛盤**的好地方。

* **frog** [frɑg] n. 青蛙

例 How many **frogs** did you catch?
你捉了幾隻**青蛙**？

* **front** [frʌnt] n. 前面

同 face 前面／first 第一的

例 The teacher called the boy to the **front**.
老師把男孩叫到**前面**。

* **fry** [fraɪ] v. 油炸，油煎

例 She **fried** the eggs in a frying-pan.
她在平底鍋裡**煎**雞蛋。

* **furniture** [ˋfɝnɪtʃɚ] n. 家具，設備

例 This old Chinese square table is a very valuable piece of **furniture**.
這張舊的中國八仙桌是一件很珍貴的家具。

* **future** [ˋfjutʃɚ] n. 未來，將來 adj. 未來的

同 hereafter 此後／tomorrow 明天

例 We're leaving this city, our **future** home will be in Paris.
我們就要離開這座城市了，我們未來的家將在巴黎。

* **gain** [gen] v. 獲得，增加

同 advance 得／benefit 獲得

例 He quickly **gained** experience.
他很快地**獲得**經驗了。

★ garage [gə`rɑdʒ] n. 車庫

同 carport 車庫

例 Mr. James Scott has a **garage** in Silbury and now he has just bought another **garage** in Pinhurst.
詹姆斯史考特先生在錫爾伯裡有一個車庫，現在他剛在平赫斯特買了另一個車庫。

★ garbage [`gɑrbɪdʒ] n. 垃圾，食物殘渣

同 debris 殘屑／junk 廢物／litter 垃圾

例 It's literary **garbage**.
這是份無聊讀物。

★ garden [`gɑrdn̩] n. 花園

同 park 公園

例 Everything is nice in your **garden**.
你花園的東西都是好的。

★ gas [gæs] n. 瓦斯，氣體

例 There are several kinds of **gas** in the air, with nitrogen amounting to the most part.
空氣中有好幾種氣體，氮所占的比重最大。

★ gate [get] n. 大門，門

同 fence 籬笆門

例 The school has iron **gates** between the yard and the road.
學校在校園和馬路之間有一個鐵門。

★ gather [`gæðɚ] v. 集合，聚集

同 accumulate 聚集

例 The teacher **gathered** the pupils round her.
老師把小學生們**聚集**在她周圍。

★ general [`dʒɛnərəl] adj. 一般的，普遍的

同 broad commander 普遍的

例 The opposing parties failed in the **general** election for all their pains.
儘管反對黨費盡了心機，還是在普選中遭遇失敗。

★ generous [`dʒɛnərəs] adj. 慷慨的，大方的

同 ample 廣大的／bighearted 大方的

例 He is very **generous**, he often buys things for other people.
他很**大方**，他經常為別人買東西。

★ genius [`dʒinjəs] n. 天才，英才

同 inspiration 靈感／intelligence 天份

例 Einstein was a **genius**.
愛因斯坦是一個天才。

★ gentle [`dʒɛntl̩] adj. 溫和的

同 warm 暖和的／mild 柔和的

例 Mary is of a **gentle** nature.
瑪麗性情**溫和**。

★ geography [dʒi`ɑgrəfɪ] n. 地理，地理學

例 In our **geography** class, we are learning about rivers.
我們正在**地理**課上認識河流。

★ gesture [`dʒɛstʃɚ] n. 手勢，姿勢

同 movement 動作／sign 手勢

例 He **gestured** angrily at me.
他氣憤地對我比手勢。

★ giant [ˋdʒaɪənt] n. 巨人

同 colossal 巨大的／enormous 巨大的

例 Shakespear is a **giant** among writers.
莎士比亞是一位文壇**巨匠**。

★ ghost [gost] n. 鬼，幽靈

同 specter spirit 幽靈

例 He looked as if he had seen a **ghost**.
他看來好像見了**鬼**似的。

★ gift [gɪft] n. 禮物，贈品

同 present 禮物

例 He has a **gift** for poetry.
他有做詩的**天賦**。

★ girl [gɝl] n. 女孩

例 My little **girl** is ill.
我的小**女兒**病了。

★ give [gɪv] v. 給……，遞

同 award 授與／bend 使……彎曲

例 Can you **give** me a job?
你能**給**我一份工作嗎？

★ glad [glæd] adj. 高興

同 happy 快樂的

例 I am **glad** to see you.
我很**高興**見到你。

★ glass [glæs] n. 玻璃杯

例 I cut my hand on some broken **glass**.
我的手被一些碎**玻璃**割傷了。

★ glasses [ˋglæsɪz] n. (pl.) 眼鏡

例 He wears **glasses**.
他戴**眼鏡**。

★ glue [glu] v. 塗膠水黏貼

同 stick 貼

例 This **glue** is our new product and makes a firmer bond.
這種**膠水**是我們的新產品，而且黏結力很強。

★ goal [gol] n. 目標，終點

同 aim 目標／destination 終點

例 His **goal** is a place at University.
他的**目標**是在大學任教。

★ golden [goldn̩] adj. 金色的

例 Yesterday I saw a **golden** sky.
昨天我看見了一片**金黃色**的天空。

★ golf [golf] n. 高爾夫球

例 He is a member of **golf** club.
他是**高爾夫**俱樂部成員。

★ Goodness [ˋgʊdnɪs] interj. 天啊 n. 營養成分

同 dear／god 天啊！

例 Oh, my **goodness**!
天啊！

例 All the **goodness** has been boiled out of the vegetables.
這些蔬菜的**營養成分**全部都給煮掉了。

★ goose [gus] n. 鵝

例 My favorite animals are **geese**.
我最喜歡的動物是**鵝**。

★ government [ˋgʌvɚnmənt] n. 政府

同 official 官方

例 The **Government** is planning new tax increases.
政府正打算提高徵稅額。

*** grade** [gred]
n. 成績，分數，等級

同 classify 等級／group 團體

例 This **grade** of wool can be sold at a fairly low price.
這種等級的羊毛可以以相當低的價格賣出。

*** gram** [græm] n. 公克，克

例 The package is 500 **grams** weighted.
這個包裹有500克重。

*** granddaughter**
[ˋgrændˏdɔtɚ] n. 孫女

例 Mr. Jackson spent all this weekend with his **granddaughter**.
傑克森先生花了整個週末陪伴他的孫女。

*** grandfather** [ˋgrændˏfɑðɚ]
n. 祖父

例 I go fishing with my **grandfather** every weekend.
每個週末我都跟祖父一起去釣魚。

*** grandmother** [ˋgrændˏmʌðɚ]
n. 祖母

例 My **grandmother** is a beautiful and elegant lady.
我的祖母是個美麗優雅的女士。

*** grandson** [ˋgrændˏsʌn]
n. 孫子

例 Mr. smith named his **grandson** Timothy.
史密斯先生將他的孫子命名為提摩西。

*** grape** [grep] n. 葡萄，葡萄樹

例 I think it's just sour **grapes**.
我認為他這樣說不過是吃不到葡萄說葡萄酸。

*** grass** [græs] n. 草

例 We sat on the **grass** to have our picnic.
我們坐在草地上野餐。

*** gray** [gre] n. 灰色，昏暗

例 A **gray**, rainy afternoon.
一個昏暗、下雨的午後。

*** great** [gret] adj. 大的，美妙的

同 distinguished 偉大的／famous 著名的

例 Beethoven was a **great** musician.
貝多芬是一位偉大的音樂家。

*** greedy** [ˋgridɪ]
adj. 貪心的，貪吃的，永不滿足的

例 He's not hungry; he's just **greedy**.
他不餓，只是貪吃而已。

*** green** [grin]
n. 綠色 adj. 綠色的

例 She wore a **green** dress.
她穿了件綠衣服。

*** greet** [grit]
v. 迎接，問候，打招呼

同 address 稱呼／approach 向……提出交涉

例 He **greeted** her by saying "Good morning".
他向她打招呼，道「早安」。

★ ground [graʊnd]
n. 地面，基礎

同 base 基礎／dirt 泥土

例 The enemy plane fell to the **ground**.
那架敵機墜地了。

★ group [grup] n. 團體，群

同 arrange assemble 群體

例 A **group** of girls was waiting by the school.
一群女孩子在學校旁邊等著。

★ grow [gro] v. 種植，栽培，發展

同 plant 種植

例 Rice **grows** in warm climates.
稻子生長在溫暖的氣候。

例 The village is **growing** into a town.
這村莊正在發展成為一個城鎮。

★ guard [gɑrd] n. 警衛，守衛

同 check 檢查／control 控制

例 The dog **guarded** the house.
那隻狗守護著房子。

★ guess [gɛs] v. 猜測，猜想

同 assume 相信／believe 猜想

例 Just **guess** what is in the parcel.
猜猜看包裹裡面是什麼東西？

★ guest [gɛst] n. 客人

同 caller 來訪者／company 客人

例 We have three **guests** to dinner.
我們有三位客人來吃飯。

★ guide [gaɪd]
v. 引導，指導，帶領 n. 嚮導

同 advise 勸告／conduct 引導

例 I let my instinct **guide** me to make this decision.
我讓我的直覺引導我做出這個決定。

例 At the top of the bank, my **guide** paused and looked back at me.
我的嚮導在河岸頂端處稍停了一下，並且回頭看了看我。

★ guitar [gɪˋtɑr] n. 吉他

例 He is good at electrical **guitar**.
他擅長電吉他。

★ gun [gʌn] n. 槍

同 firearm 槍支／pistol 手槍

例 Soldiers carry **guns**.
士兵扛著槍。

★ guy [gaɪ] n. 傢伙

同 fellow 傢伙，同類

例 He is a good guy.
這傢伙不錯。

★ gym [dʒɪm] n. 體育館，健身房

同 statium 體育館

例 She works out in the **gym** every day.
她每天都在體育館裡鍛鍊身體。

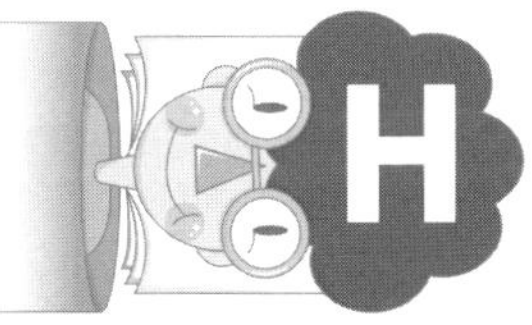

★ habit [ˋhæbɪt] n. 習慣

同 custom 習慣／manner 習慣／trait 特性

例 It is not easy to break off a bad **habit**.
要改掉一個壞習慣不容易。

★ hair [hɛr] n. 頭髮，毛髮

例 The cat has left her loose **hairs** all over the ground of the house.
貓身上脱落的毛在屋子裡灑得滿地都是。

★ hairdresser [ˋhɛr͵drɛsɚ] n. 美髮師

例 I want to hire six **hairdressers**.
我想聘請六位**美髮師**。

★ haircut [ˋhɛr͵kʌt] n. 理髮

例 Mary said satirically: "John needs nothing but a **haircut**."
瑪麗諷刺的説：「約翰什麼都不需要，只需要**理個髮**」。

★ half [hæf] n. 一半

反 whole全部的

例 We each had **half** of the bread.
我們每人都有**一半**的麵包。

★ hall [hɔl] n. 大廳，堂

同 foyer lobby 大廳／passageway 走廊／vestibule 玄關

例 The children were in the school hall.
孩子們在學校的**禮堂**裡。

★ ham [hæm] n. 火腿

例 The lady said politely to the waiter, "Give me **ham**, please."
那位女士禮貌地對侍者説：「請給我一片**火腿**，謝謝」。

★ hamburger [ˋhæmbɝgɚ] n. 漢堡

例 They like **hamburgers**.
他們喜歡**漢堡**。

★ hammer [ˋhæmɚ] n. 鐵錘，釘錘

同 mallet 錘子

例 Alan borrowed a **hammer** from his brother.
艾倫跟他哥哥借了一把**鐵錘**。

★ handkerchief [ˋhæŋkɚtʃɪf] n. 手帕

例 That pocket **handkerchief** is mine.
那條**手帕**是我的。

★ handle [ˋhændḷ] v. 處理，管理

同 deal with 處理／deal in 處理／direct 指導／manage 管理／manipulate 支配

例 Ms. Hawkins **handles** the company's accounts.
霍金斯女士**管理**公司的帳目。

★ hang [hæŋ] v. 懸掛，吊，掛

同 droop 垂／sag 下垂

例 I **hung** my coat on a hook.
我把外套**掛**在掛鉤上。

★ hanger [ˋhæŋɚ] n. 衣架

例 I really need a **hanger** for my new coat.
我真的需要一個**衣架**來掛我的新外套。

★ happen [ˋhæpən] v. 發生

同 occur／take place 發生

例 The accident **happened** outside of my house.
這個事故**發生**在我家房子外面。

★ hardly [ˋhardlɪ]
adv. 勉強地，幾乎不

同 barely 幾乎／narrowly 勉強地／nearly 幾乎／scarcely 好不容易

例 This is **hardly** the time to discuss such matters.
現在討論這些事根本不適合。

★ hat [hæt] n. 帽子

同 cap 帽子

例 Johnny would go nowhere without his new **hat**.
強尼沒有他的新帽子哪裡也不去。

★ hate [het] v. 討厭，憎恨

同 abhor 憎恨／abominate 厭惡／detest 憎惡／dislike 討厭／loathe 非常討厭

例 I **hate** to trouble the director.
我討厭去麻煩局長。

★ head [hɛd] n. 頭

例 Calm down! A clear **head** is the only thing you need right now.
冷靜一點！目前你最需要的是一顆清晰的頭腦。

★ headache [ˋhɛdˏek] n. 頭痛

例 I have got a **headache**.
我頭痛。

★ health [hɛlθ]
n. 健康，健康狀況

同 well-being 健康，健全

例 **Health** is more important to most people than money.
對大多數人來說健康比金錢更重要。

★ hear [hɪr] v. 聽見，聽到

同 listen 聽見

例 I **heard** a loud noise.
我聽見一聲巨響。

★ heart [hart] n. 心，勇氣

例 His **heart** failed him.
他失去了勇氣。

★ heat [hit] n. 熱，熱度

同 kindle 發熱

例 This will relieve the **heat** of the fever.
這會減輕發燒的熱度。

★ heater [ˋhitɚ]
n. 暖氣機，加熱器

例 This **heater** needs a new element.
這個加熱器需要一組新電熱絲。

★ heavy [hiv] adj. 重的，沉悶的

同 hefty 重的／weighty 沉重的

例 This book is **heavy** reading.
這本書讀起來很沉悶。

★ height [haɪt]
n. 身高，高度，最高點

同 tallness 高度／stature 身高／top 頂點

例 The tide was at its **height**.
潮水漲到最高點了。

★ helicopter [ˋhɛlɪˏkaptɚ]
n. 直升機 v. 乘直升機

例 The president **helicoptered** from Taipei to Taichung.
總統從台北乘直升機到台中。

⋆ helpful [ˋhɛlpfəl] adj. 有幫助的，有用的

同 useful 有用的

例 The **helpful** boy carried my bags for me.
這個**有幫助的**男孩幫我提我的提包。

⋆ hide [haɪd] v. 隱藏

同 cloak 遮掩／conceal 隱蔽

例 He could not **hide** his embarrassment.
他沒辦法**掩蓋**自己的窘態。

⋆ highway [ˋhaɪˏwe] n. 高速公路

同 expressway freeway 高速公路

例 I enjoy driving on the **highway**.
我喜歡在**高速公路**上開車。

⋆ hike [haɪk] v. 高漲 n. 步行

同 march 行軍／parade 遊行／tramp 步行

例 After the **hike** to the river, the soldiers camped for the night.
戰士們**步行**到那條河後便搭起帳篷過夜。

例 The ferry **hiked** the fare to forty cents.
船費**漲到**40美分。

⋆ hill [hɪl] n. 小山，山丘

同 mound 土丘

例 I climbed up the **hill** and ran down the other side.
我爬上了**小山**，然後從另一面跑下來。

⋆ hip [hɪp] n. 喝采聲，臀部，屁股

例 **Hip**! **Hip**! Hurrah!
嗨！嗨！萬歲！

例 The line formed by the lower edge of the **hip**-length garment.
衣服的**臀部**部分的圍線。

⋆ hippo [ˏhɪpo] n. 河馬

例 **Hippos** are big animals.
河馬是大型動物。

⋆ hire [haɪr] v. 雇用，租用

同 rent 租／employ 雇用

例 We **hired** an advertising company to help us sell our new software.
我們**委託**一家廣告公司替我們推銷新軟體。

⋆ history [ˋhɪstrɪ] n. 歷史

同 annals 年鑑／chronicle 編年史

例 **History** is my favorite subject at school.
歷史是我在學校中最喜愛的學科。

⋆ hit [hɪt] v. 打

例 He **hit** me with his hand.
他用手**打**了我。

⋆ hobby [ˋhɑbɪ] n. 愛好，嗜好

同 appetite 嗜好

例 He works in a bank, but his **hobby** is building model boats.
他在銀行工作，但他的**嗜好**是做模型船。

★ holiday [ˋhɑlə͵de] n. 假日

同 furlough 休假／vacation 假期

例 In this job, you get four weeks **holiday** a year.
做這個工作，你一年有四個星期的**假期**。

★ homesick [ˋhom͵sɪk] adj. 想家的

例 I'm **homesick**.
我**想家**了。

★ homework [ˋhom͵wɝk] n. 作業，功課

同 assignment 作業

例 It's time for **homework**.
該做**作業**了。

★ honesty [ˋɑnɪstɪ] n. 正直，誠實

反 dishonesty 不誠實

例 **Honesty** is the best policy.
誠實為上策。

★ hop [hɑp] v. 跳過，跳

同 jump 跳

例 She **hopped** across the room because she had hurt her foot.
她用一隻腳**跳著**穿過房間，因為她的腳受傷了。

★ hope [hop] v. 希望，期待

同 desire 願望／expect 預想／yearn for 渴望

例 We **hope** for an early response to our letter.
我們**希望**能早日收到回信。

★ horrible [ˋhɑrəbḷ] adj. 可怕的

同 terrible 可怕的

例 There was a **horrible** accident that happened here yesterday.
昨天在這裡發生了一起**可怕的**事故。

★ horse [hɔrs] n. 馬

例 I ride a **horse** every weekend.
我週末都會去騎**馬**。

★ hospital [ˋhɑspɪtḷ] n. 醫院

同 clinic 診所／sanitarium 療養院

例 That **hospital** is famous for its medical equipment.
那間**醫院**以其醫療設備著名。

★ host [host] n. 主人

同 owner 擁有者

例 Mr. Brown was our **host** at the party.
布朗先生是我們晚會的**主人**。

★ hotel [ˋhostḷ] n. 旅館，飯店

同 inn 酒館，餐館／motel 汽車旅館

例 His job title is **hotel** manager.
他的職銜是**飯店**經理。

★ house [haʊs] n. 房子

同 dwelling 住處／residence 住宅

例 He finally bought a new **house**, which is amazing.
他終於買了一間美好到不可思議的**房子**。

★ housewife [ˋhaʊs͵waɪf] n. 家庭主婦

例 She is a thrifty **housewife**.
她是位節儉的**家庭主婦**。

★ **housework** [ˋhausˏwɝk]
n. 家事

同 chore 家務

例 I have a lot of **housework** to do.
我有好多**家事**要做。

★ **however** [hauˋɛvɚ]
adv. 然而，無論如何

例 He can answer the question **however** hard it is.
不管問題有多難他都能回答。

★ **human** [ˋhjumən]
n. 人，人類，人性

同 mankind 人類

例 His cruelty shows that he is less than **human**.
他的殘忍顯示他沒有**人性**。

★ **humble** [ˋhʌmbḷ]
adj. 謙和的，身分卑微的

同 meek 謙和／modest 謙虛的／plain 樸素的

例 Although the doctor cured many people, he was **humble** about his work.
這位醫生雖然治好了許多人的病，但他對他的工作仍很**謙遜**。

★ **humid** [ˋhjumɪd] adj. 潮濕的

同 wet 濕的／moist 潮濕的

例 I hate the **humid** weather in Taiwan, it always make me uncomfortable.
我憎恨台灣**潮溼**的天氣，總是讓我很不舒服。

★ **humor** [ˋhjumɚ] n. 幽默，詼諧

同 pleasantry 幽默，玩笑

例 The biggest advantage he has in social ability is that he has great sense of **humor**.
他在社交上占的最大優勢便是他極具**幽默**感。

★ **humorous** [ˋhjumərəs]
adj. 幽默的，滑稽的

同 funny 有趣的

例 I can tell **humorous** stories.
我會講**幽默的**故事。

★ **hundred** [ˋhʌndrəd] n. 百

例 **Hundreds** of people attended the famous director's farewell concert.
好幾**百**人出席了這位著名指揮家的告別音樂會。

★ **hunger** [ˋhʌŋgɚ]
n. 餓，饑餓，渴望

同 eagerness 渴望

例 **Hunger** is the best sauce.
（諺）饑者口中皆佳餚。

★ **hungry** [ˋhʌŋgrɪ] adj. 饑餓的

同 starve 餓的

例 I'm **hungry**.
我**餓**了。

★ **hunt** [hʌnt] v. 打獵，尋找

同 chase 追獵／pursue 追趕

例 We've been **hunting** for the lost boy all over.
我們一直在到處**尋找**那失蹤的男孩。

★ hunter [ˋhʌntɚ] n. 獵人

例 The **hunters** camped in the midst of the thick forest.
獵人們在密林深處宿營。

★ hurry [ˋhɝɪ] v. 匆忙 n. 匆忙

同 accelerate 加速／hasten 催促／urge 趕，促

例 You always seem to be in a **hurry**.
你似乎總是很匆忙。

★ hurt [hɝt] v. 傷害

同 bruise 受傷／damage 損害／harm 傷害／impair 損害／injure 使受傷／pain 痛

例 I was very much **hurt** by his words.
他的話**傷透了**我的心。

★ husband [ˋhʌzbənd] n. 丈夫

反 wife 妻子

例 Her **husband** loves her very much.
她**丈夫**非常愛她。

★ ice [aɪs] n. 冰，雪糕

同 sherbet 冰凍食品／sleet 冰雹

例 She put some **ice** in her drink.
她往飲料裡加了點**冰**。

★ idea [aɪˋdiə] n. 想法，點子

同 notion 主張／opinion 見解／thought 想法

例 She'll have her own **ideas** about that.
對那件事她會有自己的**想法**。

★ ignore [ɪgˋnor] v. 忽視，不理睬

同 avoid 避免／disregard 不理睬

例 I tried to tell her but she **ignored** me.
我嘗試告訴她，可是她**不理**我。

★ ill [ɪl] adj. 生病的

同 ailing 生病的／sick 病的／unwell 不舒服的／wrong 有毛病的

例 She can't go to school because she is **ill**.
她不能上學，因為她**病**了。

★ imagine [ɪˋmædʒɪn] v. 想像

同 conceive 想像／dream 夢想／envision 預想／fancy 幻想

例 **Imagine** you've been shipwrecked.
想像你遭遇到了船難。

★ impolite [ˏɪmpəˋlaɪt] adj. 無禮的

同 discourteous 失禮的／disrespectful 不恭的／rude 野蠻的

例 I can't excuse such an **impolite** manner.
我不能原諒如此**無禮的**行為。

⋆ important [ɪmˋpɔrtn̩t]
adj. 重要的，要緊的

同 meaningful 意味深長的／significant 重要的

例 It is highly **important** that we (should) combine revolutionary change with practicalness.
對我們來說，把革命氣概和實際精神結合起來是**很重要的**。

⋆ impossible [ɪmˋpɑsəbl̩]
adj. 不可能的

同 absurd 不合理的／inconceivable 不可思議的／unimaginable 不可想像的／unthinkable想不到的

例 It's **impossible** for me to come over today.
我今天**不可能**過來。

⋆ improve [ɪmˋpruv]
v. 改進，改善，促進

同 advance 提高／better 改良／develop 發展

例 He came back from his holiday with greatly **improved** health.
他度假回來，健康大為**好轉**。

⋆ inch [ɪntʃ] n. 英吋

例 There are twelve **inches** in a foot.
一英尺有12**英吋**。

⋆ include [ɪnˋklud] v. 包含，包括

同 comprise 包括／contain 含有

例 The total price **included** postage.
總價**包含**郵資。

⋆ income [ˋɪn͵kʌm]
n. 所得，收入

同 earnings 收入／proceeds 收益

例 Low-**income** families need government help.
低**收入**家庭需要政府幫助。

⋆ increase [ɪnˋkris]
v. 增加，添加

同 add to 增加／enlarge 增大／raise 增添

例 His employer has **increased** his wages.
他的雇主**提高**了他的工資。

⋆ independent [͵ɪndɪˋpɛndənt]
adj. 獨立的，自由的

同 self-reliant 不依靠他人，獨立自主的

例 He has an **independent** income.
他有一份**獨立的**收入。

⋆ indicate [ˋɪndə͵ket]
v. 指示，象徵，暗示

同 direct 指示／display 展示／suggest 暗示

例 His face **indicates** the unexceptable.
他的表情**暗示**他的無法接受。

⋆ influence [ˋɪnfluəns]
n. 感化，影響

同 affect 影響／move 感動

例 My teacher's **influence** made me study science in college.
由於我老師的**影響**，我在大學時修習理科。

★ information
[ˌɪnfɚˋmeʃən] n. 資訊知識，見聞

同 news 信息

例 The police haven't got enough **information** to arrest the suspect.
警方還未得到可逮捕這個嫌疑犯的足夠情報。

★ ink [ɪŋk] n. 墨水

例 Oh my god! There is an **ink** stain on my shirt.
天啊！我的衣服上沾到墨水了。

★ insect [ˋɪnsɛkt] n. 昆蟲

例 **Insects** propagate themselves by means of eggs.
昆蟲以產卵繁殖後代。

★ inside [ˋɪnˋsaɪd]
prep. 在……裡面，內側

同 innermost 最裡面／within 在……範圍內／interior 在……內側／into 向內／in 在……裡面

例 The outside of an orange is bitter, but the **inside** is sweet.
橘子的外皮是苦的，裡面是甜的。

★ insist [ɪnˋsɪst] v. 堅持，強調

同 demand 要求／maintain 保持／stress 強調／urge 敦促

例 We **insist** on self-reliance.
我們堅持自力更生。

★ inspire [ɪnˋspaɪr]
v. 激勵，啟發，使感激

例 I was **inspired** to work harder than ever before.
我受激勵後比以往任何時候都更努力地工作。

★ instant [ˏɪnstənt]
adj. 立即的，迫切的

同 immediate 立刻的／moment 馬上的／quick 迅速的／urgent 緊急的

例 The judgement sentenced this man to **instant** death.
法官判決將這個人立即處死。

★ instrument [ˋɪnstrəmənt]
n. 樂器，工具

同 apparatus 器具／appliance 工具／implement 用具

例 A brush is an **instrument** for writing.
毛筆是一種書寫工具。

★ intelligent [ɪnˋtɛlədʒənt]
adj. 聰明的，理智的

同 bright 機警的／smart 聰明的

例 Can you say that dolphins are much more **intelligent** than other animals?
你認為海豚比其他動物聰明得多嗎？

★ interest [ˋɪntərɪst]
v. 使感興趣 n. 利息

例 My mother **interested** me in music.
我的母親使我對音樂感興趣。

例 He lent me the money at 5% **interest**.
他以百分之五的利息借給我這筆錢。

★ international [ˏɪntɚˋnæʃənḷ]
adj. 國際性的

例 The president of these two countries reached **international** agreement.
這兩個國家的總統達成一份國際協定。

★ Internet [ˋɪntɚ͵nɛt] n. 網際網路

例 I'm keen on surfing the **Internet**.
我熱衷於**上網瀏覽**。

★ interrupt [͵ɪntəˋrʌpt]
v. 打斷，干擾，中斷

同 hinder 阻礙／interfere 干擾／intrude 妨礙

例 Don't **interrupt** me.
別**打斷**我。

★ interview [ˋɪntɚ͵vju]
n. 面談，面試

同 quiz 測驗／test 考試

例 I thank you very much for this **interview**.
非常感謝你這次**接見**。

★ into [ˋɪntu]
prep. 到……裡面，進入

同 inside 裡面／in 在……裡

例 Come **into** the house.
進屋裡來。

★ introduce [͵ɪntrəˋdjus]
v. 介紹，導入，送入

同 bring in 帶來

例 He **introduced** his friend to me.
他把朋友**介紹**給我。

★ invent [[ɪnˋvɛnt] v. 發明，創造

同 contrive 發明／devise 創造

例 Who **invented** the steam engine?
誰**發明**了蒸氣機？

★ invitation [͵ɪnvəˋteʃən]
n. 請帖，邀請

同 appea 懇請／ask 請求／summon 召喚

例 We had three **invitations** to parties.
我們有三張聚會的**邀請函**。

★ invite [ɪnˋvaɪt] v. 邀請

例 She **invited** us to her party.
她**邀請**我們參加她的聚會。

★ iron [ˋaɪɚn] n. 鐵

同 steel 鋼鐵

例 Strike while the **iron** is hot.
（諺）打**鐵**趁熱。

★ island [ˋaɪlənd] n. 島，安全島

例 Britain is an **island**.
英國是個**島國**。

★ it [ɪt] pron. 它，牠

例 This is my watch, it's a Swiss one.
這是我的手錶，**它**是瑞士製的。

★ itself [ɪtˋsɛlf]
pron. （it的反身代名詞）自己

例 The baby is too young to feed **itself**.
這嬰兒太小了，不能**自己**吃東西。

★ jacket [ˋdʒækɪt] n. 夾克

例 I like the design of this jacket.
我喜歡這個**夾克**的設計。

★ jam [dʒæm]
n. 果醬，堆積物，堵塞 v. 塞滿

同 marmalade 果醬／stuff 填充物

例 The crowds **jammed** the streets, and no cars could pass.
街上**擠滿**了人群，汽車都無法通行。

★ January [ˋdʒænjuˏɛrɪ] n. 一月

例 I was born on January 3rd.
我生於元月三日。

★ jazz [dʒæz] n. 爵士樂，胡扯

例 Do You like listening **jazz**?
你喜歡聽**爵士樂**嗎？

例 Don't give me any of that **jazz** about your great adventure!
別再向我**胡扯**你那了不起的奇遇吧！

★ jealous [ˋdʒɛləs] adj. 嫉妒的

同 covetous 垂涎的／envious 嫉妒的

例 Sarah is Jane's friend but she is **jealous** if Jane plays with other girls.
莎拉是珍的朋友，但如果珍和別的女孩子一起玩時，她就會很**嫉妒**。

★ jeans [dʒinz] n. (pl.) 牛仔褲

例 Lots of students wear **jeans** nowadays.
現在很多學生穿**牛仔褲**。

★ job [dʒɑb] n. 工作，職業

同 task 任務／toil 苦工／work 工作

例 He had a **job** of painting the boat.
他從事一份替船上漆的**工作**。

★ jog [dʒɑg] v. 慢跑

同 lope 大步慢跑／run 跑
sprint 短跑／trot 小步跑

例 Many old people go **jogging** in the park in the early morning.
大清早許多老年人到公園去**慢跑**。

★ join [dʒɔɪn] v. 加入，連結，參加

同 combine 使結合／connect 連接

例 Tie a knot to **join** those two pieces of rope.
打個結，把這兩根繩子**連上**。

★ joke [dʒok] n. 笑話，玩笑

同 banter 戲弄／jest 嘲弄／quip 諷刺／tease 戲耍

例 Our teacher told us a **joke** today.
我們老師今天講了一個**笑話**。

★ journalist [ˋdʒɝnḷɪst]
n. 記者，新聞工作者

例 He is a famous sports **journalist**.
他是有名的體育**記者**。

★ joy [dʒɔɪ] n. 喜悅，樂事

反 grief 悲傷／sorrow 悲嘆

例 She was full of **joy** when her child was born.
她的孩子出生時，她非常**高興**。

★ judge [dʒʌdʒ]
v. 審判，裁判 n. 法官，裁判

同 referee 裁判／umpire 仲裁人

例 Who's **judging** the races?
誰是比賽的裁判？

★ juice [dʒus] n. 果汁，原汁

例 I'd like a glass of orange **juice**.
我想要一杯橘子汁。

★ July [dʒu`laɪ] n. 七月

例 The birthday of the communist party is on **July** 1st.
七月一日是共產黨的建黨日。

★ jump [dʒʌmp] v. 跳

同 hop 跳／leap 跳躍

例 He **jumped** into the car.
他跳上汽車。

★ June [dʒun] n. 六月

例 Many couples like to hold their weddings in **June**.
許多情侶喜歡在六月舉行他們的婚禮。

★ just [dʒʌst] adv.
只是，剛剛，合理，恰當

同 merely 只是／only 只，僅僅

例 It's **just** that you should be rewarded for your work.
你因工作而得到報酬是很合理的。

Track024

★ kangaroo [ˌkæŋgə`ru]
n. 袋鼠

例 **kangaroos** are from Australia.
袋鼠來自澳洲。

★ keep [kip] v. 保存，保留

同 conserve 保存／maintain 保持／preserve 保護／protect 保留／save 保存

例 I **keep** old letters.
我保存舊信。

★ ketchup [`kɛtʃəp] n. 番茄醬

例 I like to add some **ketchup** in my pasta.
我喜歡在義大利麵裡加些**番茄醬**。

★ key [ki] n. 鑰匙，線索，關鍵

同 answer 解答／clue 線索／explanation 解釋

例 We have a **key** to the door of the house and a **key** for starting the car.
我們有房間門的**鑰匙**和發動汽車的**鑰匙**。

★ kick [kɪk] v. 踢

例 Don't **kick** the ball into the road.
不要把球踢到馬路上。

★ kid [kɪd]
n. 小孩 v. 取笑，欺騙

同 child 小孩

例 Don't **kid** me.
不要**騙**我。

★ kill [kɪl] v. 殺死，殺

例 Ten people were **killed** in the train crash.
在那次火車事故中有十人死亡。

★ kilogram [ˋkɪŋdəm] n. 公斤，千克

例 He weights 50 **kilograms**.
他五十公斤重。

★ kilometer [ˋkɪlə͵mitɚ] n. 公里

例 It's about 1000 **kilometers** from Beijing to Shanghai.
從北京到上海大約1000公里。

★ kind [kaɪnd] n. 種類，善良

同 type 樣式／variety 多種／sort 種類／considerate 體諒的／gentle 溫和的／friendly友好的

例 Try to find out what **kind** of people need help most.
試著找出哪種人最需要幫助。

★ kingdom [ˋkɪŋdəm] n. 王國

反 queendom 女王國

例 The mind is the **kingdom** of thought.
頭腦是思想的王國。

★ kiss [kɪs] v. 親吻，接吻

同 buss 接吻／osculate 親吻

例 He **kissed** his wife when he said good-bye.
他告別時吻了妻子。

★ kitchen [ˋkɪtʃɪn] n. 廚房，炊具

同 tool 炊具／untencils 廚房炊具

例 This is an army field **kitchen**.
這是軍用野外炊具。

★ kite [kaɪt] n. 風箏 v. 迅速上升，消失

例 I'm flying a **kite** with my classmates.
我和同學一起去放風箏。

例 His fortune has gone **kiting**.
他的好運消失了。

★ kitten [ˋkɪtn̩] n. 小貓

同 cat 貓／pet 寵物

例 Please help me to find my missing **kitten**!
請幫忙我尋找我走失的小貓！

★ knee [ni] n. 膝蓋

例 The water was **knee**-deep.
水深及膝。

★ knife [naɪf] n. 刀子

同 sword 刀劍

例 The way my father use the table **knife** is very elegant.
我父親使用餐刀的方式非常地優雅。

★ knock [nɑk] v. 敲

同 beat 打／jab 戳／strike 擊打

例 Please **knock** on the door.
請敲門。

★ knowledge [ˋnɑlɪdʒ] n. 知識，認識，了解

同 information 知識，資訊

例 She has a good **knowledge** of London.
她對倫敦的情形很熟悉。

★ koala [kəˋɑlə] n. 無尾熊

例 **Koala** bears are very lovely.
無尾熊很可愛。

★ lack [læk]
v. 缺乏 n. 欠缺，不足

同 insufficiency 不足／shortage 缺少

例 I drooped from **lack** of sleep.
我因睡眠**不足**而萎靡不振。

★ lady [ˋledɪ] n. 女士，淑女

同 matron 主婦／woman 女人

例 Hellen went to ask the **lady** if she received her invitation.
海倫問那位**女士**是否收到請柬。

★ lake [lek] n. 湖，湖泊

同 pool 池塘

例 The **lake** was very calm and clear when we arrived early that day.
那天我們到的很早，**湖**面平靜湖水清澈。

★ lamb [læm] n. 小羊，羊肉

同 sheep 綿羊／goat 山羊／mutton 羊肉

例 The ewe gave birth to only one **lamb**.
這母羊只產了一隻**小羊**。

★ lamp [læmp] n. 燈

同 light 燈

例 Every room in an average house has at least one **lamp**.
普通房屋每間房都至少有一盞**燈**。

★ land [lænd] n. 陸地，土地，地面

同 ground 地面／earth 大地，地球，地面

例 The **land** is very dry; there has been no rain for a very long time.
土地很乾，已經許久沒下雨了。

★ language [ˋlæŋgwɪdʒ] n. 語言

同 speech 演講／spoken 口語／talk 談話

例 English is the most popular **language** spoken in the world today.
英語是當今世界上最常用的**語言**。

★ lantern [ˋlæntɚn] n. 燈籠

同 pharos 燈塔

例 A **lantern** made from a hollowed pumpkin with a carved face is usually displayed on Halloween.
把南瓜挖空並雕成人面形狀的**燈籠**，通常在萬聖節出現。

★ large [lɑrdʒ]
adj. 巨大的，大量的

同 big 大的／giant，enormous，massive 巨大的／vast 廣大的

例 The secretary has a **large** amount of mail to answer every day.
秘書每天有**大量**的信件需要回覆。

★ last [læst]
adj. 最後的，最近的 v. 持持續

同 final 最終的／hindmost 最後面的／latest 最近的

例 They've lived in this building for the **last** three years.
最近三年他們一直住在這棟樓。

★ late [let] adj. 遲到，晚

同 behind 在……後面／slow 遲慢／tardy 延遲

例 Hurry up! Or we'll be **late** for school.
快點！不然我們上學要**遲到**了！

★ later [ˋletɚ] adv. 以後，稍後

同 after 以後

例 I will arrive five minutes **later**.
我五分鐘**後**到。

★ latest [ˋleɪst] adj. 最新的，最近的，最後的

例 Here's our **latest** style.
這就是我們**最新的**款式。

例 Here's the **latest** magazine.
這是**最近的**一期雜誌。

例 This group arrived the **latest**.
這組人馬**最後**抵達。

★ latter [ˋlætɚ] adj. 較後的

同 later 後面的／former 從前的

例 The **latter** part of the program was directed by Joe.
這個節目的**後半段**是喬指導的。

★ laugh [læf] v. 笑，譏笑，嘲笑

同 giggle 咯咯笑／snicker 暗笑

例 I hate to be **laughed** at by others.
我非常不喜歡被別人**嘲笑**。

★ law [lɔ] n. 法律

同 decree 法令／edict 佈告／ordinance 條例

例 Her son's studying in **law** at university.
她的兒子正在大學念**法律**。

★ lawyer [ˋlɔjɚ] n. 律師

例 Terry's uncle has been a **lawyer** for over twenty years.
泰瑞的叔叔當**律師**二十多年了。

★ lay [le] v. 放置，安排

同 arrange 安排／deposit 放置

例 Will you please **lay** the table for dinner?
請你**放好**餐具準備吃晚飯好嗎？

★ lazy [ˋlezɪ] adj. 懶惰的，輕鬆的

同 inactive 怠惰的／indolent 懶惰的／lax 鬆弛的

例 He's inclined to be **lazy**.
他生性**懶惰**。

★ lead [lid] v. 帶領

同 direct 指導／guide 引導

例 He **leads** us to his home.
他把我們**帶到**他家。

★ leader [ˋlidɚ] n. 領導者

同 directer 指導者／guider 引導者

例 She is really a good **leader**.
她真是個好的**領導者**。

★ leaf [lif] n. 葉子，葉片

例 There wasn't a single **leaf** left on the tree by the middle of December.
到了十二月中，樹上一片**葉子**也沒有了。

★ learn [lɝn] v. 學習

同 study 學習

例 One is never too old to **learn**.
（諺）活到老**學**到老。

★ least [list] adj. 最少的

同 minimum 最小的

例 At **least** Dan knows how to count from one to ten in Chinese.
至少丹知道怎麼用中文從 1 數到10。

★ leave [liv] v. 離開

同 abandon 丟棄／quit 辭去／vacate 離開

例 The train will **leave** (the station) in five minutes.
火車五分鐘後**離站**。

★ leg [lɛg] n. 腿

例 Since hurting his **leg** on his bicycle, Tim's leg is now doing much better.
迪姆的腿從自行車上摔傷後很快復元。

★ lemon [ˋlɛmən] n. 檸檬

例 **Lemon** is one of my favorite fruits.
檸檬是我最喜歡的水果之一。

★ lend [lɛnd] v. 借（出）

同 give 給／loan 借貸

例 Would anyone **lend** me their binoculars?
有人願意**借**給我雙筒望遠鏡嗎？

★ lesson [ˋlɛsn̩] n. 課

同 course 科目／coricullum 課程／class 課

例 We just finished **lesson** four in our English conversation class.
我們剛剛在英文對話課程學完第四**課**。

★ letter [ˋlɛtɚ] n. 信，字母

同 message 信息／note 筆記／symbol 信條

例 I can read **letter** A to **letter** Z.
我能從**字母** A 讀到**字母** Z。

例 I received a **letter** from England.
我收到一封從英國寄來的**信**。

★ lettuce [ˋlɛtɪs] n. 萵苣

例 Most people loves to eat **lettuce**.
多數人喜歡吃**萵苣**。

★ level [ˋlɛvl̩] n. 水平，位置，層次

同 standard 標準

例 This project had been raised above the ordinary **level**.
這項工程已經超出了一般**水平**。

例 You should try to find your own **level** in the business world.
你應該試著找出你在商場上的**位置**。

例 The garden is arranged on two **levels**.
花園分兩**層**。

★ library [ˋlaɪˏbrɛrɪ] n. 圖書館

同 Reading-room 閱覽室

例 Jenny often goes to the **library** to study and to do her homework.
珍妮經常去**圖書館**念書、做功課。

★ lick [lɪk] v. 舔，輕拍

同 taste 嘗

例 I **licked** the flap of the envelope and sealed it.
我**舔**了舔信封蓋口，把它封好。

例 I enjoy the view of the waves **licking** at the seawall.
我很喜歡看波浪**輕輕地拍打**海堤的景象。

★ lid [lɪd] n. 蓋子，限制

同 cover 覆蓋／top 蓋

例 Mother put a **lid** on my daily spending since last week.
媽媽從上星期開始**限制**我的日常花費。

★ lie [laɪ] n. 說謊，謊言

同 falsehood 說謊／fib 小謊

例 I will take no **lies** from you anymore.
我不會再聽信你的**謊言**了。

★ lift [lɪft] v. 舉起

同 raise 提高，升高

例 Exhale when you **lift** the weight.
當你**舉**重時要呼氣。

★ light [laɪt] adj. 輕的，發光的，淺色的

同 airy 輕的／bright 光亮的

例 The basket is very **light**; I can easily pick it up.
籃子很**輕**，我可以很容易地拿起來。

例 The lamp is very **light**.
燈非常**亮**。

例 I like **light** blue.
我喜歡**淺**藍色。

★ lightning [ˋlaɪtɪŋ] n. 閃電

例 **Lightning** usually accompanies thunder.
打雷時通常會**閃電**。

★ likely [ˋlaɪklɪ] adj. 有希望的，有可能的，合適的

同 possible 可能性（小）／probable 可能性（大些）

例 She found a **likely** topic for investigation, in order to enrich our magazine.
她找了一個**前景可期**的調查主題，希望豐富我們雜誌的內容。

例 She is not **likely** to come next month.
她下個月很**可能**不來。

例 I have found a **likely** house at last.
最後我找到了一間**合適**的房子。

★ limit [ˋlɪmɪt] v. 限制 n. 限速

同 confine 限制／boundary 界限／restriction 限定

例 The speed **limit** is the fastest speed you are allowed to drive a car at.
限速是允許駕車的最快速度。

★ line [laɪn] n. 線，繩

同 stripe 條紋／string 帶／curve 曲線／rope 繩

例 Write on the **lines** of the paper.
順著紙上的**線條**書寫。

例 I need a **line** for me to hang my wash.
我需要一條**繩子**掛我洗好的衣服。

★ link [lɪŋk] v. 連接

同 connect 連接／combine 使結合

例 The two towns are **linked** by a railway.
這兩個城鎮由一條鐵路**連接**起來。

★ lion [ˋlaɪən] n. 獅子

例 The **lion** is the king of animals.
獅子是萬獸之王。

★ lip [lɪp] n. 嘴唇

例 David bit his **lip** by accident when he was eating lunch.
吃午飯時大衛不小心咬到了**嘴唇**。

★ liquid [ˋlɪkwɪd] n. 液體

同 fluid 流體

例 Air is a fluid but not a **liquid**.
空氣是流體，不是**液體**。

★ **list** [lɪst] n. 名單

例 Paul needs to make a **list** of all his spendings for this month.
保羅必須為他這個月的所有開銷列張清單。

★ **listen** [ˋlɪsn̩] v. 聽

同 hear 聽

例 He wants to **listen** to that new album he bought yesterday but can't find the CD player.
他想聽他昨天買的新專輯 CD 但是找不到CD 播放器。

★ **liter** [ˋlitɚ] n. 公升

例 My car needs 20 **liters** of gasoline each time.
我的車子一次需要 20 公升的汽油。

★ **litter** [ˋlɪtɚ] n. 垃圾 v. 亂丟

同 debris 碎屑／junk 垃圾／rubbish 廢物

例 What a mess! Just look at all this **litter**!
真是亂七八糟！瞧瞧這些垃圾！

例 I don't think you should **litter** things about.
我覺得你不應該把東西到處亂扔。

★ **little** [ˋlɪtl̩] adj. 小的，少的

同 minimum 極小的／puny 微小的

例 Why do you come to me with every **little** difficulty?
你為什麼有一點小麻煩便來找我？

★ **live** [lɪv] v. 活著，過活，住

同 reside 住／dwell 住著／exist 活著

例 My grandfather is still **living**, but my grandmother is dead.
我的祖父還活著，可是祖母已經去世了。

例 He **lives** by stealing.
他靠偷竊維生。

例 I **live** in a town.
我住在一個城鎮。

★ **loaf** [lof] n.（一條）麵包，魚糕，肉糕

同 a piece of 一（片）

例 Dan got a **loaf** of bread from the fridge and put it in the toaster.
丹從冰箱拿出一條麵包並放進了麵包機。

★ **local** [ˋlokl̩] adj. 當地的

同 limited 有限的／regional 區域性的

例 **Local** industry should concern itself with **local** needs.
地方工業應關心本地的需要。

★ **lock** [lɑk] v. 鎖上

同 close 關上／fasten 繫上／latch 鎖上

例 Howard forgot to **lock** his bicycle but luckily it was still there.
霍華德忘記鎖自行車但幸運的是車還在。

★ **locker** [ˋlɑkɚ] n. 置物櫃，上鎖的人

同 chest 箱子，櫃子／trunk 貯物箱

例 They are beside the **locker**.
他們在櫃子旁邊。

例 He is the **locker** of windows and doors.
他是鎖門窗的人。

⋆ lonely [ˋlonlɪ]
adj. 寂寞的，孤單的

同 alone 獨自的／desolate 孤獨的

例 The **lonely** orphan craved for affection.
這**孤獨的**孤兒渴望得到感情。

例 Do you ever feel **lonely**?
你有否感到**寂寞**過？

⋆ long [lɔŋ] adj. 長的，長久的

例 It has been a **long** time since Charles visited Taipei.
自從查爾斯到台北來已經有**很長**一段時間了。

⋆ look [lʊk] v. 看

同 see 看／glance 掃視

例 He **looks** very tired.
他**看起來**好像很疲倦。

⋆ lose [luz] v. 遺失，減少，輸

同 mislay 丟／fail 失敗

例 He has **lost** his watch.
他把手錶弄丟了。

⋆ loser [ˋluzɚ] n. 失敗者

反 gainer 得利者，獲利者

例 Although John won this game, Tim is really a graceful **loser**.
雖然約翰贏了這場比賽，但提姆真是個有風度的**失敗者**。

⋆ loud [laʊd] adj. 大聲的

同 noisy 吵鬧的／resounding 響亮的

例 The teacher's voice is very **loud**; we can all hear it.
老師的聲音很**大**，我們都聽得見。

⋆ love [lʌv]
v. 愛，疼愛 n. 熱愛，喜愛

同 like 喜歡／adore 崇拜

例 I **love** my job from the bottom of my heart.
我打從心底**喜愛**我的工作。

例 Terence felt in **love** with Jessie at the first sight.
泰倫斯第一眼看見婕西**愛**上她了。

⋆ lovely [ˋlʌvlɪ]
adj. 可愛的，有趣的，不錯的

同 attractive 有吸引力的／charming 迷人的

例 What **lovely** small animals!
多麼**可愛的**小動物啊！

例 Your portable computer is really a **lovely** one.
你的手提電腦真**不錯**。

⋆ low [lo] adj. 低的

同 inferior 較差的，下級的

例 He built the house **low** and wide.
他建造的房子**矮**而寬敞。

⋆ lucky [ˋlʌkɪ] adj. 幸運的

反 unlucky 不幸的

例 Victor is **lucky** to have won $5,000 in the last lottery draw.
維克多非常**幸運地**在上一期的彩票中贏了5,000美元。

⋆ lunch [lʌntʃ] n. 午餐

例 I'm hungry, let's have **lunch**.
我餓了，我們吃**午飯**吧。

Track028

★ madam [ˋmædəm] n. 夫人

同 Mistress (Mrs.) 夫人

例 **Madam**, you need to leave your umbrella outside!
夫人，您必須把雨傘放在外面！

★ machine [məˋʃin] n. 機器

例 This fax **machine** doesn't work.
這台傳真**機**壞了。

★ mad [mæd] adj. 發瘋的，發怒的

同 angry 生氣的／crazy 發瘋的

例 He drove like **mad**.
他**發瘋**似地駕車。

例 He was **mad** by grief.
他因煩惱而**發狂**。

★ magazine [ˏmægəˋzin] n. 雜誌

同 publication 出版物／journal 雜誌

例 Are you done with the **magazine**?
你看完這本**雜誌**了嗎？

★ magic [ˋmædʒɪk] adj. 魔術的，神奇的

同 witchcraft 魔法／sorcery 巫術

例 Her piano playing is absolute **magic**.
她的鋼琴彈得真是**出神入化**。

★ magician [məˋdʒɪʃən] n. 魔術師

例 David dreams to become a **magician** when he grows up.
大衛夢想著長大後成為一名**魔術師**。

★ mailman [ˋmelˏmæn] n. 郵差

同 postman 郵差

例 The dog suddenly turned on the **mailman**.
這條狗突然對**郵差**狂叫起來。

★ main [men] adj. 主要的

同 foremost 首要的／chief 主要的

例 Shopping is her **main** hobby.
購物是她的**主要**愛好。

★ major [ˋmedʒɚ]
adj. 較大的，重要的
n. 主修科目，少校

同 greater 重大的／superior 上級

例 Amy has a **major** problem with her money spending habits.
愛咪的消費習慣成了一個**大**問題。

例 Her **major** is French.
她的**主修**科目是法語。

例 I'm only a **major**.
我只是**少校**。

★ make [mek]
v. 整理，製作，組成

同 assemble 裝配／compose 組成

例 Don't forget to **make** your bed when you wake up.
醒來時別忘了**整理**床鋪。

例 Twelve men **make** a jury.
十二個人**組成**一個陪審團。

例 I can **make** model planes.
我會**製作**飛機模型。

★ male [mel] n. 男性，公的

同 manly 男子氣概的／masculine 男子氣慨的

例 This is a family based on **male** descent.
這是一個以**男性**為基礎的家庭。

★ mall [mɔl] n. 購物中心

同 shopping center 購物中心／store 商場

例 They often go to the shopping **mall** nearby.
他們常去附近的**購物中心**。

★ manager [ˋmænɪdʒɚ] n. 經理

同 boss 老闆

例 Our export **manager** is not very great.
我們出口業務部**經理**並不是很優秀。

★ mango [ˋmæŋgo] n. 芒果

例 Both sides of the road were planted with fresh green **mango** trees.
路兩邊都種了翠綠的**芒果**樹。

★ manner [ˋmænɚ] n. 方式，態度

同 style 方式／way 方法

例 They won in a foul **manner**.
他們以下流**方式**贏得勝利。

★ many [ˋmɛnɪ] adj. 很多的，許多的

同 numerous 許多的

例 There were **many** arguments about these problems.
關於這些問題，有過**許多**爭論。

★ map [mæp] n. 地圖

同 chart 圖表

例 When Dennis looked at the **map**, he found he was going the wrong way.
當丹尼斯看到**地圖**時才發現他走錯方向了。

★ mark [mark] n. 分數，記號

同 sign 記號／grade 等級

例 Jim got a lower **mark** on the last quiz.
在上次測試中吉姆得了較低的**分數**。

★ marker [ˋmarkɚ] n. 標記，書籤，記分員

同 sign 記號／recorder 記錄員

例 Mary put a **marker** in her book so that she would know where she left off.
瑪麗在書中夾了一個**書籤**，以便以後知道讀到哪裡。

例 You can see the blade bears the **marker**'s stamp.
你能看到刀面上有**標記**印。

★ market [ˋmarkɪt] n. 市場

同 mart 集市，拍賣場

例 We need to develop a new **market**.
我們需要開發新的**市場**。

★ married [ˋmærɪd] adj. 結婚的

反 single 單身的

例 She is **married** to a millionaire.
她**嫁**給一位百萬富翁。

★ marry [ˋmærɪ] v. 結婚，和……結婚

例 Would you **marry** me?
妳願意**嫁**給我嗎？

★ marvelous [ˋmarvələs] adj. 神奇的，很棒的

同 extraordinary 非凡的／wonderful 精彩的

例 His rendering is **marvelous**.
他的詮釋真是**好極**了。

★ mask [mæsk] n. 面具

同 cover 蓋子，封面

例 He was wearing a **mask** during the performance.
他表演時戴著面具。

★ mass [mæs] n. 團，大量

同 amount 大量的

例 I'm sorry that I can't go to the movie with you tonight, I really have a **mass** of work to do.
我很抱歉今晚不能和你去看電影，因為我有一大堆工作要做。

★ master [ˋmæstɚ] v. 精通，控制

同 control 控制

例 You should really learn to **master** your anger.
你真的應該學著控制脾氣。

★ mat [mæt] n. 墊子，小墊子

同 rug 墊子／cover 蓋子

例 He placed a **mat** in front of the door to wipe his feet on it.
他在門前放置一個墊子是為了清淨鞋底。

★ match [mætʃ] v. 相配，配合 n. 比賽

同 mate 使配對

例 Can you **match** that story?
你能講一個同樣精彩的故事嗎？

例 What an impressive **match**!
這場比賽太精彩了！

★ math [mæθ] n. 數學

例 He is sharp at **math**.
他擅長數學。

★ matter [ˋmætɚ] n. 事情，物質，困擾

同 affair 事件／business 事物，生意

例 No one knew what the **matter** was when Jenny was screaming.
沒有人知道珍妮尖叫是因為什麼事。

★ maximum [ˋmæksəməm] n. 最大量，最多

同 largest 大量的／greatest 巨大的

例 They did all this to obtain the **maximum** profits.
他們這樣做都是為了獲取最大利潤。

★ may [me] aux. 可以

同 can 能

例 **May** I smoke?
我可以抽菸嗎？

★ meal [mil] n. 一餐

同 repast 餐

例 He wolfed his **meal**.
他狼吞虎嚥地吃了一頓飯。

★ mean [min] v. 意思是，意指

同 denote 表示

例 Do you **mean** the train will be more than 20 minutes late?
你的意思是火車將誤點20多分鐘嗎？

★ meaning [ˋminɪŋ] n. 意思

同 expression 解釋，表達

例 I mistook your **meaning**.
我誤解了你的意思。

★ meat [mit] n. 肉

同 food 食物，食品

例 This **meat** smells.
這肉發臭了。

* **mechanic** [mə`kænɪk] n. 技工

同 machinist 機械工

例 He applied for the **mechanic's** job.
他申請了**技工**的職位。

* **media** [`midɪə]

n. (pl.) 媒體（medium的複數）

例 This is a selected group of **media** influentials.
這是一群挑選過的**媒體**權威。

* **medicine** [`mɛdəsn̩] n. 藥

同 drug 藥

例 The **medicine** worked.
藥物奏效了。

* **medium** [`midɪəm] adj. 中等的

同 middle 中間

例 Terry is of **medium** height but he is a little thin.
泰瑞是**中等**個子但有點瘦。

* **meet** [mit] v. 遇見，和……見面

同 encounter 遇見

例 Paul decided to **meet** Andy in a special place for their chat.
保羅決定在一個特別的地方與安迪**見面**聊天。

* **meeting** [`mitɪŋ] n. 會議

例 The business **meeting** went well even though Lori was absent.
商務**會議**並沒有因為羅莉缺席而受影響。

* **member** [`mɛmbɚ] n. 成員

同 part 部分／branch 分支

例 Ann has been a **member** of the Pacific Golf for more than five years.
安已經成為太平洋高爾夫俱樂部**成員**五年多了。

* **menu** [`mɛnju] n. 菜單

例 Here is the evening **menu**.
這是晚餐的**菜單**。

* **message** [`mɛsɪdʒ]

n. 訊息，寓意

同 letter 信函／note 短信

例 Would you like to leave a **message** for our manager?
您想留個**訊息**給我們經理嗎？

* **metal** [ˏmɛtl̩] n. 金屬

反 wood 木頭

例 Almost all cars are made of **metal** because it is strong.
幾乎所有汽車都用**金屬**製造，因為它很堅固。

* **meter** [`mitɚ] n. 儀錶，公尺

同 gauge 儀錶

例 The **meter** reads ten therms.
儀錶上的讀數為十克卡。

* **method** [`mɛθəd]

n. 方法，態度

同 way 方法

例 This kind of exercise **method** is effective.
這種練習**方法**很有效。

★ microwave [ˋmaɪkrə͵wev]
n. 微波爐

例 There is a **microwave** inside the closet.
碗櫥裡有一台**微波爐**。

★ middle [ˋmɪdḷ] n. 中間

同 center 中心／core 核心

例 There are a few tables in the **middle** of the cafeteria.
咖啡館的**中間**有幾張桌子。

★ midnight [ˋmɪd͵naɪt] n. 半夜

例 It's turned **midnight**.
已經**午夜**了。

★ mile [maɪl] n. 英哩

例 I am driving 45 **miles** an hour.
我正以每小時**45英哩**的速度開車。

★ million [ˋmɪljən] n. 百萬

例 This sale netted me $1 **million** dollars.
這次銷售讓我淨賺了**一百萬**美金。

★ mind [maɪnd] n. 想法，頭腦

同 attention 留意／brain 頭腦

例 Don't buy the skirt right now, I think you may change your **mind** later.
別馬上就買下這件裙子，我覺得你等下也許會改變**想法**。

★ mine [maɪn]
pron. I 的所有格代名詞

例 None of the students here are classmates of **mine** this year.
今年這裡沒有**我的**同學。

★ minor [ˋmaɪnɚ]
adj. 較小的，未成年的

同 lesser 較少的

例 Don't neglect **minor** issues.
不要忽略**枝節**問題。

★ minus [ˋmaɪnəs] prep. 減

同 less 減去

例 Fifteen **minus** six is nine.
十五**減**六等於九。

★ minute [ˋmɪnɪt] n. 分鐘，瞬間

同 moment 片刻

例 In a **minute** the TV station will show the evening news.
電視臺將**馬上**播放晚間新聞。

例 Every **minute** counts.
每**分鐘**都很重要。

★ mirror [ˋmɪrɚ]
n. 鏡子 v. 映出

同 copy 複製／reflect 反射

例 Life is like a **mirror**.
生活是一面**鏡子**。

★ miss [mɪs] n. 小姐

同 Mistress (Mrs.) 女士

例 **Miss** Li will have a show about gardening on Saturday.
李**小姐**在週日將表演一場園藝秀。

★ miss [mɪs] v. 錯過，想念

同 lose 丟失／fail 失敗／remind 想起

例 Did I **miss** something?
我**錯過**了什麼？

例 I do **miss** you!
我真**想念**你啊！

★ mistake [mə`stek] n. 錯誤

同 fault 過失／error 錯誤

例 Silence never makes **mistakes**.
沉默永遠不出**差錯**。

★ mix [mɪks] v. 混合

同 combine 結合／mingle 混合

例 Please don't **mix** up my papers.
請不要把我的公文弄混淆了。

★ model [`mɑdḷ] n. 模型，模特兒，模式

同 example 樣板／imiage 典型

例 The sentists had found the atmospheric pollution **model**.
科學家已經發現了大氣汙染**模式**。

★ modern [`modɛm] adj. 現代的

同 contemporary 當代的／up-to-date 新式的

例 I enjoyed **modern** Chinese mural painting.
我很欣賞中國**現代**壁畫。

★ moment [`momənt] n. 片刻

同 minute 瞬間

例 Wait a **moment**!
稍等**片刻**！

★ money [`mʌnɪ] n. 錢

同 currency 通貨／cash 現金

例 It was really good that he was able to save a lot of **money**.
他能把**錢**存起來真是件好事。

★ monkey [`mʌŋkɪ] n. 猴子；頑童

例 Knock it off, You little **monkey**!
別鬧了，你這個小**頑童**！

★ monster [`mɑnstɚ] n. 怪物

同 ghost 鬼怪／orgar 怪物

例 He transformed into a **monster**.
他變成一個**怪物**。

★ month [mʌnθ] n. 月

例 He saves up a little **month** by **month**.
他每月一點點地儲蓄。

★ moon [mun] n. 月亮

例 The **moon** was covered by clouds and no one could see it.
月亮被雲遮住沒人能看得到。

★ mop [mɑp] v. 用拖把拖，擦拭

同 wipe 擦拭／swab 擦洗

例 Tom has to **mop** the floor because he spilled his coffee on it.
湯姆不得不**拖地**，因為他把咖啡打翻了。

★ more [mor] adj. 更多的，更加

同 extra 額外的／further 更多的

例 You should be **more** careful.
你要**更加**小心。

★ mosquito [mə`skito] n. 蚊子

例 He burnt a **mosquito** coil to keep off the **mosquitoes**.
他點了一盤**蚊**香以驅趕**蚊子**。

★ most [most] adj. 大多數的 adv. 最，非常

同 greatest 最好的／extreme 極度的

例 The **most** common thing is the **most** useful.
常見之物用處**最大**。

★ mother [ˋmʌðɚ] n. 母親

同 mom, mum, mummy 媽媽

例 Henry's **mother** went to the store to buy some groceries.
亨利的**媽媽**到商店去買些雜貨。

★ motion [ˋmoʃən] n. 動作，運動，建議

同 activity 活動／doings 行為活動

例 The **motion** carried easily.
這項**建議**很容易執行。

★ motorcycle [ˋmotɚ͵saɪkl̩] n. 摩托車

同 motorbike 摩托車

例 A **motorcycle** is cheaper than a car.
摩托車比小轎車便宜。

★ mountain [ˋmaʊntn̩] n. 山，山脈

同 hill 小山，山丘

例 The **mountain** air is tonic.
山上的空氣能使人精神振奮。

★ mouse [maʊs] n. 老鼠

同 rat 老鼠

例 The **mouse** ran across this room in front of everyone's eyes.
老鼠就在每個人的眼前穿過了這個房間。

★ mouth [maʊθ] n. 嘴巴

例 Larry covered his **mouth** while he was yawning.
賴瑞打哈欠的時候捂著**嘴**。

★ move [muv] v. 移動，搬家

同 budge 移動

例 Eddie said he will **move** on Sunday because he will be busy till then.
愛迪說他將在週日**搬家**因為他得忙到那個時候。

★ movement [ˋmuvmənt] n. 動作，運動

同 action 動作／activity 活動

例 She watched the dancer and tried to copy her **movements**.
她觀察那個跳舞的人並試著模仿她的**動作**。

例 The **movement** aims to bring greater freedom for women.
這場**運動**旨在給婦女帶來更多自由。

★ movie [ˋmuvɪ] n. 電影

同 film 電影

例 There is a new **movie** that Gary wants to see in the theater.
凱瑞想去看電影院裡的一部新片。

★ Mister (Mr.) [ˋmɪstɚ] n. 先生

例 **Mr.** Garner is the owner of the golf club.
凱納**先生**是高爾夫俱樂部的老闆。

★ Missess (Mrs.) [ˋmɪsɪz] n. 太太

同 Ms.／madam 太太

例 **Mrs.** Grace has been married to Mr. Grace for more than 20 years.
格雷思**太太**與格雷思先生已經結婚20年了。

⋆ **Miss (Ms.)** [mɪs] n. 女士

同 lady 女士

例 Li gave **Ms.** Jean a ride to the bus stop in his car.
珍**女士**搭乘小李的車到公共汽車站。

⋆ **much** [mʌtʃ] adj. 許多的 pron. 許多

同 quantity 大量／mess 很多的

例 I've realized that I waste so **much** time in my life.
我終於發現到我浪費了生命中**太多**時間。

⋆ **mud** [mʌd] n. 泥巴，泥濘

同 mire 泥潭／dirt 髒泥

例 Rain turns dust into **mud**.
雨把塵土變成了軟泥。

⋆ **museum** [mjuˋziəm] n. 博物館

同 gallery 美術館

例 Cindy wants to go to the **museum** to look at some ancient paintings.
辛蒂想去**博物館**看一些古代繪畫。

⋆ **music** [ˋmjuzɪk] n. 音樂

同 song 歌曲／musical composition 樂曲

例 My husband wants to listen to some relaxing **music** when he gets home.
我丈夫回到家時想聽一些放鬆的**音樂**。

⋆ **musician** [mjuˋzɪʃən] n. 音樂家

同 singer 歌唱家／composer 作曲家

例 He is a great **musician** playing both guitar and flute.
他是一個優秀的**音樂家**，既能演奏吉他還能吹奏長笛。

⋆ **must** [mʌst] aux. 必須，非…不可

同 should 應該／ought to 應該

例 What **must** be **must** be.
（諺）要發生的事總是要發生的。

例 I simply **must** go.
我非去不可。

⋆ **my** [maɪ] adj. I 的所有格（表示我的）

例 **My** T-shirt is trendy.
我的 T 恤很時髦。

⋆ **myself** [maɪˋsɛlf] pron. （I 的反身代名詞）自己

例 I told **myself** that I will not get involved into a bad situation again.
我告誡**自己**不能再捲入這種窘境。

⋆ **nail** [nel] n. 釘子，指甲

同 pushpin 圖釘／stud 裝飾釘／thumbtack 圖釘

例 Stop biting your **nail**! It looks really childish.
別再咬**指甲**了！那樣看起來很幼稚。

⋆ **name** [nem] n. 名字，名聲

同 title／appellation 名稱

例 I saw his **name** on the list.
我在表單上看到了他的**名字**。

例 He got a bad **name**.
他得了個壞**名聲**。

★ napkin [ˋnæpkɪn]
n. 餐巾，餐紙

同 tissue 面紙

例 She patted her mouth with her **napkin**.
她用**餐巾**輕拍她的嘴。

★ narrow [ˋnæro]
adj. 窄的，狹長的，窮困的

同 slender 微薄的／confined 被限制的

例 The little alley was too **narrow** for them to walk side by side.
這條小巷**太窄了**以致於他們不能肩並肩走過去。

★ nation [ˋneʃən] n. 國家，民族

同 country 國家／land 國土

例 Commerce enriches a **nation**.
商業使一個**國家**富足。

例 The **nation** will combat all invaders.
這個**民族**將和所有入侵者戰鬥。

★ natural [ˋnætʃərəl] adj. 自然的

同 artless 無修飾的／physical 自然的／spontaneous 天然的

例 The **natural** resources are not very rich here.
這裡的**自然**資源不是很豐富。

★ nature [ˋnetʃɚ] n. 大自然

同 spontaneousness 自然

例 We should follow the laws of **nature**.
我們應該遵循**自然**規律。

★ naughty [ˋnɔtɪ] adj. 頑皮的

同 disobedient 沒規矩的

例 If you were **naughty**, mother will spank you.
你如果**淘氣**，媽媽就會打你屁股。

★ near [nɪr]
prep. 在……附近 adj. 親近的

同 close 親近的／around 在……周圍

例 I want to tell you a secret, please keep **near** to me.
我想告訴你一個祕密，請**靠近**我的身邊。

★ nearly [ˋnɪrlɪ] adv. 幾乎

同 almost 幾乎／approximately 大約

例 The job's **nearly** done.
工作已**將近**尾聲。

★ necessary [ˋnɛsə͵sɛrɪ]
adj. 必需的，不可缺少的

同 imperative 必要的／important 重要的／urgent 緊急的

例 I have the **necessary** documents.
我手頭有**必要的**文件。

★ neck [nɛk] n. 脖子

例 Be careful. Do not break your **neck**!
當心！別折斷了你的**脖子**！

★ need [nid] v. 需要

同 require 需要／want 想要

例 You **need** to take more clothes with you when you go to Canada.
你去加拿大的時候**要**多帶些衣服。

★ needle [ˋnidḷ] n. 針，針線活

同 pin 大頭針

例 She was handy with her **needle**.
她擅長針線活。

★ negative [ˋnɛgətɪv] adj. 否定的

反 affirmative 肯定的

例 Violent movies have **negative** influences on our society.
暴力影片對我們的社會產生很多**負面**影響。

★ neighbor [ˋnebɚ] n. 鄰居

同 adjacent 鄰近的

例 The man you met yesterday is my **neighbor**.
你昨天遇見的人是我的**鄰居**。

★ neither [ˋniðɚ] adv. 既不……也不，兩者都不

同 either 兩者之一

例 I want **neither** fame nor wealth.
我**既不**求名，**又不**求利。

★ nephew [ˋnɛfju] n. 侄兒，外甥

同 niece 侄女

例 I played chess with my young **nephew** and he ran rings around me.
我和我的**小侄子**下棋，他輕而易舉就把我擊敗了。

★ nervous [ˋnɝvəs] adj. 緊張的，神經質的

同 jittery 神經質的／ruffled 緊急的／strained 緊張的／tense 不安的

例 Don't be so **nervous**!
別這麼**緊張**！

★ never [ˋnɛvɚ] adv. 從未

反 ever 曾經

例 Cheats **never** prosper.
騙人發不了財。

★ new [nju] adj. 新的

同 fresh 新鮮的／recent 新近的

例 Going skiing is a **new** thing for Dennis but he enjoys it very much.
滑雪對丹尼斯來說是件**新鮮**事但他很投入。

★ news [njuz] n. 新聞

同 information 信息

例 "There's nothing interesting on the **news**" said George.
喬治說：「**新聞**中沒有趣事。」

★ newspaper [ˋnjuzˏpepɚ] n. 報紙

同 magazine 雜誌

例 He then opened the door to get his **newspaper** from the ground.
接著他打開門從地上撿起**報紙**。

★ next [nɛkst] adj. 下一個，後來

同 closest 最靠近的／following 接下來

例 **Next** month will be a busy month at work for Tom.
下個月對湯姆來說，在工作上將會是忙碌的一個月。

★ nice [naɪs] adj. 好的，高興的

同 good 好的／glad 高興的

例 It's really a **nice** day.
今天天氣**真好**。

★ niece [nis] n. 姪女

反 nephew 侄兒

例 Gina has been Kathy's most favorite **niece** since she was born.
吉娜自出生以來一直是凱西最喜歡的**姪女**。

★ night [naɪt] n. 晚上，夜晚

同 evening 晚上

例 That **night** was a moonlit **night**.
那一**晚**是個月色明亮之**夜**。

★ no [no] adv. 不，禁止 adj. 沒有

反 yes 是的

例 There was **no** other way to go there except to ride a horse.
除了騎馬，再**沒有**其他方法到那裡。

★ nobody [ˋno͵bɑdɪ] pron. 沒有人

反 somebody 有人

例 We thought there was someone at the door but there was **nobody** there.
我們本以為門外有人但是卻**沒人**。

★ nod [nɑd] v. 點頭，擺動

同 bob 點頭招呼

例 He **noded** to show his agreement.
他**點頭**表示贊同。

★ noise [nɔɪz] n. 噪音

同 loud 大聲

例 There was so much **noise** in the room that no one heard the bell.
房間裡太吵了以致於沒有人聽到鈴聲。

★ noisy [ˋnɔɪzɪ] adj. 吵鬧的

同 quarrel 吵架

例 The **noisy** traffic is a continual annoyance to the citizens.
城裡**吵雜**的交通是居民長久以來的煩惱。

★ none [nʌn] pron. 沒有人（物）

同 nobody 沒有人

例 **None** of us enjoy getting up early.
我們之中**沒人**喜歡早起。

★ noodle [ˋnudl̩] n. 麵條，頭腦

例 Use your **noodle**!
用一用你的**頭腦**！

例 One more chicken **noodles**, please.
請再來一份雞肉**麵**。

★ noon [nun] n. 正午

例 It will be too hot outside to feel comfortable at **noon**.
正午時分外面太熱以致於感覺很不舒服。

★ nor [nɔr] conj. 也不

反 or 或者

例 He did not do it, **nor** did he try.
他沒有做，**也沒**嘗試一下。

★ north [nɔrθ] n. 北方

例 Chicago is a big city in the **north** of the United States.
芝加哥是美國**北部**的一座大城。

★ nose [noz] n. 鼻子，探問，干預

例 Keep your big **nose** out of my affairs!
別**管**我的事！

⭑ note [not] n. 筆記

同 record 記錄／notice 通知

例 Mark wrote a **note** for Sally to remind her of the test.
馬克寫了一張**便條**給莎莉提醒她別忘記考試。

⭑ notebook [ˋnot͵bʊk] n. 筆記本

同 exercise-book 練習本

例 Kelly looked for her **notebook** to write the new lesson in it.
凱莉找出她的**筆記本**來寫下新的一課。

⭑ notice [ˋnotɪs] n. 告示，通知

同 heed 留心／note 通告／observe 觀察到

例 Sandy gave her boss the **notice** that she wants to quit her job.
珊蒂**告知**她的老闆她想要辭職。

⭑ novel [ˋnɑvḷ] n. 小說 adj. 不同的

同 different 不同的／fresh 新鮮的

例 Lily read a romantic **novel** which made her cry.
莉莉讀了一本讓她落淚的浪漫**小說**。

例 It's a **novel** idea.
這是個**新穎的**想法。

⭑ nurse [nɜs] n. 護士

同 baby-sitter 保姆

例 Mary's a committed **nurse**.
瑪麗是一名有奉獻精神的**護士**。

⭑ nut [nʌt] n. 堅果，（影）迷，瘋子，螺母

同 fan（影） 迷／screw 螺母／stupid 傻瓜

例 A **nut** has a very hard shell but it could be broken with a hammer.
堅果外殼堅硬但可用錘子敲開。

例 This is a set of self-locking **nuts**.
這是一套可自鎖的**螺母**。

例 She's a film **nut**.
她是個電影**迷**。

例 You must be off your **nut**!
你一定是**瘋了**！

⭑ obey [əˋbe] v. 服從，遵行

同 submit 服從／comply 照做，遵守

例 If you want to avoid an accident, you must **obey** the traffic rules.
如果你想避免意外，你必須**遵守**交通規則。

⭑ object [ˋɑbdʒɪkt / əbˋdʒɛkt] n. 物體，目的

同 thing 物，東西

例 What's your **object** in life?
你的生活**目標**是什麼？

⭑ ocean [ˋoʃən] n. 海洋

同 sea 海

例 In the **ocean**, there are many kinds of fish and whales.
在**海洋**中有很多種魚和鯨。

★ o'clock [ə'klɑk] adv. 點鐘

例 Dan's class will finish at about eight **o'clock** in the evening.
丹的課大約晚上 8 **點鐘**結束。

★ off [ɔf] prep. 關

例 Because Jonh forgot to turn **off** the lights he had to go back.
約翰忘了關燈，所以他得回去一趟。

★ offer [ˋɔfɚ] v. 提供，建議，提議

同 propose 提議／suggest 提議，建議

例 The computer company **offered** a very nice job for Claire.
那家電腦公司**提供**克萊兒一個很好的職位。

★ office [ˋɔfɪs] n. 營業處，辦公室

例 Doug tried to get to the **office** as soon as possible.
道格試著儘快趕到**辦公室**。

★ officer [ˋɔfəsɚ] n. 警官

同 policeman 員警

例 The police **officer** closed one lane because of the road work.
因為道路施工，所以**警官**封閉一個車道。

★ often [ˋɔfən] adv. 經常

同 usually 通常

例 Road repairs do not happen very **often** on Roosevelt road.
羅斯福路並不**經常**維修。

★ oil [ɔɪl] n. 油

例 The engine in the car broke down because Tom forgot to add **oil** to it.
汽車的引擎故障，因為湯姆忘記加油了。

★ OK [ˏoˋke] adv. 順利地，正常地

同 all right 好，行

例 Tom's car runs **OK** now because he replaced the bad engine.
湯姆更換了壞掉的引擎，所以他的汽車現在行駛**正常**了。

★ old [old] adj. 古老的

同 stale 陳舊的

例 The **old** bridge will be closed down next Tuesday.
舊橋下星期二將關閉。

★ omit [oˋmɪt] v. 遺漏，省略

同 skip 略過，漏過

例 Carl has to **omit** the errors he made at his previous job.
卡爾必須**忘記**他在上個工作中所犯的錯誤。

★ on [ɑn] prep. 在……之上，在……的時候

同 above 在……之上

例 The wedding date was set to be **on** 15th February, 2004.
婚禮日期定**在**2004年2月15號。

★ once [wʌns] adv. 一次

例 Fred said the same thing **once** before but no one listened to him.
佛烈德以前說過**一次**相同的事，但是沒有人聽他的。

★ oneself [wʌn`sɛlf] pron. 自己

例 One must protect **oneself** from the different dangers out in the world.
人一定要保護**自己**免於世上不同的危險。

★ onion [`ʌnjən] n. 洋蔥

例 I think **onions** are one of the best things to have in a salad.
我認為**洋蔥**是沙拉中最好的材料。

★ only [`onlɪ] adj. 唯一的

同 merely 僅，只／solely 唯一地

例 Fred wonders why there is **only** one table in the cafeteria now.
佛烈德想不通為什麼現在自助餐廳裡只有一張桌子。

★ open [`opən] v. 打開

同 uncover 揭開

例 He wants to **open** the windows to let some fresh air in.
他想**打開**窗戶讓一些新鮮空氣進來。

★ operation [ˏɑpə`reʃən] n. 手術，操作方法

例 The doctor put on his gloves to get ready for the **operation**.
醫生戴上他的手套為**手術**作準備。

例 The skilful **operation** of a computer is hard to learn.
學會熟練地**操作**電腦是不容易的。

★ opinion [ə`pɪnjən] n. 意見

同 suggestion 意見

例 Everyone's **opinion** about what is right and wrong is different.
每個人對於什麼是正確和錯誤的**意見**是都不同的。

★ orange [`ɔrɪndʒ] n. 柳橙

例 Tom picked up an **orange** and started to peel it.
湯姆拾起一個**柳橙**並開始剝皮。

★ order [`ɔrdɚ] v. 點（餐），命令 n. 順序

同 direct 命令／nstruct 指示

例 We should **order** a pizza to be delivered to our place.
我們應該**點**一個披薩送到這兒。

例 I rearranged my CDs in alphabetical **order**.
我把我的光碟按照字母**順序**重新排列。

★ ordinary [`ɔrdṇˏɛrɪ] adj. 普通的

同 common 普通

例 Most of the things Joe does are just **ordinary** things.
喬做的大部分事情都很**普通**。

★ other [`ʌðɚ] adj. 其他的

例 Eddie had to choose **other** clothes for the trip because it is getting cold now.
因為天氣開始變冷，所以艾迪必須為旅行選擇**其他的**衣服。

★ our [aʊr] adj.（we的所有格）我們

例 In **our** classroom, there is one boy that seems very strange.
在**我們的**教室中，有一個看起非常奇怪的男孩。

★ ours [aurz]
pron.（we的所有格代名詞）我們的

例 We told the other team that the net was **ours** and we need it.
我們告訴另一隊網子是**我們的**，而且我們需要它。

★ ourselves [aur`sɛlvz]
pron.（we的反身代名詞）我們自己

例 No one knows how we got **ourselves** into this situation.
沒有人知道我們怎麼會讓**自己**陷入這種處境。

★ out [aut] adv. 到外面

例 Jack wanted to get **out** of the classroom as soon as possible.
傑克想儘快地**離開**教室。

★ outer [`autɚ] adj. 外面的

例 Man is making more discoveries in **outer** space these days.
人類近來在**外**太空中有了更多發現。

★ outside [`aut`saɪd] adv. 在外面

例 Everyone looked **outside** the window to see who just arrived.
每個人從窗戶往**外**看是誰來了。

★ oven [`ʌvən] n. 烤箱

例 They put the pie in the **oven** to let it bake.
他們把派放入**烤箱**烘烤。

★ over [`ovɚ] prep. 越過

同 across 越過

例 Bobby's dog can easily jump **over** the house fence.
鮑比的狗能輕易地跳**過**房子圍牆。

★ overpass [͵ovɚ`pæs] n. 天橋

例 Take the next **overpass** to get off the freeway right away!
到了下一個**天橋**立刻下高速公路！

★ overseas [`ovɚ`siz]
adj. 海外的

例 Mary wants to go **overseas** next year to study Italian.
瑪麗明年想去**國外**學習義大利語。

★ overweight [`ovɚ͵wet]
adj. 過重的

例 Kelly thinks she's a little **overweight**, so she wants to watch her diet.
凱利認為她有點**超重**，因此她想注意她的飲食。

★ own [on]
v. 擁有 adj. 自己的

同 have 擁有／hold 握著

例 His ambition is to **own** his **own** business.
他的抱負是**擁有自己的**事業。

例 Gary went to buy his **own** pallet, so he won't have to borrow one again.
蓋瑞買了**自己的**調色板，這樣他就不用再跟別人借了。

★ owner [`onɚ] n. 擁有者，主人

同 host 主人

例 The **owner** of the black Mercedes turned out to be Mr. Garner.
黑色賓士汽車的**擁有者**原來是加納先生。

★ ox [ɑks] n. 公牛

例 Grandpa George had a big **ox** on his farm a long time ago.
很久以前，喬治爺爺的農場裡有一頭**公牛**。

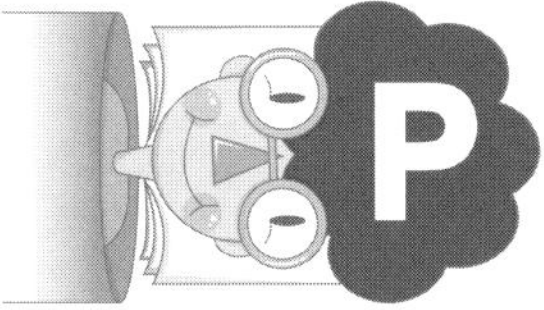

★ pack [pæk]
v. 包裝，將……裝入行李

同 stow 裝填，捆紮

例 Nathan must hurry home to help Dan **pack** the rest of his baggage.
納森必須趕快回家幫助丹將剩下的行李**裝好**。

★ package [ˋpækɪdʒ] n. 包裹

同 luggage 行李

例 Kathy received a brown **package** from Los Angeles, California.
凱西收到了來自加州洛杉磯的一個褐色**包裹**。

★ page [pedʒ] n. 頁

例 The poem Eddie was looking for is on **page** 432.
艾迪要找的那首詩在第 432 **頁**。

★ pain [pen] n. 疼痛

同 ache 疼痛

例 The death of her daughter gave her infinite **pain**.
她女兒的去世令她**無盡悲痛**。

★ painful [ˏpenfəl]
adj. 痛苦的，令人不快的

例 She never thought something so fun can be so **painful**.
她從沒想到如此有趣的事竟能如此**痛苦**。

★ paint [pent]
v. 描寫，畫出，油漆

同 draw 畫

例 Harry is going to **paint** the whole house by next week.
下周前哈利準備**粉刷**整個房子。

★ painter [ˋpentɚ]
n. 油漆工人，畫家

例 Even though he's not a professional **painter**, he can paint well.
即使他不是一個專業的**油漆工**，但他能刷得非常好。

★ pair [pɛr] n. 一雙，一副，一對

例 Harry told Eric to go and buy **a pair of** paint brushes.
哈利叫艾瑞克去買**一副**刷子。

★ pajamas [pəˋdʒæməz]
n. (pl.) 睡衣

例 Eric said he was still in his **pajamas** and we must wait for him.
艾瑞克說他還穿著**睡衣**，我們必須等他。

★ pale [pel] adj. 蒼白的

例 Jack's face was **pale** when he saw the accident.
傑克看見那起意外時臉色**蒼白**。

★ pan [pæn] n. 平底鍋

例 Frank got a **pan** from under the sink to fry some eggs.
法蘭克在洗滌槽下找到一個**平底鍋**煎一些雞蛋。

★ panda [ˋpændə] n. 熊貓

例 The cute **panda** can only be found in wild China.
可愛的**熊貓**只能在中國的野生地區找到。

★ pants [pænts] n. (pl.) 褲子

同 trousers 褲子

例 When Jack tried on the **pants**, he felt they were too tight for him.
當傑克試穿**褲子**時，他感覺這條褲子對他來說太緊了。

★ papaya [pəˋpaɪə] n. 木瓜

例 **Papaya** is one of Dan's most favorite fruits.
木瓜是丹最喜歡吃的一種水果。

★ paper [ˋpepɚ] n. 紙

例 Dean did not have enough **paper** to finish the assignment.
迪恩沒有足夠的**紙**完成作業。

★ pardon [ˋpɑrdn̩] n. 原諒，赦免

同 forgive 原諒

例 I beg your **pardon**, I won't be late next time.
請**原諒**我，下次我不會再遲到了。

★ parent [ˋpɛrənt] n. (pl.) 父母

例 Jim's **parents** promised to take him on a boat trip during the summer.
吉姆的**父母**允諾夏天時帶他坐船旅行。

★ park [pɑrk] v. 停（車） n. 公園

例 Eddie went to **park** his car but he didn't find any place.
艾迪去**停車**，但他沒有找到停車的地方。

★ parking lot [ˋpɑrkɪŋ͵lɑt] n. 停車場

例 The **parking lot** was already full, so Eddie had to go to another place.
停車場已經停滿了，所以艾迪不得不去別的地方。

★ parrot [ˋpærət] n. 鸚鵡

例 Gabe once had a **parrot** that could say many words.
蓋比曾經有一隻會說很多話的**鸚鵡**。

★ part [pɑrt] n. 部分

例 The **part** we liked the most is when he pretended to answer the phone.
我們最喜歡的**部份**是他假裝接聽電話。

★ partner [ˋpɑrtnɚ] n. 夥伴

同 companion 夥伴／mate 夥伴

例 Lidia said Johny is the only business **partner** who she could trust.
莉迪亞說強尼是她唯一可以信賴的生意**夥伴**。

★ party [ˋpɑrtɪ] n. 聚會

例 The **party** at Mike's place was better than we expected.
在麥克家的**聚會**比我們預期的好。

★ passenger [ˋpæsṇdʒɚ] n. 乘客

例 Dan is a regular **passenger** on the express train to Taipei.
丹是開往台北特快列車的常客。

★ past [pæst] prep. 經過 adj. 過去的

例 He's not sure if he wants to say too many things about his **past** or not.
他不確定他是否想說太多有關**過去的**事情。

★ paste [pæsˋtɛl] v. 黏貼

同 stick 黏住

例 Sunny will **paste** the new photos onto the album later.
桑尼等會兒會把新照片**貼**在相簿裡。

★ path [pæθ] n. 小路

例 One must choose his own **path** in life by himself.
一個人必須選擇他自己的人生**軌道**。

★ patient [ˋpeʃənt] n. 病人

例 Not too long ago, Tim was a **patient** at McKay hospital.
不久前提姆是瑪凱醫院的一名**病人**。

★ pattern [ˋpætən] n. 樣式

同 style 樣式

例 I don't like the **pattern** on the cloth.
我不喜歡那塊布料上的**圖案**。

★ pause [pɔz] n. 暫停

例 After the long **pause**, Carl continued his speech with a soft voice.
在長時間**停頓**後，卡爾用輕軟的聲音繼續演講。

★ pay [pe] v. 付錢

例 Gabe wanted to **pay** for the dinner, but Dennis insisted on going dutch.
蓋比想要**請客**，但是丹尼斯堅持各付各的。

★ Physical Education (P.E.) [ˋfɪzɪkḷˌɛdʒʊˋkeʃən] n. 體育

例 Most high school boys think **P.E.** is the funnest class.
多數高中男生認為**體育**課最有趣。

★ peace [pis] n. 和平

例 People living in Israel want **peace** badly after so many wars.
在經歷了這麼多戰爭後，以色列人民非常渴望**和平**生活。

★ peaceful [ˋpisfəl] adj. 平靜的

同 tranquil 安寧的／quiet 安靜的

例 Taiwan is one of the most **peaceful** nations that Dan has ever known.
台灣是丹所知道最**平和的**國家之一。

★ peach [pitʃ] n. 桃子

例 I like to eat peaches.
我喜歡吃**桃子**。

★ pear [pɛr] n. 梨子

例 She also has two **pear** trees that are full of **pears** every year.
她還有兩棵梨樹，每年都掛滿梨子。

★ pen [pɛn] n. 筆

例 Gary picked up his **pen** and started writing a poem.
蓋瑞拿起**筆**開始寫詩。

★ pencil [ˋpɛnsḷ] n. 鉛筆

例 He wanted to use a **pencil** but he didn't have one.
他想用**鉛筆**，但是他沒有。

★ pepper [ˋpɛpɚ] n. 胡椒

例 Flora wanted to put some **pepper** on the eggs she just fried.
芙羅拉想在她的煎蛋上撒些**胡椒粉**。

★ perfect [ˋpɝfɪkt] adj. 完美的

同 faultless 無缺點／flawless 無瑕疵

例 The way she fixed her hair is just **perfect** for the occasion.
她整理頭髮的方式看上去**非常適合**這個場合。

★ perhaps [pɚˋhæps] adv. 或許

同 maybe 或許

例 **Perhaps** this time Jim can go buy some groceries by himself.
或許這次吉姆可以自己去買些食品雜貨。

★ period [ˋpɪrɪəd] n. 期間

同 time 時期

例 It was a difficult **period** for Dan during his first month in Korea.
在韓國的第一個月是丹最困難的**時期**。

★ person [ˋpɝsṇ] n. 人

例 He didn't even know one single **person** there and had no one to talk to.
他在這兒一個人也不認識，沒有人可以閒聊。

★ personal [ˋpɝsṇḷ] adj. 個人的

同 individual 個人的

例 Ken needed someone to discuss his **personal** problems.
肯需要有個人談一談他**個人的**問題。

★ pet [pɛt] n. 寵物

例 His **pet** looked at him like it understood the situation.
他的**寵物**看著他，好像牠瞭解處境。

★ photo [ˊfoto] n. 照片

例 Finally Christine emailed me the **photos** she promised to show me.
最後克莉斯汀把她答應要給我看的**照片**mail給我。

★ physics [ˋfɪzɪks] n. 物理學

例 Learning **physics** from Mr. Bob was a good experience.
跟鮑伯先生學習**物理**是一個很好的經驗。

★ piano [pɪˋæno] n. 鋼琴

例 Even though Dan tried to learn **piano** for some time, he's not good at it.
即使丹學了一段時間的**鋼琴**，但他還是彈不好。

★ pick [pɪk] v. 挑選

同 choose 選

例 We will **pick** another day for practicing soccer besides Tuesdays.
除了星期二，我們將**挑選**另一個時間練習踢足球。

* **picnic** [ˋpɪknɪk] n. 野餐

例 Because it was raining Dennis and Vicky canceled the **picnic**.
因為下雨，丹尼斯和維琪取消了野餐。

* **picture** [ˋpɪktʃɚ] n. 圖畫，圖片

同 photo 圖片

例 Jenny wondered if the **picture** on the wall had Tim's parents in it.
珍妮想知道牆上的照片中是否有提姆的父母。

* **pie** [paɪ] n. 派

例 Sally went to the oven to see if the **pie** was ready yet.
莎莉走到烤箱前看看派是否烤好了。

* **piece** [pis] n. 一（張、口、片、塊），片斷

例 She really wanted to try a **piece** of the delicious dessert.
她非常想嚐一口美味的甜食。

* **pig** [pɪg] n. 豬

例 Some people I know have a big black **pig** as a pet.
我認識有些人把大黑豬當作寵物。

* **pigeon** [ˋpɪdʒən] n. 鴿子

俚 傻瓜

同 dove 鴿

例 My little sister likes to play with the group of **pigeons** on the plaza.
我的小妹喜歡跟廣場上的一群鴿子玩耍。

* **pile** [paɪl] n. 堆

同 stack 堆

例 Nick needed to move the big **pile** of wood to another place.
尼克必須移動那一大堆的木材到另外一個地方。

* **pillow** [ˋpɪlo] n. 枕頭

例 I spent NT3,000 to buy a new **pillow**.
我花了台幣三千元買了個新枕頭。

* **pin** [pɪn] n. 大頭針

例 There are different kinds of **pins**, such as a safety **pin** or a hair **pin**.
有很多種大頭針，例如安全針、髮針。

* **pineapple** [ˋpaɪn͵æpl] n. 鳳梨

例 Everyone that I know likes **pineapple** except Eddie.
我認識的人除了艾迪之外都喜歡鳳梨。

* **pink** [pɪŋk] n. 粉紅色

例 Jenny surprised everyone when she showed up in a **pink** dress.
當珍妮穿著一件粉紅洋裝出現，每個人都很吃驚。

* **pipe** [paɪp] n. 菸斗

例 There is a **pipe** you can smoke using water or gas.
這有一個你能用水或瓦斯抽菸的菸斗。

* **pizza** [ˋpitsə] n. 披薩

例 Even though **pizza** is not very healthy, a lot of people eat it.
即使披薩不是非常健康的食品，但還是有很多人吃。

★ place [ples] n. 地方

同 space 地方／location 位置

例 Last time we visited Ken's **place** was in May.
我們最後一次拜訪肯的家是在五月。

★ plain [plen] adj. 平坦的，原始的

同 ordinary 普通的／simply 簡單的

例 The only kind of yoghurt I like is **plain** and sour.
我只喜歡**原味**且略酸的優格。

★ plan [plæn] v. 計畫

同 design 計畫／project 計畫

例 Does Lori **plan** to attend the class on Sunday?
蘿莉**計畫**上星期日的課嗎？

★ plane [plen] n. 飛機

同 airplane 飛機

例 The **plane** Dan flew to Japan was a Boeing 747.
丹乘坐波音 747 **飛機**飛往日本。

★ planet [ˋplænɪt] n. 行星

同 state 行星／star 星星

例 Our **planet** lately is in danger of pollution, overcrowding, and starvation.
近來，我們的**行星**處在汙染、過度擁擠及饑餓的危險之中。

★ plant [plænt] n. 植物

例 No one believed that the little **plant** a few years ago has now become a tree.
沒有人相信幾年前的一株小**植物**，現在長成一棵樹。

★ plate [plet] n. 盤子

同 dish 盤

例 Flora brought a **plate** full of all kinds of fruits and set it on the table.
芙蘿拉買了盛滿了各種各樣水果的**盤子**放在桌上。

★ platform [ˋplæt͵fɔrm] n. 月臺，平臺

例 The train from Jungli to Taipei will arrive at **platform** number 1.
從中壢開往台北的火車將停靠在 1 號**月臺**。

★ play [ple] v. 玩

例 Most children don't **play** after 9 p.m. but Johnny does.
大多數孩子晚上九點以後不再**玩耍**，但是強尼則不是。

★ player [ˋpleɚ] n. 球員

例 We need another **player** to be on reserve in case one of us gets tired.
我們需要另一個**球員**在我們累的時候做候補。

★ playground [ˋple͵graʊnd] n. 操場，遊樂場

例 Sally wanted to go to the **playground** but she needed to finish her work first.
莎莉想去**遊樂場**，但是她要先完成她的工作。

★ pleasant [ˋplɛzn̩t] adj. 愉快的

同 enjoyble 使人快樂的

例 The temperature was very **pleasant** for swimming or doing some sunbathing.
這個溫度非常**適合**游泳和做日光浴。

⋆ **pleased** [plizd] adj. 高興的

例 Gary was **pleased** with the way he painted the living room.
蓋瑞對他粉刷客廳的方式**感到滿意**。

⋆ **pleasure** [ˋplɛʒɚ] n. 快樂，愉悅

同 cheerfulness 愉快／joyfulness 高興

例 The trip Dan took to Japan was only for **pleasure** this time.
丹到日本旅遊只是為**高興**。

⋆ **plus** [plʌs] prep. 加上 adj. 有利的

同 add 加上／and 加

例 They had their parents in the car **plus** two children.
他們車上有父母**加上**兩個孩子。

⋆ **pocket** [ˋpɑkɪt] n. 口袋

例 George emptied his **pocket** because it was full of coins.
因為喬治的**口袋**裡裝滿了硬幣，所以他倒空了口袋。

⋆ **poem** [ˋpoɪm] n. 詩

例 Shondie likes to read free verse **poems** because they show emotion.
尚迪喜歡讀自由詩，因為這種詩能表達情感。

⋆ **point** [pɔɪnt] n. 點，觀點

例 Tracy's **point** was understood by everyone after she explained.
崔西的**觀點**在她解釋完之後，每個人都明白了。

⋆ **poison** [ˋpɔɪzn̩] n. 毒藥

例 **Poison** can easily kill a man or an animal.
毒藥能很容易的殺死一個人或一隻動物。

⋆ **police** [pəˋlis] n. 警方，員警

同 cop 員警

例 Debra called the **police** after she heard the loud noise in the next apartment.
戴博拉聽到隔壁公寓傳來的聲音之後打了電話給**員警**。

⋆ **polite** [pəˋlaɪt] adj. 有禮貌的

同 courteous 有禮貌的

例 It is **polite** to say "excuse me" when you bump someone.
當你撞到某人應該有**禮貌的**說「對不起」。

⋆ **pollute** [pəˋlut] v. 汙染

同 contaminate 汙染

例 People do many bad things that **pollute** the air and water.
人們做了很多不好的事汙染了空氣和水。

⋆ **pond** [pɑnd] n. 池塘

例 There are lots of frogs at the **pond** in Da An park.
大安公園的**池塘**裡有很多青蛙。

⋆ **pool** [pul] n. 游泳池

例 When the summer comes, Gary likes to go to the swimming **pool**.
夏天來時，蓋瑞喜歡去游泳池。

★ poor [pur] adj. 窮的

同 destitute 赤貧的

例 When Andy was in college he was too **poor** to eat outside often.
安迪在大學時，因為太**窮**無法時常在外面吃飯。

★ popcorn [ˋpɑpˏkɔrn] n. 爆米花

例 We always buy **popcorn** when we go to watch movies.
我們看電影的時候經常買**爆米花**。

★ popular [ˋpɑpjələ˞] adj. 受歡迎的

同 favourite 最喜愛的／prevalent 流行的

例 Tom Cruise is a very **popular** actor these days.
湯姆克魯斯是一位最近非常**受歡迎的**男演員。

★ pork [pork] n. 豬肉

例 **Pork** is used in many of the Taiwanese local dishes.
很多台灣本地菜餚中都用到**豬肉**。

★ position [pəˋzɪʃən] n. 位置，職位

同 situation 地位／place 場所

例 Jake just got promoted to a higher **position** than the one he has now.
傑克剛剛晉升到一個比現在高的**職位**。

★ positive [ˋpɑzətɪv] adj. 肯定的，確信的

同 absolute 絕對的／assured 肯定的／certain 確信的／convinced 確實的

例 Kathy always has a **positive** attitude about everything she's doing.
凱西做任何事的時候都保持**積極的**態度。

★ possible [ˋpɑsəbl̩] adj. 可能的

同 probable 很有可能發生

例 She knows that anything is **possible** to happen at anytime.
她知道任何事情在任何時間都有**可能**發生。

★ post office [ˋpostˏɔfɪs] n. 郵局

例 Mary knows she can get some mail stamps at the **post office**.
瑪麗知道她能在**郵局**拿到一些郵票。

★ postcard [ˋpostˏkɑrd] n. 明信片

例 She must send the **postcard** to her brother before next week.
她必須在下星期前把**明信片**寄給他弟弟。

★ pot [pɑt] n. 鍋子

例 Patty put some carrots and potatoes in a **pot** and boiled them.
佩蒂把一些胡蘿蔔和馬鈴薯放入一個**鍋子**裡煮沸。

*** potato** [pə`teto] n. 馬鈴薯

例 One **potato** out of the bunch was rotten but Patty didn't see it.
在這一堆**馬鈴薯**中有一個腐爛了，但是佩蒂並沒有看到。

*** pound** [paʊnd] n. 磅

例 She boiled almost one **pound** of potatoes and carrots together.
她一起煮了幾乎一**磅**的馬鈴薯和胡蘿蔔。

*** powder** [`paʊdɚ] n. 粉

例 Amy thought that if she put some **powder** on her face she would look much prettier!
艾咪認為，如果她在臉上擦些**粉**會看起來比較漂亮！

*** power** [`paʊɚ] n. 力量，權利，力氣

同 energy 精力／potence 力量

例 Gina had no more **power** to walk after the long day with no food.
在長時間沒有吃東西之後，吉娜沒有**力氣**走路了。

*** practice** [`præktɪs] v. 練習

同 exercise 鍛鍊

例 Elaine and others need to **practice** three dances for the Christmas show this evening.
伊蓮和其他人今天晚上需要**練習**耶誕節的舞蹈演出。

*** praise** [prez] v. 稱讚 n. 讚美

同 glorify 讚美／extol 頌揚

例 They will sing "**Praise** to the Lord" and other popular carols.
他們將演唱「對上帝的**讚美**」和其他流行頌歌。

*** pray** [pre] v. 祈禱

同 appeal 請求／petition 祈求／plead 懇求

例 She knelt to **pray**.
她跪下**祈禱**。

*** precious** [`prɛʃəs] adj. 貴重的，珍貴的

同 expensive 昂貴的／valuable 貴重的

例 This necklace from my mom is a very **precious** thing to me.
這條來自我母親的項鍊對我來說是一件非常**珍貴**的東西。

*** prepare** [prɪ`pɛr] v. 準備

例 Elane wants to **prepare** everyone well so the show can be a success.
伊蓮要求每個人都要認真**準備**，這樣表演才可能成功。

*** present** [`prɛznt] n. 禮物

同 gift 禮物

例 Everyone in the show will expect to get a **present** afterwards.
參加表演的每個人都期待之後能得到一個**禮物**。

*** president** [`prɛzədənt] n. 總統

例 The **president** of the school will hand out the awards himself.
校長將會親自頒獎。

*** pressure** [`prɛʃɚ] n. 壓力

同 burden 負荷／load 負載

例 There is a lot of **pressure** from the parents to have a great show.
對舉辦這樣大型的演出，父母有很大的**壓力**。

★ pretty [ˋprɪtɪ] adj. 漂亮的

同 beautiful 美好的／lovely 美麗的

例 **Pretty** decorations are also important along with our performance.
漂亮的裝飾在我們的演出中也是重要的。

★ price [praɪs] n. 價格

例 The **price** we paid for our costumes and decorations was not too bad.
我們的戲服和裝飾的**價格**不是太高。

★ priest [prist] n. 牧師，神父

例 Our church's **priest** will not be present to see the Christmas show.
我們的**牧師**將不出席觀看我們耶誕節的表演。

★ primary [praɪˋmɛrəlɪ] adj. 初級的，主要的

同 basic 基礎的／essential 必需的／principal 主要的

例 The **primary** reason of his success is dillgence.
他成功**主要的**原因就是勤勞。

★ prince [prɪns] n. 王子

例 **Prince** Charles of England is the next in the line to be the king of England.
英國的查爾斯**王子**是下一位英國的國王繼承人。

★ pincess [ˋprɪnsɪs] n. 公主，王妃

例 His ex-wife **princess** Diana died in a terrible car accident two years ago.
他的前妻戴安娜**王妃**前兩年在一場可怕的車禍中喪生。

★ principal [ˋprɪnsəpḷ] n. 校長

同 headmaster（男）校長／headmistress（女）校長

例 Our school's **principal** is a middle-age lady with short hair and glasses.
我們的**校長**是一位短頭髮並戴著眼鏡的中年女士。

★ print [prɪnt] v. 印刷，出版

同 publish 出版

例 My book will be **printed** next month.
我的書下個月就會**出版**。

★ private [ˋpraɪvɪt] adj. 私人的

例 They will hire a **private** English tutor to improve their English speaking.
他們將會雇請一位**私人**教師提高他們英語會話能力。

★ prize [praɪz] n. 獎，獎品，獎賞

同 reward 獎賞

例 Dan won a seventy five dollar **prize** for writing an original story.
因為寫了一則原創故事，丹獲得了七十五元**獎勵**。

*** probably** [ˋprɑbəblɪ]
adv. 大概

同 perhaps 或許／maybe 大概

例 There will **probably** be about 400 people joining this wedding on Sunday.
星期日**大概**會有400人參加婚禮。

*** problem** [ˋprɑbləm] n. 問題

同 question 問題

例 Why don't you tell me about your **problem**? We can figure it out together.
你何不告訴我你的**問題**？我們可以一起解決它。

*** produce** [prəˋsidʒɚ]
v. 生產 n. 產品

例 Grandpa George's tomato plants **produce** a lot of tomatoes every year.
喬治爺爺的番茄廠每年**生產**許多番茄。

*** production** [prəˋdʌkʃən]
n. 產量

例 The **production** of tomatoes is much higher this year than the year before.
今年的番茄**產量**大大高出往年。

*** professor** [prəˋfɛsɚ] n. 教授

例 Sam has been a Spanish and English **professor** for six years now.
山姆成為西班牙文和英文**教授**已有六年之久。

*** program** [ˋprogræm]
n. 節目，計畫

同 plan 計畫

例 In this **program**, the teenagers and the adults make the rules together.
在這項**計畫**中，少年和大人們共同制定規章制度。

*** progress** [ˋprɑgrɛs] v. 進步

例 David will **progress** in skateboarding if he practices every day.
如果大衛每天練習滑板，他將會**進步**。

*** project** [ˋprɑdʒɛkt]
n. 計畫，方案

同 plan 計畫

例 Because her drawing **project** was good Jessica got a bonus from her boss.
因為潔西卡的設計**方案**很好，所以她的老闆給她一份獎金。

*** promise** [ˋprɑmɪs] v. 保證

同 guarantee 為……擔保／ensure 保證

例 I **promise** to be there on time if there are no problems on the trip!
如果旅途沒有問題，我**保證**按時到達！

*** pronounce** [prəˋnaʊns]
v. 發音

例 Tim's Chinese is good because he can **pronounce** the words clearly.
提姆的中文非常好，因為他的**發音**相當清楚。

⋆ protect [prə`tɛkt] v. 保護

同 guard 保護／defend 保衛／shield 保護

例 Jill wants Dean to **protect** her when she walks home late in the evening.
吉兒深夜走回家的時候，她想讓迪恩**保護**她。

⋆ proud [praud] adj. 驕傲的

同 haughty 驕傲的

例 Kathy is very **proud** of her three sons because they are all doing well.
凱西為她的三個兒子感到**驕傲**，因為他們做得太好了。

⋆ provide [prə`vaɪd] v. 提供

同 supply 提供

例 The hotel Greg stayed at will **provide** free breakfast and a hot spring bath.
葛列格下榻的酒店免費**提供**早餐和一次溫泉浴。

⋆ public [`pʌblɪk] adj. 公共的

例 Joe always uses **public** transportation, like the MRT or bus to get to work.
喬伊經常搭乘**公共**交通工具，如捷運或公共汽車上班。

⋆ pull [pul] v. 拉

例 Don't **pull** the handle too hard because it might break!
不要用力**拉**把手，那可能會被拉斷的！

⋆ pump [pʌmp] n. 抽水機，抽吸

例 Gary just bought a new air **pump** for his bicycle.
蓋瑞剛剛為自己的自行車買了一個打氣筒。

⋆ pumpkin [`pʌmpkɪn] n. 南瓜

例 My favorite sweet food is **pumpkin** pei.
我最喜歡的甜食就是**南瓜**派。

⋆ punish [`pʌnɪʃ] v. 處罰

同 chastise 嚴懲／discipline 懲罰

例 Do you know how the teacher will **punish** Jerry for what he did?
你知道老師將會怎樣**懲罰**傑瑞的所作所為嗎？

⋆ puppy [`pʌpɪ] n. 小狗

例 Andy's grandson brought home a little **puppy** from a neighbor.
安迪的孫子從鄰居那兒帶回一隻**小狗**。

⋆ purple [`pɝpl̩] adj. 紫色的

例 Howard's favorite grapes are the big **purple** ones.
霍華德喜歡**紫色的**大葡萄。

⋆ purpose [`pɝpəs] n. 目的

同 aim 目的／goal 目標／object 目的

例 The **purpose** of homework is for students to learn at home.
家庭作業的**目的**是讓學生在家學習。

*** purse** [pɝs] n. 錢包

同 wallet 錢包

例 Gina searched her **purse** for her mobile phone when she heard it ring.
聽到電話鈴響時，吉娜在她的**錢包**裡尋找手機。

*** push** [pʊʃ] v. 推

例 Come on, **push** really hard if you want to build some muscles!
來吧，如果你想有肌肉的話就要努力**推**！

*** put** [pʊt] v. 放

例 Larry knows he must **put** more effort into his job to get better results.
拉瑞知道如果想在工作中取得好結果，他必須**付出**更多的努力。

*** puzzle** [ˋpʌzl̩] v. 使困惑，使窘困

同 confusion 弄錯

例 You always **puzzle** me with all your tricks and jokes.
你的把戲和玩笑總是把我弄得很**窘**。

*** quarter** [ˋkwɔrtɚ] n. 四分之一

例 The time was a **quarter** past seven in the evening.
時間是傍晚七點**十五分**（七點一刻）。

*** queen** [ˏkwin] n. 皇后

例 The **queen** of England is of course Elizabeth but I forgot which Elizabeth.
英國**女王**當然是伊莉莎白，但我忘了是哪個伊莉莎白。

*** question** [ˋkwɛstʃən] n. 問題

同 query 問題

例 The teacher asked a **question** but none of the students could answer it.
老師問了一個**問題**，但是沒有一個學生能回答。

*** quick** [kwɪk] adj. 快的，敏捷的

同 fast 快的／rapid 快的／speedy 快的

例 She is **quick** at learning English.
她學英語學得**快**。

*** quit** [kwɪt] v. 離去，辭職，放棄

同 depart 離開／desist 停止／halt 停止前進

例 Hang in there! Don't **quit** at the time you're almost done.
撐下去！別在你幾乎快完成的時候**放棄**。

*** quite** [kwaɪt] adv. 非常地，完全地，相當地

同 absolutely 當然／completely 完全地／entirely 全部的

例 Carl must be **quite** talented to write such a nice poem.
卡爾一定**相當**有才能，才能寫出這麼好的一首詩。

quiz [kwɪz] n. 小考，隨堂考試

同 test 測試／examination 考試

例 Ms. Liu likes to give us a small **quiz** after her class.
劉老師喜歡在課後幫我們做**小考**。

rabbit [ˋræbɪt] n. 兔子

例 Cindy wanted to go up on the roof to play with Gary's pet **rabbit**.
辛蒂想要在屋頂上和蓋瑞的寵物**兔**一起玩。

race [res] n. 賽跑，比賽

同 scurry 快跑，疾走／sprint 快跑

例 The most popular car **race** that everyone knows is Formula 1.
每個人都知道最流行的汽車**比賽**是一級方程式。

radio [ˋredɪˏo] n. 無線電，收音機

例 Sally can only listen to the **radio** because her CD player is broken.
莎莉只能聽**收音機**，因為她的光碟播放器壞了。

railroad [ˋrelˏrod] n. 鐵路

例 There is a **railroad** station right across from seven-eleven.
在 7-11 對面有一個火車站。

railway [ˋrelˏwe] n. 鐵路

例 If Flora takes the **railway** instead of the bus, she will save 30 minutes.
如果芙羅拉用**火車**代替公共汽車，她可以節省30分鐘。

rain [ren] n. 雨 v. 下雨

例 There was a strong wind last night, but it did not **rain**.
昨天晚上刮了大風，但是沒有**下雨**。

rainbow [ˋrenˏbo] n. 彩虹

例 When the rain stopped Jack saw a beautiful **rainbow**.
雨停之後傑克看見一道美麗的**彩虹**。

raincoat [ˋrenˏkot] n. 雨衣

例 His clothes got all wet from the rain because he did not have a **raincoat**.
因為他沒有帶**雨衣**，所以他的衣服全被雨水淋濕了。

rainy [ˋrenɪ] adj. 下雨的，多雨的

例 The weather has been so **rainy** in the last few days.
最近幾天一直下雨。

raise [rez] v. 舉起，提起

同 hoist 懸起／boost 提升

例 Next time **raise** your hand if you want to say something!
下次如果你想發言，請**舉**手！

*** rare** [rɛr] adj. 罕見的，稀有的

同 infrequent 稀有的／peculiar 獨有的／scarce 稀罕的

例 The air is really very **rare** in high mountains.
高山的空氣非常**稀薄**。

*** rat** [ræt] n. 老鼠

同 mouse 老鼠

例 The noise in the attic of the house came from a **rat**.
閣樓裡的聲音是**老鼠**發出來的。

*** rather** [ˋræðɚ] adv. 寧願

例 Dan would **rather** stay at home and rest than go out for movies.
丹**寧願**在家休息也不願意外出去看電影。

*** reach** [ritʃ] v. 到達，伸展

同 arrive 到達／exten 延伸／strech 伸展，延伸

例 He **reached** up and picked an apple off a branch.
他**抬起**手從一根樹枝上摘下一顆蘋果。

*** read** [rid] v. 閱讀

例 The story we **read** today showed us how bad is to be greedy.
我們今天**讀**的故事告訴我們貪婪是多麼有害。

*** ready** [ˋrɛdɪ] adj. 準備好的

例 I'm all **ready** for this big challenge.
我已經**準備好**要接受這項挑戰了。

*** real** [ˋriəl] adj. 真的，真實的

同 authentic 真實的／genuine 真正的

例 It was a **real** pleasure to have Gabe and Donny visit us.
蓋比和唐尼的拜訪，**真**讓我們高興。

*** realize** [ˋriəˌlaɪz] v. 瞭解，實現

同 understand 懂得／comprehend 瞭解

例 Amy must **realize** that she cannot spend more money than she can make.
艾咪一定得**明白**她不能花得比她賺的還多。

例 Her wish to become a writer was finally **realized**.
她當作家的願望終於**實現**了。

*** really** [ˋriəlɪ] adv. 事實上

例 It was **really** sweet of Flora to get such a nice present for Dan.
芙羅拉送給丹一份這麼好的禮物，她**真的**是個貼心的人。

*** reason** [ˋrizn̩] n. 理由，根據

同 cause 原因／justification 正當理由

例 The **reason** Paul took so long to answer the phone is that the music was too loud.
保羅這麼久才接電話的**原因**是因為音樂聲太大了。

*** receive** [rɪˋsiv] v. 收到

同 get 得到

例 Henry can always **receive** help with homework from his father.
亨利總是能**得到**他父親在課業上的幫助。

★ record [ˋrɛkɚd] n. 唱片，紀錄

例 In order to save money, I try to keep **record** of all my daily spending.
為了存錢，我試著**記錄**我所有開銷。

★ recorder [rɪˋkɔrdɚ] n. 答錄機

例 It has been a long time since Greg used a tape **recorder**.
葛列格已經很長時間沒有使用過答錄機。

★ recover [rɪˋkʌvɚ] v. 恢復

同 heal 痊癒／rescue 救援／retrieve 挽回

例 Dan tried to **recover** the lost file from his computer but he could not.
丹嘗試**恢復**電腦中遺失的檔案，但是沒有成功。

★ rectangle [ˋrɛktæŋg!] n. 長方形

例 Almost all doors from all houses have the shape of a **rectangle**.
幾乎所有房子的門都是**長方形**。

★ recycle [riˋsaɪk!] v. 回收，再利用

例 Lori always tries to **recycle** the coke cans and the plastic water bottles.
蘿莉經常**回收**可樂罐和塑膠水瓶。

★ red [rɛd] adj. 紅色的

例 The **red** dress Karen is wearing looks very pretty on her.
凱倫穿的**紅**洋裝讓她看起來非常漂亮。

★ refrigerator [rɪˋfrɪdʒəˏretɚ] n. 冰箱

同 fridge 冰箱

例 Do you know if there is any more soda in the **refrigerator**?
你知道**冰箱**裡還有汽水嗎？

★ refuse [rɪˋfjuz] v. 拒絕

同 decline 拒絕／rebuff 斷然拒絕

例 If you **refuse** what Chris wants to give you, he may get upset!
如果你**拒絕**克里斯想給你的東西，他會失望的。

★ regret [rɪˋgrɛt] v. 後悔，遺憾

例 There are a few things I **regret** I did with Amy.
我有些**後悔**和艾咪做的事情。

例 I **regret** the loss of his friendship.
我為失去他的友誼而**遺憾**。

★ regular [ˋrɛgjəlɚ] adj. 規律的

同 routine 慣例的／customary 按照習慣的／even 有規律的

例 Our team has won 17 games during the **regular** season.
我們隊在**例行**賽季贏得17場比賽。

★ reject [rɪˋdʒɛkt] v. 拒絕

同 refuse 拒絕／decline 拒絕

例 The famous basketball star wanted to **reject** the salary offered by his team.
這位知名的籃球球星想要**拒絕**球隊給他的薪水。

*** relative** [ˋrɛlətɪv] n. 親戚

例 Julie has a **relative** from her mother's side that lives in New York.
茱莉的母親有一個**親戚**住在紐約。

*** remember** [rɪˋmɛndɚ] v. 記得

同 recall 回想／remind 使想起

例 Because John was sleepy he did not **remember** hearing the door bell ring.
因為約翰睏了，所以不**記得**聽到門鈴聲。

*** remind** [rɪˋmaɪnd] v. 提醒

同 recall 回想／remember 記得

例 Bill must **remind** his father of his talent show on Thursday.
比爾一定得**提醒**他的父親星期二的才藝表演。

*** rent** [rɛnt] v. 租

同 charter 租／hire 租用

例 Terry must pay the **rent** on the 2nd day of every month.
泰瑞必須在每月的第二天付**租金**。

*** repair** [rɪˋpɛr] v. 修理

同 fix 修理／mend 修理／overhaul 大修

例 Joe tried to **repair** his motorcycle by himself but couldn't do it.
喬嘗試自己**修**摩托車，可是沒有成功。

*** repeat** [rɪˋpit] v. 重複

例 Pardon me, could you **repeat** what you've just said please?
抱歉，請你再**重覆**一次你剛說的話好嗎？

*** report** [rɪˋport] n. 報告

例 Jack wanted to finish the **report** for his English class as soon as possible.
傑克想盡可能快完成他英語課的**報告**。

*** reporter** [rɪˋportɚ] n. 記者

例 Peter Jennings is a famous **reporter** that works for CNN.
彼得詹寧斯是為美國有線電視新聞網工作的一位出名**記者**。

*** respect** [rɪˋspɛkt] v. 尊敬

同 adore 敬愛／esteem 尊敬／revere 崇敬

例 "If you cannot **respect** your mother, I will punish you." said Greg to his son.
葛瑞格對他兒子說：「如果你不**尊重**你母親我會懲罰你。」

*** responsible** [rɪˋspɛktəbl̩] adj. 應負責任的

同 accountable 應負責任的／answerable 負責的／reliable 可靠的

例 When children are given house work to do, they learn to become **responsible**.
當孩子有家事做時，他們學習變得有**責任感**。

*** rest** [rɛst] v. 休息

同 relax 放鬆／recess 休會／ease 放鬆

例 Gary needed to **rest** after the long tennis game he played with Sara.
蓋瑞和莎拉打了很久網球後需要**休息**。

★ restaurant [ˋrɛstərənt] n. 餐廳

例 The **restaurant** around the corner has chicken and beef fried rice.
在轉角處的**餐廳**有賣雞肉和牛肉炒飯。

★ restroom [ˋrɛstrum] n. 洗手間

例 Jay will go to McDonald's to use the **restroom** in it.
傑要去麥當勞使用裡面的**洗手間**。

★ result [rɪˋzʌlt] n. 結果

例 The **result** of Carmen's mistake made her boss very upset.
卡門的過失所造成的**結果**讓她的老闆很失望。

★ return [rɪˋtɝn] v. 歸還，回去

同 repay 償還

例 What made Chris sad is that he must **return** home from this beautiful island.
使克里斯憂愁的原因是他必須**離開**這個美麗的島回家。

★ review [rɪˋvju] v. 複習

同 recall 回想起

例 Adrian needs to **review** all his notes for the exam he has the next day.
安德里需要**複習**第二天考試的全部筆記。

★ revise [rɪˋvaɪz] v. 修正

同 correct 改正／amend 修正／rewrite 修改

例 Jane wants to **revise** her report because she saw some mistakes in it.
珍想**修改**她的報告，因為她看見裡面有些錯誤。

★ rice [raɪs] n. 米飯

例 Diana was worried that there wasn't enough **rice** for everyone.
戴安娜著急的是沒有足夠的**米飯**給每個人。

★ rich [rɪtʃ] adj. 有錢的

例 Even though her parents are **rich** they won't give her much money.
即使她父母**富有**，他們不會給她很多錢。

★ ride [raɪd] v. 騎，乘

例 Chris wants to **ride** Dan's new horse but he's a little scared of it.
克理斯想**騎**丹的新養的馬，但是他有些害怕。

★ right [raɪt] adj. 正確的

同 correct 對的

例 David made a **right** decision to take public transportation during the traffic rush hour.
大衛做了個在交通尖峰時間搭乘大眾運輸工具的**正確**決定。

*** ring** [rɪŋ] v. 響

例 No one at the party heard the phone **ring** because there was too much noise.
因為聚會太吵雜了，所以沒有人聽見電話響。

*** rise** [raɪz] v. 上升，起身

同 ascend 上升／increase 增長

例 Derek got up very early to see if the sun will **rise** before 5 a.m.
德瑞克很早起床去看太陽是否在早晨五點以前**升起**。

*** river** [ˋrɪvɚ] n. 河流

例 David likes to take a quiet walk along the **river** with his wife.
大衛喜歡和他的妻子沿著**河邊**安靜的散步。

*** road** [rod] n. 道路

例 Greg knows a **road** that will save him at least 20 minutes.
葛瑞格知道一條到那裡的**路**至少可以節省20分鐘。

*** rob** [rɑb] v. 搶劫

同 burglarize 盜竊／loot 掠奪／pillage 搶掠

例 Kyle thinks he can **rob** a bank without being coaught by the police.
凱爾認為他可以**搶**銀行而且不被員警抓到。

*** robot** [ˋrobət] n. 機器人

例 It would be nice to have a **robot** that can do my job and my cleaning.
如果能有一個**機器人**替我工作與打掃就太好了。

*** Republic Of China (R.O.C)** [rɪˋpʌblɪk ɑv ˋtʃaɪnə] n. 中華民國

例 If you want to write to me remember to write down **R.O.C.** at the end of my address.
如果你想寫信給我，記得在我的地址最後寫上**中華民國**。

*** rock** [rɑk] n. 岩石

例 Adrian picked up a small **rock** to throw at Chris' window to wake him up.
艾德里安拾起一塊小**石頭**投向克里斯的窗戶叫他起床。

*** role** [rol] n. 角色

同 character 人物

例 Everyone must play their **role** well for our drama show to look good.
每個人都必須扮演好自己的**角色**，這樣我們的戲劇表演才能成功。

*** roller skate** [ˋrolɚˏsket] n. （常用複數）輪式溜冰鞋

例 Mom promised me that she'll buy a new pair of **roller skates** as my brithday gift.
媽媽答應生日時買一雙全新的**輪式溜冰鞋**給我。

*** roof** [ruf] n. 屋頂

例 We all got up on the **roof** of the house to watch the fireworks.
我們全部在房子的**屋頂**上看煙火。

★ **room** [rum] n. 房間

同 chamber 房間

例 John was surprised to find his **room** locked when he came home.
約翰到家時驚訝地發現他的**房間**鎖上了。

★ **root** [rut] n. 根

例 The **root** of the big tree extended all the way to the wall of my old house.
大樹的**根**爬滿我老房子的牆壁。

★ **rope** [rop] n. 繩子

例 Doug tied a **rope** to the big tree so all the kids can swing on it.
道格在樹上繫上一條**繩子**，這樣所有的孩子就可以盪鞦韆了。

★ **rose** [roz] n. 玫瑰

例 Dan wanted to make Flora smile, so he gave her a beautiful **rose**.
丹想讓芙羅拉高興，所以送給她一朵美麗的**玫瑰**。

★ **round** [raʊnd] adj. 圓的，巨大的

例 I need to save a big **round** sum of money for my travel plan next year.
為了我明年的旅遊計畫我必須存一筆**巨大的**錢。

★ **row** [ro] n. 排，列

例 The teacher moved Johnny from the 6th **row** to the 3rd so he could see more clearly.
老師把強尼的座位從第六**排**換到第三排，這樣他可以看清楚些。

★ **rub** [rʌb] v. 摩擦

同 massage 按摩／scour 擦亮

例 Can you **rub** some sun block lotion on my back?
你能在我的背上**擦**些防曬乳嗎？

★ **rubber** [ˋrʌbɚ] n. 橡膠

例 All the tires on cars or scooters are made from **rubber**.
所有汽車或摩托車上的輪胎都是**橡膠**做的。

★ **rude** [rud] adj. 無禮的

同 gruff 粗暴的／rough 粗魯的／saucy 無禮的

例 Because Tim is so **rude**, we did not take him on the class trip.
因為提姆太**無禮**了，所以我們不帶他參加班級旅行。

★ **ruin** [ˋruɪn] v. 破壞

同 destroy 破壞／wreck 破壞 devastate 摧毀

例 This typhoon **ruined** all the house here.
這個颱風**破壞**了這裡所有的房子。

★ **rule** [rul] v. 統治

同 control 控制／dominate 支配／order 命令

例 Why does she act like she can **rule** over everyone else?
她為什麼表現出她可以**支配**所有人的樣子呢？

★ **ruler** [ˋrulɚ] n. 尺

例 Jerry needs to use a **ruler** to measure the length of his book.
傑瑞需要一把**尺**測量書的長度。

⋆ rush [rʌʃ]

v. 趕忙前往，急著 n. 匆忙

同 hasten 急忙／hurry 趕緊

例 Don't **rush** to a conclusion.
不要**急**於下結論。

⋆ sad [sæd] adj. 悲傷的，傷心的

同 miserable 悲慘的／sorrow 悲哀／unhappy 不快樂

例 Carl is **sad** because he doesn't know why Esther won't talk to him.
卡爾**傷心**的是因為他不知道為什麼艾絲特不和他說話。

⋆ safe [sef] adj. 安全的，完全的

同 secure 安全的／unharm 平安的

例 It is **safe** to cross the road when the green sign gives the "go" signal.
當綠燈閃示「走」信號時穿越道路是**安全的**。

⋆ safety [ˋseftɪ] n. 安全

例 When the rescue team brought Jenny to **safety** everyone was relieved.
當救援隊**安全**救出珍妮時，每個人都鬆了一口氣。

⋆ sail [sel] v. 航行

同 cruise 巡遊

例 Chris said he will **sail** the world one day after he retires from work.
克里斯說他退休後將**航遊**世界。

⋆ sailor [ˋselɚ] n. 船員，水手

例 He said he must first learn the skills of a **sailor** before he can sail.
他說在航海之前，他必須先學習**水手**的技術。

⋆ salad [ˋsæləd] n. 沙拉

例 Dan was told by many people that he can make great **salads**.
很多人跟丹說，他做**沙拉**的技術很好。

⋆ sale [sel] n. 出售

例 Kathy hurried to the store because she didn't want to miss the **sale**.
凱西匆忙趕到商店，因為她不想錯過廉價**出售**。

⋆ salesman [ˋselzmən]

n. 售貨員

例 The **salesman** told her that today all items are 40% off the regular price.
售貨員告訴她今天所有的物品都打六折。

⋆ salt [sɔlt] n. 鹽

例 The food tasted like it didn't have enough **salt** in it.
這食物嚐起來像是沒有放足夠的**鹽**。

⋆ same [sem] adj. 相同的

同 alkalike 相似的／identical 完全相似的

例 Some foods taste the **same** even though they have different things in them.
有些食物即使裡面不同成份，但是吃起來是**一樣的**。

★ sample [ˋsæmpl̩]

n. 範例，樣品

例 Mark took a **sample** report and looked at it carefully.
馬克拿了一份**樣品**報告仔細看著。

★ sand [sænd] n. 沙，砂

例 "Why do some people take **sand** from the beach?"
「為什麼一些人把**沙子**從海灘帶走呢？」

★ sandwich [ˋsændwɪtʃ]

n. 三明治

例 A tuna **sandwich** is all Adrian can think of right now.
此刻，艾德里安只想著鮪魚**三明治**。

★ satisfy [ˋsætɪs͵faɪ] v. 滿足

同 content 使滿意／gratify 使快意

例 Nothing can **satisfy** Jack right now except some ice water.
現在沒有比一杯冰水更能讓傑克**滿足**了。

★ saucer [ˋsɔsɚ] n. 茶托，淺碟

例 Some people think a **saucer** can do magical things but Kevin doesn't.
有一些人認為**淺碟**能做不可思議的事，但是凱文不這麼認為。

★ save [sev] v. 拯救，節省

同 rescue 救援／protect 保護／keep 阻止

例 Greg can **save** a lot of time if he let Eric help him with the cleaning.
如果格雷讓艾力克幫他打掃，他能**節省**許多時間。

例 The doctor **saved** the child's life.
這位醫生**挽救**了孩子的生命。

★ say [se] v. 說

同 express 表達／speak 講／tell 述說／utter 發言

例 What did Joe **say** to Nikki that made her feel so upset?
喬伊跟妮琪**說什麼**讓她覺得如此沮喪呢？

★ scared [skɛrd]

adj. 害怕的，驚嚇

例 Lisa was **scared** by the big brown dog and she didn't come into the yard.
麗莎**害怕**大型咖啡色狗，所以她沒有進院子。

★ scarf [skɑrf] n. 圍巾

例 Lynd got a warm **scarf** for Dan because she knows he needs one.
因為知道丹需要，所以林德為他準備一條溫暖的**圍巾**。

★ scene [sin]

n. 景色，情景，風景

例 The **scene** we all saw left us a little surprised.
我們看到的**風景**讓我們吃了一驚。

★ scenery [ˋsinərɪ] n. 風景

例 In the Yosemite national park, the group saw such a nice **scenery**.
在優勝美地國家公園這批人看見了美好的**風景**。

* **science** [ˋsaɪəns] n. 科學

例 He likes to teach **science** more than any other subjects.
比起其他學科，他更喜歡教科學。

* **scientist** [ˋsaɪəntɪst] n. 科學家

例 Eveyone knows Einstein was one of the greatest **scientists**.
每個人都知道愛因斯坦是最偉大的科學家之一。

* **score** [skor] n. 分數

同 mark 成績

例 Brian got a much better **score** on the quiz this time.
布萊恩這次測試得分高多了。

* **screen** [skrin] n. 銀幕，紗門

例 Everyone waited for the **screen** to show the new movie.
每個人都在等候新電影的放映。

例 We need **screens** on our windows to keep out the mosquitoes.
我們需要紗門來阻擋蚊子。

* **sea** [si] n. 海

例 This time the **sea** was very calm and no waves were seen.
這次海洋非常平靜無波。

* **seafood** [ˏsifud] n. 海鮮

例 One of the things Dan doesn't like is to eat **seafood**.
丹不喜歡的其中一件事就是吃海鮮。

* **search** [sɝtʃ] v. 尋找，搜索，搜尋

同 seek 尋找／hunt 搜尋／explore 探索

例 You can also **search** the internet for a good price on airline tickets.
你也能在網路上搜索價格合理的機票。

* **season** [ˋsizn̩] n. 季節，賽季

例 This **season** our team has won a lot more games than last **season**.
這個賽季我們隊已經比上個賽季有了更多的勝場。

* **seat** [sit] n. 座位

例 The young girl yielded her **seat** to an old man.
年輕女孩把自己的座位讓給了一位老人。

* **second** [ˋsɛkənd] adj. 第二的

例 This is the **second** time Carl had to change to another class.
這是卡爾第二次換到其他班級。

* **secret** [ˋsikrɪt] n. 祕密 adj. 祕密的

同 mystery 神祕

例 Carl wanted to keep his friendship with Amy as a **secret**.
卡爾想把他和艾咪的友誼當作一個祕密。

* **secretary** [ˋsɛkrəˏtɛrɪ] n. 祕書

例 The **secretary** wrote down a message from a private company for Mr. Garner.
祕書替伽納先生記下由一家私人公司傳來的訊息。

★ section [ˋsɛkʃən] n. 部分

同 part 部分

例 There is one **section** of the road that is closed because of road work.
因為道路施工，有**段**道路停止使用。

★ seed [sid] n. 種子

例 Adrian planted a **seed** that grew into an orange tree in about six years.
艾德里安六年前種下的**種子**，已經長成一顆橘子樹。

★ seek [sik] v. 尋找，企圖

同 search 搜尋／hunt 搜尋

例 She **sought** all the opportunities to talk to him.
她**尋找**所有可以跟他說話的機會。

★ seem [sim] v. 似乎

同 look 看上去

例 The bride and groom **seem** very busy right now so we will talk to them later.
新娘和新郎此刻**似乎**非常忙，我們稍後再和他們交談。

★ seesaw [ˋsi͵sɔ] n. 蹺蹺板

例 Many children like to sit on either end of the **seesaw**.
很多小孩喜歡坐在**蹺蹺板**的兩端。

★ seldom [ˋsɛldəm] adv. 不常地，難得地

同 hardly 幾乎不／infrequently 難得／rarely 稀少

例 Carl **seldom** goes out to eat a decent meal.
卡爾**難得**到外面吃一頓像樣的餐點。

★ select [səˋlɛkt] v. 挑選

同 choose 挑選／pick 選擇

例 Bob doesn't know which subjects he should **select** for next semester.
鮑伯不知道下個學期他應該**選擇**哪些科目。

★ selfish [ˋsɛlfɪʃ] adj. 自私的

例 Amy is too **selfish** to return the money she owes Dan.
艾咪太**自私**不想歸還她欠丹的錢。

★ sell [sɛl] v. 賣

例 Kathy wants to **sell** some of the things on the Internet which she doesn't need anymore.
凱西想在網路上**出售**一些自己不需要的東西。

★ semester [səˋmɛstɚ] n. 半學年，一學期

同 term 學期

例 Next **semester** will be much busier for Dan because he will start to teach full time.
下個**學期**丹將開始專職教書，所以他會相當忙碌。

★ send [sɛnd] v. 寄，送

例 Because Greg is poor, he cannot **send** his children to private schools.
因為葛瑞格很窮，所以他沒辦法把他孩子**送**到私立學校。

★ sense [sɛns] n. 感覺，感官，觀念，道理

同 feel 感覺

例 It makes no **sense** to walk 45 minutes and only save 18 cents.
僅只為了節省18分錢而走45分鐘的路是沒有**道理**的。

★ sentence [ˋsɛntəns] n. 句子

同 phrase 短語

例 You need to write at least an introductory **sentence** to this paragraph.
你需要至少寫一句介紹這篇段落的句子。

★ serious [ˋsɪrɪəs] adj. 嚴重的，嚴肅的

同 solemn 嚴肅的

例 Carl is always a **serious** man when it comes to his work.
只要談到工作，卡爾就是個**嚴肅的**人。

★ servant [ˋsɝvənt] n. 僕人

例 Flora said she will always be a **servant** of God all her life.
芙羅拉說她將會終其一生做上帝的僕人。

★ serve [sɝv] v. 服務，款待

同 supply 供給

例 If you **serve** the Lord, your life will be much happier.
如果你為上帝**服務**，你的生活將會非常快樂。

★ service [ˋsɝvɪs] n. 服務

例 Does the Kentucky Fried Chicken restaurant offer good **service**?
肯德基餐廳提供良好的**服務**嗎？

★ set [sɛt] v. 設定，使就座，使處於

同 place 安放

例 Larry **set** the books down on the table to rest his arm.
賴瑞把書放在桌子上，讓他的手臂休息。

★ seven [ˋsɛvən] adj. 七個

例 There were **seven** skinny and ugly cows in Joseph's strange dream.
在約瑟奇怪的夢裡有**七隻**骨瘦如柴又醜陋的母牛。

★ several [ˋsɛvərəl] adj. 好幾個

同 some 一些／少許

例 The traffic was blocked because of **several** cows crossing the road.
交通因為**幾隻**穿越馬路的牛而阻塞。

★ shake [ʃek] v. 搖

例 You need to **shake** the juice well before you open it.
在打開之前你必須把果汁充分**搖**勻。

★ shall [ʃæl] aux. 將

例 He **shall** listen to the teacher well if he wants to learn anything.
如果他想學的好，他**就要**聽老師的話。

★ shape [ʃep] n. 形狀

例 Flora is in very good **shape** because she likes to exercise every day.
由於芙羅拉喜歡每天鍛鍊身體，所以她的**身材**很好。

★ share [ʃɛr] v. 分享

同 allot 分配

例 Most kids don't like to **share** their toys even if they have a lot of them.
大多數小孩即使有許多玩具也不願意分給別人。

★ shark [ˋʃɑrk] n. 鯊魚

例 A **shark** is a very dangerous fish that may attack people swimming in the ocean.
鯊魚是非常危險的魚類，他們可能會襲擊在海水中游泳的人們。

★ sharp [ʃɑrp] adj. 銳利的

例 The knife was not **sharp** enough for Jim to cut the rope.
刀子不夠**鋒利**，吉姆不能割斷繩索。

★ sheep [ʃip] n. 羊

例 There is a **sheep** show in Nantau county every year.
每年南投縣都有**綿羊**秀。

★ sheet [ʃit] n. 紙張

同 paper 紙

例 Does anyone have a **sheet** of paper to lend to Irene?
誰能借給艾琳一**張紙**？

★ shelf [ʃɛlf] n. 架子

例 When you are done, please put the books back on the **shelf**!
讀畢請把書放回**書架**！

★ shine [ʃaɪn] v. 照耀

例 Lisa wants her hair to **shine** so she uses conditioner.
莉莎想讓頭髮有**光澤**，因此她在頭髮上擦了些潤絲精。

★ ship [ʃip] n. 船

例 The **ship** was moving slowly in the distance but it finally disappeared.
遠處的**輪船**行進緩慢，但最終還是消失了。

★ shirt [ʃɜt] n. 襯衫

例 Nick's **shirt** was dirty and old but he still wanted to wear it.
尼克的**襯衫**又髒又破，但他還是想要穿。

★ shoes [ʃuz] n. (pl.) 鞋子

例 The **shoes** Gina was wearing were a gift from her mother.
吉娜穿的**鞋子**是她母親送她的禮物。

★ shop [ʃɑp] n. 商店

同 market 市場

例 Ben's brother Eric owns a flower **shop** in downtown San Francisco.
班的兄弟艾力克在舊金山的市中心擁有一家花**店**。

★ shopkeeper [ˋʃɑp͵kipɚ] n. 商店老闆

例 He has been a **shopkeeper** since he was in his early twenties.
他二十出頭就已經是一個**商店老闆**。

★ shoot [ʃut] v. 射擊，投射（視線等）

同 fire 開火射擊

例 Jack **shot** me a angry glance when he saw me.
傑克一看到我就**投射**了憤怒的眼光。

★ shore [ʃor] n. 海岸

同 bank 岸／beach 海濱／coast 海岸／waterfront 沿岸

例 Greg and Tina walked along the **shore** of the sea for a long time.
葛雷和蒂娜沿著**海岸**走了很長時間。

★ short [ʃɔrt] adj. 短的，矮的

例 There was a **short** man standing by the door that no one knew.
沒有人認識門邊站著的那個**矮個子**男人。

★ shorts [ʃɔrts] n. (pl.) 短褲

例 At this time, it is too cold in California for anyone to wear **shorts**.
加州這個時候太冷，沒有人穿**短褲**。

★ should [ʃud] aux. 應該

例 Brenda **should** stay away from Mellisa if she doesn't want to get hurt.
如果布蘭達不想受到傷害，她**應該**遠離梅麗莎。

★ shoulder [ˋʃoldɚ] n. 肩膀

例 Chris put the bag on his **shoulder** to be able to use both hands.
克里斯把袋子放在他的**肩膀**上，這樣就能夠用兩隻手。

★ shout [ʃaut] v. 大叫

同 yell 叫喊／call 叫、喊／scream 驚呼／shriek 尖聲叫喊

例 Gabe tried to **shout** louder because no one responded the first time.
因為第一次沒有人回應，所以蓋比試著更大聲地呼喊。

★ show [ʃo] v. 給（某人）看，陳列

例 Jill wants to **show** everyone her new house she just bought.
吉兒想讓所有人**看看**她新買的房子。

★ shower [ˋʃauɚ] n. 淋浴間，淋浴，陣雨

同 bath 洗澡

例 Matt heard the water running in the **shower** and wondered who was in it.
麥特聽到**淋浴間**裡的水聲猜想誰在裡面。

★ shrimp [ʃrɪmp] n. 蝦子

例 At the wedding they served **shrimp** among many other dishes.
蝦子是他們婚禮上提供的菜餚之一。

★ shut [ʃʌt] v. 關閉

同 close 關閉／fasten 扣緊／lock 鎖上

例 Jay wanted to **shut** the door but Carl told him not to.
傑想**關上**門但是卡爾不准。

★ shy [ʃaɪ] adj. 害羞的

同 timid 膽小的／bashfull 害羞的／coy 怕羞的

例 Ginnie knows how to speak English but she's too **shy** to talk.
吉妮知道怎麼說英語，但是她**羞**於開口。

★ sick [sɪk] adj. 生病的

同 ill 有病的

例 One of the young ladies got **sick**

while she was waiting.
在等候時，有位年輕姑娘**病**了。

★ **side** [saɪd] n. 邊

例 Ginnie walked by the right **side** of her uncle and held his hand.
吉妮拉著叔叔的手走在他右**邊**。

★ **sidewalk** [ˋsaɪd͵wɔk] n. 人行道

例 Sometimes the **sidewalk** is too crowded for people to walk on it.
有時候**人行道**上太擁擠不能行走。

★ **sight** [saɪ] n. 景象，視線

例 Soon the bus disappeared from our **sight** and its lights were gone.
公共汽車一下就從我們的**視線**中消失，車燈的光亮也不見了。

★ **sign** [saɪn] v. 簽名

例 Mark will **sign** his name on the guest book in the hallway.
馬克會在走廊中的簽名簿上**簽名**。

★ **silence** [ˋsaɪləns] n. 沉默，寂靜無聲

例 There was complete **silence** in the chapel and only the fans could be heard.
教堂裡**寂靜無聲**，只有風扇的聲音。

★ **silent** [ˋsaɪlənt] adj. 沉默的，不出聲的

例 Kerry wanted eveyone to stay **silent** while she gave the speech.
凱莉希望她發言的時候大家保持**安靜**。

★ **silly** [ˋsɪlɪ] adj. 愚蠢的

同 foolish 愚蠢的／ridiculous 荒謬的

例 Don't be **silly**, just face the truth.
別**傻**了，面對現實吧。

★ **silver** [ˋsɪlvɚ] n. 銀

例 Dan had a **silver** dollar coin given to him by an old lady.
丹有一枚老太太給他的**銀**幣。

★ **similar** [ˋsɪmələ˞] adj. 相似的，類似的

同 alike 相似的／same 同樣的

例 Tim and his younger brother Adrian have very **similar** looking faces.
提姆和他的弟弟艾德里安有著非常**相似的**臉。

★ **simple** [ˋsɪmpl̩] adj. 單一的，簡單的，單純的

同 easy 容易的

例 The kid is so **simple** she'll believe anything you tell her.
這孩子十分**單純**，你跟她說什麼她都會相信。

★ **since** [sɪns] prep. 自從

例 They havn't seen any rain in San Francisco **since** early June.
自從六月上旬之後舊金山就沒有下過雨。

★ **sincere** [sɪnˋsɪr] adj. 真實的，真誠的

同 honest 誠實的

例 Gabe has a **sincere** personality but he's not a very happy person.
蓋比個性**正直**，但不是一個快樂的人。

★ **sing** [sɪŋ] v. 唱歌

例 During the party, they brought microphones so people could **sing**.

聚會時他們帶來麥克風這樣大家就可以唱歌了。

★ singer [ˋsɪŋɚ] n. 歌手

例 The most famous **singer** of the early 1980's was Michael Jackson.
八〇年代初最有名的歌手是麥克傑克遜。

★ single [ˋsɪŋg!]
adj. 單身的，單一的

反 double 雙重的／married 已婚的

例 Every **single** album in the early years he made had a hit song.
早期他的每一張唱片中都有一首暢銷歌曲。

★ sink [sɪŋk] n. 水槽，汙水槽

例 The **sink** was not in the bathroom but in the hall next to it.
水槽不在浴室而在隔壁的大廳。

★ sir [sɝ] n. 先生

例 "**Sir**, can you please fasten your seat belt," said the flight attendant.
「先生，請您繫好安全帶」，空服員說。

★ sister [ˋsɪstɚ] n. 姊妹

例 Flora's elder **sister** has two children, a boy and a girl.
芙羅拉的大姐有兩個孩子，一個男孩和一個女孩。

★ sit [sɪt] v. 坐

同 be seated 就坐

例 They all asked Jim to **sit** somewhere but he said he will stand up.
他們都要吉姆找個地方坐下，但是他說他願意站著。

★ six [sɪks] n. 六

例 Even though Jessica had only **six** hours of sleep she was full of energy.
即使潔西卡只睡了六個小時，但她還是精力充沛。

★ sixteen [sɪksˋtin] adj. 十六的

例 In the United States teenagers can drive at the age of **sixteen**.
在美國的青少年十六歲時就可以開車。

★ size [saɪz] n. 尺寸，大小

同 extent 範圍／proportion 大小

例 The **size** of the swimming pool was bigger than everyone expected.
游泳池的大小比每個人期望的大。

★ skate [sket] v. 溜冰

例 Chris wanted to **skate** down the road but the road was very bumpy.
克里斯想要沿著公路溜冰，但是道路非常的顛簸。

★ ski [ski] v. 滑雪

例 The best time to **ski** in Switzerland is in January and February.
瑞士最好的滑雪時間是在一月和二月。

★ skill [skɪl] n. 技巧

例 You should spend more time to develop your **skills** of speaking.
你應該多花點時間培養你的演說技巧。

★ skillful [ˋskɪlfəl] adj. 熟練的

同 proficient 熟練的

例 When the boat was out of the harbor, we can see how **skillful** he was at driving a boat.
當船駛出港口時，我們可以看出他是如何**熟練的**駕駛一艘船。

★ skin [skɪn] n. 皮膚

例 Flora cut the **skin** of her finger when she tried to peal potatoes.
芙羅拉削馬鈴薯的時候，割破了手指上的**皮膚**。

★ skinny [ˋskɪnɪ] adj. 皮包骨的

同 bony 瘦的／scrawny 瘦的／gaunt 瘦弱的

例 Everyone thinks Dan is very **skinny** but he doesn't feel that he is.
每個人都認為丹**骨瘦如柴**，但他不這麼認為。

★ skirt [skɜt] n. 裙子

例 Leslie wanted to show everyone her new gray **skirt**.
萊斯利想向所有人展示她的新灰色**裙子**。

★ sky [skaɪ] n. 天空

例 The **sky** was clear and the sun was shining bright.
天空晴朗，太陽閃耀著燦爛的光芒。

★ sleep [slip] v. 睡覺

同 nap 小睡／doze 打盹兒／snooze 小睡

例 Gina wanted to **sleep** after a long day but she was too hungry.
在辛苦了一天後吉娜想要**睡覺**，但是她太餓了。

★ sleepy [slipi] adj. 想睡的

例 Because she's always tired, we named Tina "**sleepy** girl."
因為蒂娜總是疲倦，所以我們稱她為「**愛睡的**女孩」。

★ slender [ˋslændɚ] adj. 苗條的

同 slight 苗條的

例 Even though she is **slender**, Sunny thinks she needs to lose some weight.
即使桑妮的身材非常**苗條**，她還是認為她需要減一點肥。

★ slide [slaɪd] v. 滑動；悄悄地走

例 John **slid** out of the meeting room and the boss didn't find out.
約翰**悄悄地走**出會議室而沒被老闆發現。

★ slim [slɪm] adj. 苗條的

同 lean 瘦的／slender 苗條的／slight 苗條的

例 Adrian used to be **slim** a year ago, but lately he has gained a lot of weight.
埃德里安一年前曾經比較**苗條**，但是他最近發胖許多。

★ slippers [ˋslɪpɚs] n. (pl.) 拖鞋

例 Terry put on his **slippers** because the floor was dirty.
因為地板髒，所以泰瑞穿上他的**拖鞋**。

★ slow [slo] adj. 慢的 adv. 慢慢地

同 lingering 拖延的

例 Carl likes to eat **slow** at lunch

time while we all eat very fast.
當我們狼吞虎嚥午餐時，卡爾總是吃得很慢。

⋆ small [smɔl] adj. 小的

同 tiny 極小的

例 There is a **small** scooter in the garage for anyone in the family to use.
車庫裡有一個供家庭成員使用的小摩托車。

⋆ smart [smɑrt] adj. 聰明的

同 intelligent 聰穎的／clever 聰明的

例 The whole village knows grandpa George is a very **smart** man.
村裡的人都知道喬治爺爺是個聰明人。

⋆ smell [smɛl] v. 聞

例 I could **smell** the food my mom was cooking in the kitchen.
我可以聞到廚房中媽媽做菜的香味。

⋆ smile [smaɪl] v. 微笑

例 Everyone thinks that Esther should **smile** a little more.
每個人都認為埃絲特應該多微笑。

⋆ smoke [smok] n. 煙

例 The **smoke** from the fire could be smelled from far away.
在很遠處就能聞到火災的煙味。

⋆ snack [snæk] n. 點心，零食

同 cookies 點心

例 I like to eat some **snacks** when I feel the pressure.
我喜歡在壓力大時吃零食。

⋆ snail [snel] n. 蝸牛，動作遲緩的人

例 Hurry up! You're really such a **snail**.
快點！你動作真的很慢。

⋆ snake [snek] n. 蛇

例 Gary is curious about how the **snake** would catch and eat the mouse.
蓋瑞很好奇蛇怎麼抓老鼠並吃掉它。

⋆ sneaker [ˋsnikɚ] n. (pl.) 膠底運動鞋

例 Scott tried on the **sneakers** and said they felt very nice.
史考特試穿了運動鞋，説鞋子非常舒服。

⋆ sneaky [ˋsnikɪ] adj. 鬼鬼祟祟的，狡滑的

例 Her mother thinks that Ginnie is a **sneaky** and clever girl.
基妮的媽媽認為她是個狡滑伶俐的女孩子。

⋆ snow [sno] n. 雪

例 Mt. Fuji had its first **snow** sometime at the end of October.
富士山在十月底會降下第一場雪。

⋆ snowman [ˏsnomæn] n. 雪人

例 People who climb Mt. Fuji in the winter usually make a **snowman**.
冬天爬富士山的人們通常會堆一個雪人。

⋆ snowy [snoɪ] adj. 多雪的

例 The trip back to the city took a long time because of the **snowy** roads.
因為路上的積雪，我們花了很長時間才回來。

★ so [so] adv. 非常地

例 We felt **so** angry at Sam's bad attitude during the trip.
旅行中山姆的惡劣態度讓我們感到很氣憤。

★ soap [sop]
n. 肥皂，[口] 肥皂劇

例 My mom enjoys to watch **soap** opera after dinner.
我媽媽喜歡在晚飯後看**肥皂劇**。

★ soccer [ˈsɑkɚ] n. 足球

例 Ever since he was young Cornel was a good **soccer** player.
卡尼爾年輕的時候就是個優秀的**足球**員。

★ social [ˈsoʃəl] adj. 社會的

例 At every **social** event Amy wants to be the center of attention.
艾咪都想成為每個**社交**活動中人們注意的焦點。

★ society [səˈsaɪətɪ] n. 社會

例 In this **society** people feel that money always means happiness.
在這個**社會**中，人們認為錢總是意味著快樂。

★ sock [sɑk] n. (pl.) 短襪

例 Because Carl has brown shoes he wants to buy brown **socks** also.
因為有棕色鞋子，所以卡爾想買棕色的**襪子**。

★ soda [ˈsodə] n. 汽水

例 Gary will drink water instead of **soda** because he's too thirsty.
因為蓋瑞太渴了，所以他喝水而不是**汽水**。

★ sofa [ˈsofə] n. 沙發

例 There were about five people squeezing on the **sofa**.
大概有五個人擠在**沙發**上。

★ soft drink [sɔft drɪŋk]
n. 不含酒精的飲料

例 We thought there were enough **soft drinks** for everyone.
我想我們有足夠的**無酒精飲料**提供給每個人。

★ softball [ˈsɔftˌbɔl] n. 壘球

例 Bill and Tom went to the park to practice playing **softball**.
比爾和湯姆去公園玩**壘球**。

★ soldier [ˈsoldʒɚ] n. 軍人，兵

例 Jason now is serving as a **soldier** for another year.
傑森要再服一年的**兵**役。

★ solve [sɑlv] v. 解決

同 unriddle 解開

例 Rob showed his students how to **solve** a difficult math problem.
羅伯示範給他的學生如何**解決**這個困難的數學問題。

★ some [sʌm] adj. 一些

例 **Some** of the people in our team were late for the game.

我們隊上的一些人在比賽時遲到了。

★ somebody [ˋsʌm.bɑdɪ]
pron. 有人，某人

例 We asked **somebody** from the other group about the delay.
我們詢問了另一隊的**某個人**有關延期這件事。

★ someone [ˋsʌm.wʌn]
pron. 某人

例 **Someone** said it was an accident that caused the bus to come late.
有人說由於意外事件導致公車晚點來。

★ something [ˋsʌmθɪŋ]
pron. 某事，某物

例 Everyone was looking for **something** to buy as a souvenier.
每個人都在找**某件物品**可以買回去當紀念品。

★ sometimes [ˋsʌm.taɪmz]
adv. 有時候

例 Cindy said that **sometimes** she regrets not finishing college.
辛蒂說她**有時候**會後悔沒有念完大學。

★ somewhere [ˋsʌm.hwɛr]
adv. 某處

例 Bobby went fishing **somewhere** in the Sierra Mountains.
鮑比去山中的**某個地方**釣魚了。

★ son [sʌn] n. 兒子

例 Eddie's **son** has a grasshopper in a jar that he plays with.
艾迪的**兒子**把一隻和他玩的蚱蜢放在廣口瓶中。

★ song [sɔŋ] n. 歌曲

例 Hellen and Nathan will sing a special **song** for church service.
海倫和納森想在教會禮拜儀式上唱一首特別的**歌**。

★ soon [sun] adv. 很快地，快

例 **Soon** it will be the Holiday season and Dan will get his vacation.
假日季節**即將**到來，丹將會有假期。

★ sore [sor] adj. 疼痛的

同 aching 疼痛／painful 痛苦

例 His hands and back are **sore** from so much typing at work.
這麼多的打字工作讓他的手和後背疼痛。

★ sorry [ˋsɑrɪ]
adj. 抱歉的，遺憾的

同 regretful 遺憾的／repentant 後悔

例 Nick said he's **sorry** he could not finish his work sooner.
尼克說他非常**抱歉**不能更快完成工作。

★ soul [sol] n. 靈魂

例 Amy said her **soul** hurts from the pain of Jeff's words.
艾咪說傑夫的話讓她的**心靈**受到傷害。

★ sound [saʊnd] n. 聲音

同 voice 聲音

例 At the **sound** of Eddie's voice, his two sons ran out to him.
艾迪的兩個兒子聽見他**聲音**時便奔向他。

⋆ **soup** [sup] n. 湯

例 I need to cook some hot **soup** for my sick daddy.
我得幫我生病的爸爸煮點熱湯。

⋆ **sour** [saur] adj. 酸的

例 The salad had a **sour** taste and few people liked to eat it.
沙拉嚐起來有點酸，幾乎沒有人喜歡吃。

⋆ **south** [sauθ] n. 南方

例 It is hot and humid in the **south** of the United States.
美國**南部**炎熱潮濕。

⋆ **soy sauce** [ˋsɔɪˏsɔs] n. 醬油

例 Adrian likes to use a lot of **soy sauce** when he eats chow mein.
埃德里安喜歡在吃炒麵的時候放許多**醬油**。

⋆ **space** [spes] n. 空間

同 area 範圍

例 Diana made some **space** on the table to set her lap top on it.
戴安娜在桌子上找到**空位**把筆記型電腦放在上面。

⋆ **spaghetti** [spəˋgɛtɪ] n. 義大利麵

例 **Spaghetti** must be some of the easiest food to cook.
義大利麵一定是最容易烹調的食物。

⋆ **speak** [spik] v. 說，講

同 express 表達／tell 告訴／talk 說話

例 Jeff didn't **speak** loud enough for everyone to hear him clearly.
傑夫**講話**的聲音不夠大聲，不能讓每個人聽清楚。

⋆ **speaker** [ˋspikɚ] n. 演講者

例 The team said they will choose another **speaker** for the next speech.
這個團隊說他們將為下一次的演講挑選另外一名**發言者**。

⋆ **special** [ˋspɛʃəl] adj. 特別的

同 notable 顯著的／particular 個別的／unusual 不平常的

例 In case of a **special** event, they should let Esther speak.
為了免於**特殊**事件，他們應該讓埃絲特發言。

⋆ **speech** [spitʃ] n. 演講，發言

例 She can always deliver a good **speech** which is loud and clear.
她的**演講**總是大聲且清楚。

⋆ **speed** [spid] n. 速度

例 The **speed** Mary can type at is about 45 words per minute.
瑪麗的打字**速度**是每分鐘45個字。

⋆ **spell** [spɛl] v. 拼（字）

例 Most students can **spell** and write but they have a hard time talking.
大多數學生會**拼字**也會寫，但是他們開口說話卻有困難。

⋆ **spend** [spɛnd] v. 用，花費

同 expend 花費／use 消耗

例 Gary will **spend** most of his vacation on the beach.
蓋瑞準備在海邊**度過**他的假期。

★ spider [ˋspaɪdɚ] n. 蜘蛛

例 Kathy screamed when she saw the **spider** crawling on her dress.
當看到在衣服上爬的**蜘蛛**，凱西大聲尖叫起來。

★ spirit [ˋspɪrɪt] n. 精神

同 soul 精神

例 Our **spirit** was growing when we saw our team playing well.
我們的**精神**在看到整隊出色的表現而振奮。

★ spoon [spun] n. 湯匙

例 Dean used a **spoon** to take out some sugar from the jar.
迪恩用湯匙從罐子裡取出一些糖。

★ sport [sport] n. 運動

例 Dennis is a guy that can play many **sports**.
丹尼斯是一個會很多種**運動**的人。

★ spring [sprɪŋ] n. 春天

例 This **spring** Young is thinking about buying a new motorcycle.
今年**春天**，楊在考慮買一輛新的摩托車。

★ square [skwɛr] n. 正方形，廣場

例 There are many young people in the city **square** in the evening.
晚上的城市**廣場**上有很多年輕人。

★ stairs [stɛrs] n. (pl.) 樓梯，階梯

例 Ginnie ran up the **stairs** when she heard the baby crying.
聽到孩子哭，吉妮跑上**樓**來。

★ stamp [stæmp] n. 郵票

例 It takes only a 37 cent **stamp** to send a letter anywhere in the U.S.
在美國只要用37分錢的**郵票**就可以把信寄到美國的任何地方。

★ stand [stænd] v. 站立

同 rise 站起來

例 The whole crowd will **stand** up when the bride enters the room.
新娘進來時大家都**站著**。

★ star [stɑr] n. 星星

例 The **star** that shines the brightest is called Venus.
那顆最亮的**星星**叫金星。

★ start [stɑrt] v. 開始

例 Don't **start** at the wrong end like you did last time!
不要像你上一次做的那樣，從錯誤的地方**開始**。

★ state [stet] n. 州

例 What **state** do you come from in the United States?
你來自美國的哪個**州**？

★ station [ˋsteʃən] n. 站

例 When Greg arrived at the gas **station** it was already closed.
當葛雷到時，加油**站**已經關門了。

★ stationary [ˋsteʃən͵ɛrɪ] adj. 不動的，常備的

例 This was a **stationary** boat and it was used as a restaurant only.
這是一艘**不動的**船，它只被當做一家餐館使用。

★ stay [ste] v. 暫住

同 live 居住

例 They asked Tim to **stay** another day, but he said he could not.
他們請提姆再留一天，但是他說不行。

★ steak [stek] n. 牛排

例 Nathan invited everyone over to his house to have a **steak** dinner.
納森邀請了每個人到他家吃**牛排**晚餐。

★ steal [stil] v. 偷

同 filch 偷／pilfer 小偷／thieve 偷竊

例 If you don't want anyone to **steal** your things, you should put them in a locker.
如果你不想你的物品被**偷**，你應該把它們放在櫃子裡。

★ steam [stim] n. 蒸氣

例 There was a lot of **steam** coming out of the hot spring.
很多**蒸氣**從溫泉裡冒出來。

★ step [stɛp] n. 步驟，步伐

同 walk 走／tread 走

例 Jim took a **step** forward but he slipped and fell down.
吉姆向前邁了一**步**，但是他滑了一下且摔倒了。

★ still [stɪl] adv. 仍然

同 yet 仍然

例 There is **still** a big bandage on Tim's leg from the cut he had.
提姆的腿部**仍然**有一條大繃帶綁在傷口上。

★ stingy [ˋstɪndʒɪ] adj. 有刺的，會刺的，小氣的

例 Dan is not **stingy** with anyone, he just takes good care of his money.
丹不**小氣**，他只是非常小心顧好他的錢。

★ stomach [ˋstʌmək] n. 胃

例 All the different kinds of food John ate made his **stomach** do strange noises.
約翰吃的各種不同食物，讓他的**胃**發出奇怪的聲音。

★ stomachache [ˋstʌməkˏek] n. 胃痛

例 Soon came the **stomachache** after his stomach made all the noises.
在發出聲音之後不久，他的**胃**就開始**疼**了。

★ stone [ston] n. 石頭

例 Joe picked up a **stone** to throw it in the water.
喬伊拾起一塊**石頭**扔到水裡。

★ stop [stɑp] v. 停止

例 When you see the red light you need to **stop** if you don't want to have a car accident.
如果你不想發生車禍，當看見紅燈時就要**停**下來。

★ store [stor] n. 商店

同 shop 商店

例 Everyone wondered why Jenny took so long to come back from the **store**.
每個人都在想為什麼珍妮這麼久才從**商店**回來。

★ storm [stɔrm] n. 暴風雨

例 They realized Jenny was probably cought in the **storm** outside.
他們意識到珍妮可能是在外面遇到暴風雨了。

★ stormy [ˋstɔrmɪ] adj. 暴風雨的

例 The **sormy** weather made everyone worry about her.
暴風雨的天氣使每個人都擔心她的安全。

★ story [ˋstorɪ] n. 故事，樓層

例 Lori chose a really difficult **story** for her student to read this time.
這次蘿莉為她的學生選擇了一個真的不好讀的**故事**。

★ stove [stov] n. 火爐，爐子

例 Eddie turned on the **stove** to boil some water for his coffee.
艾迪打開**爐子**為他的咖啡燒些水。

★ straight [stret] adj. 直的

例 The subway station was **straight** across the road from the bank.
地鐵站就在銀行的**正**對面。

★ strange [strendʒ] adj. 奇怪的

例 Sara wondered why the milk tasted so **strange** to her.
莎菈納悶為什麼牛奶嚐起來這麼**怪**。

★ stranger [ˋstrendʒɚ] n. 陌生人，外地人

例 Dan no longer feels he's a **stranger** in Taipei.
丹認為他在台北不再是**外地人**。

★ straw [strɔ] n. 稻草，吸管

例 Bobby went back to KFC to get a **straw** for his orange juice.
鮑比回到肯德基拿一根**吸管**喝橘子汁。

★ strawberry [ˋstrɔ͵bɛrɪ] n. 草莓

例 Carl's favorite ice cream is **strawberry**, but we only bought vanilla.
卡爾最喜歡**草莓**霜淇淋，但是我們只買到香草口味的。

★ stream [strim] n. 小溪，潮流，光線

例 Only the soft noise of the **stream** could be heard during the night.
晚上只能聽到輕柔的溪**水**聲。

★ street [strit] n. 街道

同 avenue 林蔭道／road 道路

例 During this time, the **street** was empty and no cars were on it.
這時候**街道**上空無一人，也沒有車子。

★ strike [straɪk] v. 打

同 hit 打／knock 敲

例 My uncle got hurt because someone **stroke** him with a stick last night.
我叔叔昨晚被某人用棍子**打**所以受傷了。

★ strong [strɔŋ]
adj. 強壯的，強力的

同 brawny 強壯／powerful 強大／sturdy 強健的

例 He has a **strong** swing and our team counts on it.
我們隊上相當依賴他**強力**的揮棒。

★ student [`stjudn̩t] n. 學生

例 Cory is the most energetic and hard working **student** in our class.
克瑞是我們班最精力旺盛和用功的學生。

★ study [`stʌdɪ] v. 學習

例 He always likes to **study** extra material before the class begins.
在上課前他總是喜歡**學習**額外的資料。

★ stupid [`stjupɪd]
adj. 愚蠢的，愚笨的

例 Ella is a smart girl but she likes to act **stupid** to get attention.
愛拉是個聰明的女孩，但是她喜歡裝傻以便引起別人的注意。

★ style [staɪl] n. 方式

例 Amy thinks her **style** is so fashionable, but it actually makes her look bad.
艾咪認為她的**風格**很時尚，但事實是她看上去很糟。

★ subject [səb`dʒɛkt]
n. 主題，科目

同 theme 主體／topic 論題／issue 議題

例 The **subject** of our talk was how to make learning more fun.
我們討論的**主題**是怎樣使學習更有趣。

★ submarine [`sʌbmə͵rin]
n. 潛水艇

例 A **submarine** is a ship that can go under water for a long time.
潛水艇是一艘可以在水下待很長時間的船。

★ subway [`sʌb͵we] n. 地下鐵

例 People in big cities rely on **subways** very much.
大城市的居民都很依賴**地下鐵**。

★ succeed [sək`sid] v. 成功

例 If anyone wants to **succeed** in life they must either study or be lucky.
如果任何人想要**成功**，他們要不就學習，要不就憑運氣。

★ success [sək`sɛs] n. 成功

例 **Success** is not only money but it is also what one can accomplish in life.
成功不僅僅指金錢，還指一個人一生的成就。

★ successful [sək`sɛsfəl]
adj. 成功的

同 winning 勝利的

例 The most **successful** man I know is Bill Gates.
我所知道最**成功的**人是比爾蓋茨。

★ such [sʌtʃ] adj. 如此的

例 Bill moved many people in **such** a positive way and gave them hope.
比爾以**如此**積極的方法鼓舞了許多人並給予了他們希望。

★ sudden [ˋsʌdn̩] adj. 突然的

同 unexpected 意外的／abrupt 突然的

例 All of a **sudden**, the sky got dark and it began to rain heavily.
天突然暗下來，然後開始下大雨。

★ sugar [ˋʃugɚ] n. 糖

例 Brown **sugar** is much healthier than white **sugar**.
紅糖比白糖更有益健康。

★ suggest [səˋdʒɛst] v. 建議

同 advise 建議／hint 建議

例 If you want to visit some nice places, I can **suggest** some for you!
如果你想參觀一些好地方， 我可以給你一些**建議**。

★ suit [sut] v. 合適

例 It will **suit** Carl well to wear this shirt for the interview.
卡爾穿這件襯衫去面試很合適。

★ summer [ˋsʌmɚ] n. 夏天

例 Ginnie wants the **summer** to come quicker so she can go to the beach.
吉妮希望**夏天**快點到來，這樣她就可以去海邊了。

★ sun [sʌn] n. 太陽

例 During the summer the **sun** may cause the skin cancer.
夏天的陽光有可能使人患皮膚癌。

★ Sunday [ˋsʌnde] n. 星期日

例 Every **Sunday** morning Dan has to teach at 11 a.m.
每個星期日上午11點丹都要上課。

★ sunny [ˋsʌnɪ] adj. 晴朗的，充滿陽光的

例 It would be nice if today was **sunny** and warm.
如果今天**陽光充足**而溫暖就好了。

★ super [ˋsupɚ] adj. 極好的，超級的

例 Lately we've had **super** good weather and we are very thankful for it.
我們非常感謝近來**極好的**天氣。

★ supermarket [ˋsupɚ͵markɪt] n. 超級市場

例 I usually go the **supermarket** on the corner on Saturday morning to shop for next week's food.
我通常在禮拜六早上到街角的**超級市場**購買下個星期的食物。

★ supper [ˋsʌpɚ] n. 晚餐

同 dinner 晚餐

例 Tonight I will eat **supper** with Flora's father and mother.
今晚我要和芙羅拉的父母共進**晚餐**。

★ support [səˋport] v. 支持 n. 支持

例 Don't leave me, I need your **support**.
別離開我，我需要你的**支持**。

★ sure [ʃur] adj. 確定的，有把握的

同 definite 確定的／positive 確信的

例 No one is **sure** when the situation will become stable in the middle east.
沒有人**確知**什麼時候中東的局勢會穩定下來。

★ surf [sɝf] v. 衝浪

例 Wendy said she will **surf** only in Dasi, because there are nice waves.
溫蒂說她只在大溪**衝浪**，因為那裡的海浪很好。

★ surprise [sɚˋpraɪz] v. 使驚訝

同 amaze 使吃驚／astonish 使驚訝

例 Greg took everyone by **surprise** when he showed up at church.
當葛瑞格出現在教堂的時候，每個人都**大吃一驚**。

★ surprised [sɚˋpraɪzd] adj. 驚訝的

例 We were **surprised** to see him brake his promise of never going to church.
我們**驚訝**看見他破除永遠不上教堂的諾言。

★ survive [sɚˋvaɪv] v. 存活，倖存，殘存

例 Jim couldn't believe that any fish could **survive** being out of the water for one hour.
吉姆不相信任何魚離開水一小時還能**生存**。

★ swallow [ˋswɑlo] n. 吞嚥

例 A baby cannot **swallow** things that an adult can.
嬰兒不能**吞嚥**成人能吃的東西。

★ swan [swɑn] n. 天鵝

例 I saw a lot of **swans** on the lake.
我在湖上面看見許多**天鵝**。

★ sweater [ˋswɛtɚ] n. 毛衣

例 You can wear the **sweater** Nick gave you tonight.
你今晚可以穿尼克給你的**毛衣**。

★ sweep [swip] v. 掃

同 clean 打掃

例 Ginnie wants to **sweep** the floor to make her mommy happy!
吉妮想**掃**地好讓她媽媽高興！

★ sweet [swit] adj. 甜美的，愉快的

同 lovely 愉悅的／pleasant 美好的

例 Before Jenny went to sleep, her mother wished her **sweet** dreams.
在珍妮睡覺之前，她媽媽祝她做個**甜美的**夢。

★ swim [swɪm] v. 游泳

例 Flora said she won't go in the water because she cannot **swim**.
芙羅拉說她不會下水，因為她不會**游泳**。

★ swimsuit [ˋswɪm͵sut] n. 泳衣

例 Amy bought 3 new **swimsuits** for her trip to Kenting.
愛咪為了去墾丁的旅行買了3套全新的**泳衣**。

★ swing [swɪŋ] n. 鞦韆，搖擺，揮舞

例 There is a **swing** in the park for the kids to swing on.
公園裡有一個讓孩子們盪的**鞦韆**。

★ symbol [ˋsɪmbḷ] n. 象徵，標誌

例 The **symbol** for Mercedes Benz is a three arm silver star.
賓士汽車的**標誌**是三角銀星。

★ system [ˋsɪstəm] n. 系統

例 In our school **system**, we have a Christmas and new year vacation.
在我們的學校**制度**有耶誕節和新年假期。

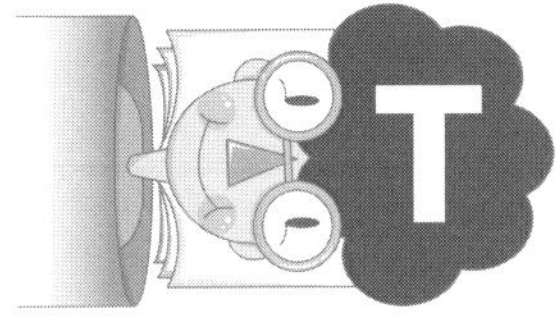

★ table [ˋtebḷ] n. 桌子

例 There was plenty of food on the **table** but no one was hungry.
桌子上有豐盛的食物，但是沒有人有胃口吃。

★ tail [tel] n. 尾巴，跟蹤者

例 Don't you know you've got a **tail**?
你沒發現被**跟蹤**了嗎？

★ take [tek] v. 拿，乘坐

例 Dan must **take** the train to Jungli when he works there.
丹在中壢工作的時候需要**乘坐**火車。

★ talent [ˋtælənt]
n. 才能，天份，天賦

例 The best **talent** of all the talents Carl has is to write poetry.
卡爾的**才能**中最好的是寫詩。

★ talk [tɔk] v. 談話，說

同 converse 談話／gossip 閒聊／speak 面談／chat 閒談

例 Lori will **talk** to Terry about the field trip next weekend.
蘿莉想跟泰瑞**談談**下星期實地考察的事。

例 I had a **talk** with Mr. Black.
我和布萊克先生**談過話**。

例 Don't **talk** nonsense.
別胡**說**八道。

★ talkative [ˋtɔkətɪv]
adj. 健談，愛說話的，多嘴的

例 Esther is one of the most **talkative** people in our company.
埃絲特是我們公司最**健談**的人之一。

★ tall [tɔl] adj. 高的

例 Because he is skinny Lance looks **tall** but in reality he is just average.
因為骨瘦如柴，所以藍斯看起來高一些，但是事實上他中等身高。

★ tangerine [ˋtændʒə͵rɪn]
n. 橘子

例 Ginnie peeled a **tangerine** and gave everybody a piece of it.
吉妮剝了一個**橘子**給每個人一片。

★ tank [tæŋk] n. 槽，箱

例 Eddie said he will go to the station to fill up the gas **tank**.
艾迪說他要去加油站給油**箱**加油。

★ tape [tep]
n. 錄音帶，膠帶 v. 貼起，封住

例 You can use the scotch **tape** to **tape** the envelope to the desk.
你可以用**膠帶封住**書桌的信封。

★ taste [test] v. 嚐起來，品嚐

例 The tea Kerry made **tastes** very sweet compared to other tea.
凱立的茶比起其他的茶品**嚐起來**更香甜。

★ taxi [ˋtæksɪ] n. 計程車

例 If the MRT stops service, Jill must take a **taxi** home.
如果捷運停止服務，吉兒必須坐**計程車**回家。

★ tea [ti] n. 茶

例 When Paul is tired, he drinks some green **tea** to refresh himself.
當保羅累的時候，他會喝一些綠**茶**讓自己清醒。

★ teach [titʃ] v. 教

同 direct 指導／instruct 教導／educate 教育

例 Dan said he doesn't want to **teach** small kids next year.
丹說明年他不想**教**小孩子。

★ teacher [ˋtitʃɚ] n. 老師

例 He wants to be a full time **teacher** at the university in Jungli.
他想成為中壢一所大學的專職**教師**。

★ team [tim] n. 隊，組

同 band 隊／group 隊，團體

例 There are more than six people working on this writing **team**.
這個寫作**小組**至少有六個人。

★ teapot [ˋti͵pɑt] n. 茶壺

例 The **teapot** was empty and Gina went to fill it up again.
茶壺是空的，吉娜給**茶壺**加了水。

★ tear [tɪr] n. 眼淚

例 When Vicky saw the rose, a **tear** fell down her face.
當維琪看到玫瑰花時，一滴**眼淚**就滑下了她的臉。

★ teenager [ˋtin͵edʒɚ] n. 青少年

同 youth 年輕人

例 She is such a marvelous **teenager** artist.
她是如此一個驚人的**青少年**藝術家。

★ telephone [ˋtɛlə͵fon] n. 電話

例 Eddie's **telephone** doesn't work yet because he just moved in.
因為艾迪剛剛搬進來，所以**電話**還不能使用。

★ television [ˋtɛlə͵vɪʒən] n. 電視

例 In the evenings after work most people sit down to watch **television**.
大部分工作一天的人們晚上會坐下來看**電視**。

★ tell [tɛl] v. 告訴

同 inform 通知／say 講述／state 聲明

例 Mike wanted to **tell** Jill about what happened to his brother.
麥可想要**告訴**吉兒發生在他兄弟身上的事情。

⋆ **temple** [ˋtɛmpḷ] n. 寺廟

例 When Helen and Greg visited the **temple** there was a wedding going on.
當海倫和葛瑞格拜訪這個**寺廟**的時候剛好有一個婚禮正在裡面舉行。

⋆ **ten** [tɛn] adj. 十的

例 Can you eat **ten** apples all at once without stopping?
你能一口氣吃**十**個蘋果嗎？

⋆ **tennis** [ˋtɛnɪs] n. 網球

例 I hope someday I can go to see a professional **tennis** game personally.
我希望有天我可以親眼看一場職業的**網球**比賽。

⋆ **tent** [tɛnt] n. 帳棚

例 They will take the eight people **tent** when they go camping tomorrow.
為了明天的露營，他們準備帶八人帳篷。

⋆ **tenth** [tɛnθ] adj. 第十的

例 Dan hopes he will get the paid before the **10th** of December.
丹希望能在12月**10**號之前拿到款項。

⋆ **term** [tɝm] n. 期間，學期

同 period 期間／time 時間

例 His school **term** will end at the beginning of January next year.
他的**學期**將在明年一月初結束。

⋆ **terrible** [ˋtɛrəbḷ] adj. 可怕的

同 abominable 可惡的／appalling 令人毛骨悚然

例 There was a **terrible** snow storm when we arrived in Canada.
當我們到加拿大的時候遇到**可怕的**暴風雪。

⋆ **terrific** [təˋrɪfɪk] adj. 很棒的

同 great 極好的／marvelous 極好的／wonderful 絕妙的

例 The rides in the amusement park were **terrific** and all of us had fun.
娛樂場的活動真**棒**，我們都玩得很開心。

⋆ **test** [tɛst] n. 測驗

同 examination 考試／quiz 小考

例 Carl said that the **test** he gave his students was really hard.
卡爾說他給學生的**測驗**確實很難。

⋆ **textbook** [ˋtɛkst͵bʊk] n. 教科書

例 Besides the **textbook** material, there was also other material in the test.
除了**教科書**上的資料，考試內容還包含了其它資料。

⋆ **than** [ðæn] conj. 比……

例 More students did poorly on the exam **than** the last exam.
這次考試大部分學生**比**上次考的糟糕。

⋆ **thank** [θæŋk] v. 感謝

例 I can't **thank** you enough for helping me get though all of this.
對於你幫助我渡過這一切，我真是感激不盡。

★ **Thanksgiving** [ˌθæŋksˋgɪvɪŋ]
n. 感恩節

例 This will be another year when Dan will miss the **Thanksgiving** holiday.
這將會是丹又錯過的另一個**感恩節**假期。

★ **that** [ðæt] adj. 那個

例 Bobby didn't know **that** girl was his classmate two years ago.
巴比不知道**那個**女孩是他兩年前的同學。

★ **the** [ðə] art. 那個

例 **The** cat we brought home ran away as soon as we set it down.
我們把帶回家的**那**隻貓剛放下它就逃走了。

★ **theater** [ˋθiətɚ] n. 戲院，劇場

同 playhouse 劇場／arena 舞臺

例 There is a cheap movie **theater** not too far from Chingmei station.
離景美站不遠有一家便宜的**電影院**。

★ **their** [ðɛr] adj. 他們的

例 Mr. Banks was **their** PE instructor last semester.
班克斯先生是**他們**上學期的體育教練。

★ **theirs** [ðɛrz]
pron. （they的所有格）他們的

例 No one knew the tent was **theirs** because none of them were in it.
因為裡面沒人，所以沒人知道帳篷是**他們的**。

★ **them** [ðɛm]
pron. （they的受格）他們

例 The referee gave **them** the signal to start, and everyone started running.
裁判給**他們**開始的信號，每個人都開始跑。

★ **themselves** [ðəmˋsɛlvz]
pron. （they的反身代名詞）（他們）自己

例 They brought **themselves** into this bad situation by refusing to listen to the instructor.
由於沒有聽老師的話，所以**他們**才使**自己**處於這種惡劣處境。

★ **then** [ðɛn] adv. 然後，就

例 If you do well in school **then** your mother will get you the video game.
如果你在學校表現好的話，你媽**就**會買電玩給你。

★ **therefore** [ˋðɛrˌfor] adv. 因此

同 accordingly 因此／consequently 因此／hence 因此

例 It's really cold outside, **therefore** I don't like to go out.
外面天氣真的很冷，**因此**我不喜歡出門。

★ **these** [ðiz] adj. 這些

例 There has been a lot of snow **these** days.
這些天已經下了許多雪。

★ **they** [ðe] pron. 他們

例 If **they** cannot come here sooner, Joe will not wait for them.
如果**他們**不能夠快點來這裡，喬就不等他們了。

★ thick [θɪk] adj. 厚的

例 The snow blanket was **thick** enough to cover the little trees.
厚厚的積雪足夠覆蓋小樹了。

★ thief [θif] n. 小偷，盜賊

例 The **thief** disappeared in a brown car but we saw his license plate.
小偷開著一輛褐色汽車消失了，但是我們看見車牌。

★ thin [θɪn] adj. 瘦的，薄的，稀疏的

同 gaunt 消瘦的／lanky 瘦長的／meager 瘦的／skinny 極瘦的

例 He got so **thin** lately that everyone was beginning to worry.
近來他這麼瘦，每個人都開始為他擔心。

★ thing [θɪŋ] n. 事情

例 There's one more **thing** Kenny needs to do before he goes home.
在回家之前肯尼還要再做一件事情。

★ think [θɪŋk] v. 想

同 consider 思考／ponder 仔細考慮

例 Mark needs to **think** about what he wants to do with his future.
馬克需要考慮將來他要做什麼。

★ third [θɝd] adj. 第三的

例 Lilly had the **third** highest score on the last exam.
莉莉在上次考試中獲得第三的高分。

★ thirsty [ˋθɝstɪ] adj. 口渴的

例 After the steak, John felt very **thirsty**.
約翰吃完牛排後非常口渴。

★ thirteen [ˋθɝˋtin] adj. 十三的

例 When Paul was **thirteen**, his family moved to Chicago .
保羅十三歲的時候全家搬到了芝加哥。

★ thirteenth [ˋθɝˋtinθ] adj. 第十三

例 He celebrated his **thirteenth** birhday when he was still in Europe.
當慶祝他十三歲生日的時候，他還在歐洲。

★ thirtieth [ˋθɝtɪɪθ] adj. 第三十

例 In the **thirtieth** year of his life Dan was still in California.
丹三十歲那年還在加州。

★ thirty [ˋθɝtɪ] adj. 三十的

例 There were more than **thirty** people for the Sabbath last Saturday.
上星期六有超過三十個人去參加安息日。

★ this [ðɪs] adj. 這個

例 **This** time the man found a faster way to go home.
這次這個人發現一條可以早些回家的路。

★ those [ðoz] adj. 那

例 **Those** books Bobby was carrying were very heavy.
巴比抱著的那些書非常的重。

★ though [ðo] conj. 雖然

同 however 然而／nevertheless 雖然如此

例 Even **though** it was hot in the room, Carl still had a heavy coat on.
即使房間很熱，卡爾還是穿著一件厚外套。

★ thought [θɔt] n. 想法，考慮

同 contemplation 沉思／concern 關心

例 Eve's **thought** was not the same as Jill's.
伊芙的**想法**和吉爾的不同。

例 After serious **thought**, we decided to accept their terms.
經認真**考慮**，我們決定接受他們的條件。

★ through [θru] prep. 通過

例 The little road **through** the forest could only fit two people side by side.
穿過森林的小路只可以兩個人並排走。

★ throw [θro] v. 丟，扔

同 cast 投／chuck 拋擲／fling 投

例 Terry wants to **throw** away all the old things he doesn't need.
泰瑞想把他不需要的舊物品**扔掉**。

★ thumb [θʌm] n. 大拇指

例 When Dan was asked if everything was ok, he just put up his **thumb**.
當丹被問到是不是所有事都安好的時候，他僅只豎起了**大拇指**回應。

★ thunder [`θʌndɚ] n. 雷

例 The old Indian said "you're just like these empty clouds: lots of **thunder** but no rain".
一位印度老人說：「你就像這些雲：只打**雷**不下雨」。

★ Thursday [`θɝzde] n. 星期四

例 **Thursday** will be another rehearsal for our Christmas show.
星期四我們會進行耶誕節演出的第二次排練。

★ ticket [`tɪkɪt] n. 票

例 The **ticket** to the show will cost about NT400 dollars.
演出**票**價將花費台幣400元。

★ tidy [`taɪdɪ] adj. 整潔的

同 neat 乾淨的／orderly 整齊的／shipshape 整齊的／trim 整齊的

例 You must keep your place **tidy** if you don't want mom to complain.
如果你不想聽媽媽抱怨，你最好保持**整潔**。

★ tie [taɪ] v. 綁

同 bind 綁／fasten 縛

例 William wants to **tie** a rope to the trees to dry some clothes.
威廉想在樹上**綁**根繩子晾衣服。

★ tiger [`taɪgɚ] n. 老虎

例 Shawn has never seen such a big **tiger** in his life.
尚恩的一生中從沒見過這麼大的**老虎**。

★ till [tɪl] conj. 直到

例 Sue must wait **till** the evening to catch a bus home.
蘇必須等到晚上才能趕上公車回家。

★ time [taɪm] n. 時間

例 During the **time** Dan and Flora spent together they hardly argued.
丹和芙羅拉在一起時很少發生爭執。

★ tiny [ˋtaɪnɪ] adj. 微小的

例 When Ginnie opened the purse she saw the **tiny** phone in it.
當吉妮打開提包時，她看見裡面有一個小電話。

★ tip [tɪp] n. 祕訣，小費

同 premium 額外費用

例 In the United States, people must give the waiter **tips** at a restaurant.
在美國，人們在餐館就餐後必須給服務生**小費**。

例 I gave her a **tip** on how to cook a new kind of soup.
我教授她烹調新湯的**訣竅**。

★ tired [taɪrd] adj. 疲倦的

同 exhausted 疲憊／weary 疲倦的

例 After the long day of work everyone was so **tired**.
在長時間工作之後，每個人很**疲憊**。

★ title [ˋtaɪtl̩] n. 標題，稱號

同 headline 標題／name 名字

例 The **title** of the book Dan was reading is The Heavenly Man.
丹正在閱讀的書**標題**叫做「在天堂的男人」。

例 He was given the **title** of Duke.
他被封為公爵。

★ to [tu]
prep. 置於兩動詞中之介系詞

例 If you need **to** borrow some money, you can ask Terry!
如果你需要錢，你可以跟泰瑞借！

★ toast [tost] n. 吐司

例 Most people in the West like to eat **toast** for breakfast.
很多西方人早餐喜歡吃**吐司**。

★ today [təˋde] n. 今天

例 **Today** it was very windy and cold in Taipei.
今天台北的天氣又冷又颳風。

★ toe [to] n. 腳趾

例 Because I was standing for a long time, my **toe** was hurting.
因為站了很長時間，我的**腳趾**很疼。

★ tofu [ˏtofu] n. 豆腐

例 Dan cannot stand the smell of stinky **tofu**.
丹受不了臭**豆腐**的味道。

★ together [təˋgɛðɚ] adv. 一起

例 We hope to get **together** at Eddie's house next Sunday.
我們希望下星期日在艾迪家**聚會**。

★ toilet [ˋtɔɪlɪt] n. 洗手間，廁所

同 Lavatory 盥洗室

例 Patty excused herself because she wanted to use the **toilet**.
佩蒂想上**洗手間**，所以向大夥說聲不好意思。

⋆ tomato [tə`meto] n. 番茄

例 To make a good salad you need more than one **tomato**.
要想做好吃的沙拉，需要不只一個番茄。

⋆ tomorrow [tə`mɔro] n. 明天

例 **Tomorrow** morning Matt must wake up before 7 a.m..
明天早上麥特必須在早上 7 點之前起床。

⋆ tongue [tʌŋ] n. 舌頭

例 Not all people can roll and twist their **tongue** like Ginnie.
不是所有人都能像吉妮一樣轉動自己的舌頭。

⋆ tonight [tə`naɪt] adv. 今晚

例 After everyone leaves **tonight**, Flora will finally get some rest.
今晚所有人離開後，芙蘿拉終於能好好休息。

⋆ too [tu] adv. 太

例 There were **too** many people eating outside in the yard.
有太多人在外面的院子裡吃東西。

⋆ tool [tul] n. 工具

同 implement 工具／instrument 工具／untensil 器具

例 "Is this **tool** OK for fixing my bicycle wheel?" Paul asked.
「這個工具拿來修自行車的輪子行嗎？」保羅問。

⋆ tooth [tuθ] n. 牙齒，齒

例 David uses his **teeth** to chew, because he's six years old.
大衛用牙齒咀嚼，因為他已經六歲了。

⋆ toothache [`tuθˌek] n. 牙痛

例 Because of the terrible **toothache**, he cannot eat anything.
因為牙痛，他吃不了任何東西。

⋆ toothbrush [`tuθˌbrʌʃ] n. 牙刷

例 Every three months everyone should change their **toothbrush**.
每個人每三個月就要更換一次牙刷。

⋆ top [tɑp] n. 頂端，頂尖

同 acme 頂點／apex 頂端／peak 頂點／tip 頂尖

例 When Jill got to the **top** of the mountain, she screamed very loudly.
當吉兒到達山頂，她非常大聲地尖叫。

例 He is the **top** salesmen in his company.
他是他們公司最頂尖的銷售員。

⋆ topic [`tɑpɪk] n. 主題

同 issue 問題／theme 主題

例 The **topic** for our class discussion today is eating healthy.
今天我們班討論的主題是健康飲食。

⋆ total [`totl̩] adj. 全部的，總數的

同 add 加／sum up 總計／whole 整個

例 Brian made a **total** fool out of himself at the beach.
布萊恩在海灘上把自己弄得完全像個傻子。

例 What is the **total** population of China?
中國的總人口數為多少？

*** touch** [tʌtʃ] v. 觸摸

同 reach 到達

例 Can you **touch** the basketball rim when you jump?
你跳起來的時候能**摸**到籃球框嗎？

*** toward** [təˋwɔrd] prep. 朝……

例 Chris leaned **toward** the board because he wanted to rest.
因為想休息，所以克里斯斜**靠著**木板。

*** towel** [ˋtauəl] n. 毛巾

例 Sherry picked up a clean **towel** to wipe her face.
雪麗拿起一條乾淨的**毛巾**擦臉。

*** tower** [ˋtauɚ] n. 塔

例 The **tower** of the nuclear plant in Keelong can be seen from far away.
從遠方就能看見基隆核能電**塔**。

*** town** [taun] n. 城鎮

同 city 城鎮

例 We should get to the next **town** within two or three hours.
我們應該在二或三小時之內到達下一個**城鎮**。

*** toy** [tɔɪ] n. 玩具

例 Do you think little Jimmy will like playing with this kind of **toy**?
你知道小吉米會喜歡玩這種**玩具**嗎？

*** trace** [tres] n. 痕跡

同 track 蹤跡

例 There wasn't a **trace** of water in the dry desert.
在乾燥的沙漠中一點水**跡**都沒有。

*** trade** [tred] n. 貿易，商業，買賣

同 business 商業

例 He thinks giving up a bicycle and getting motorcycle was a good **trade**.
他認為放棄自行車而擁有摩托車是個好**買賣**。

*** tradition** [trəˋdɪʃən] n. 傳統

同 custom 風俗習慣／usage 習慣，慣例

例 In the Hakkanese **tradition**, a man must pay money to the parents of his bride.
客家人的**傳統**是男人必須付新娘的父母錢。

*** traditional** [trəˋdɪʃənl̩] adj. 傳統的

例 Not many Chinese people dress in **traditional** wedding clothes anymore.
穿**傳統**婚禮服裝的中國人不多了。

*** traffic** [ˋtræfɪk] n. 交通

例 We were wondering if the **traffic** would be so heavy at this time.
我們不曉得這個時間**交通**是否仍然這麼壅塞。

*** train** [tren] n. 火車

例 The next **train** to Bakersfield will leave in about twenty minutes.
下一班開往貝克斯菲爾德的**火車**將會在大約二十分鐘之後出發。

★ train station [ˋtren͵steʃən]
n. 火車站

例 From Hsintien to Taipei **train station** takes about 15 minutes by MRT.
搭捷運大概15分鐘可以到從新店到台北火車站。

★ trap [træp]
n. 陷阱，圈套 v. 設圈套

同 snare 陷阱

例 Gabe set a **trap** for the mouse that chewed his new couch.
蓋比給咬他新沙發的老鼠設了一個陷阱。

例 The police **trapped** him into a confession.
員警設**圈套**使他招供。

★ trash [træʃ] n. 垃圾

例 There was a lot of **trash** left that needed to be thrown away.
這有許多剩餘的**垃圾**需要扔掉。

★ travel [ˋtrævl] v. 旅行

例 Only two more people can **travel** with us in this car.
這輛車只能再多坐兩個人和我們一塊**旅行**。

例 My uncle is **travelling** in Japan.
我叔叔在日本**旅行**。

★ treasure [ˋtrɛʒɚ]
n. 寶藏，財寶

同 assets 財富／forfune 財富／wealth 財產，財富

例 Happiness is the best **treasure** anyone can find in any place.
快樂是任何人在任何地方中都能找到的最好的**寶物**。

★ treat [trit] v. 對待，處理

例 If you **treat** others nice, you will be **treated** well in return.
如果你善**待**他人，別人也會善**待**你。

★ tree [tri] n. 樹

例 The nut **tree** in the alley has many squirrels visiting it.
巷子裡的堅果**樹**上有許多松鼠。

★ triangle [ˋtraɪ͵æŋgl] n. 三角形

例 The design on the door had a **triangle** in it.
門上有一個**三角形**裝飾。

★ trick [trɪk] n. 把戲，詭計，玩笑

同 cheat 欺騙／deceive 欺騙／hoax 哄騙

例 Sam decided to play a **trick** on some of the people at the party.
山姆決定跟聚會裡的一些人開**玩笑**。

★ trip [trɪp] n. 旅行，旅程

同 journey 旅行／travel 旅行

例 We were all glad that the **trip** was a fun experience for all of us.
我們都很高興那次**旅行**對我們每個人來說都是一種有趣的體驗。

★ trouble [ˋtrʌbl] n. 麻煩，困難

同 bother 煩擾／vex 麻煩／worry 使煩惱

例 Somehow Jack and Ray were able to stay away from **troubles**.
傑克和雷總是能遠離**麻煩**。

例 He has got into **trouble** again.
他又惹**麻煩**了。

★ trousers [ˋtrauzɚz] n. (pl.) 褲子

同 pants 褲子

例 Dan's black **trousers** look good on him for any occasion.
丹的黑**褲子**在任何場合都適合他。

★ truck [trʌk] n. 卡車

例 Nathan went to help Eddie load up the **truck** with furniture.
納森幫助艾迪把家具搬到**卡車**上。

★ true [tru] adj. 真正的

同 correct 真正的／exact 正確的／proper 適當的／real 真的

例 It is **true** that most people in the world don't really know God.
事實上世界上大部分的人都不完全了解上帝。

例 The news is **true**.
這消息是**真的**。

★ trumpet [ˋtrʌmpɪt] n. 喇叭

例 Derek plays his **trumpet** at church for special music programs.
德瑞克在教堂為特別節目演奏**喇叭**。

★ trust [trʌst] v. 信任

同 believe 相信／accept 接受，相信

例 Flora said she doesn't know Vicky is well enough to be **trusted**.
佛羅拉説她不十分瞭解維琪是否可以**信賴**。

★ truth [truθ] n. 事實，真相

例 There is only one **truth** that everyone tries to figure out.
每個人都在猜測的只有一件**事實**。

例 I don't believe the **truth** of that story.
我不相信那個故事是**真的**。

★ try [traɪ] v. 嘗試

同 experiment 實驗，嘗試／test 測試，嘗試

例 One can only regret in life if he or she didn't **try**.
一切只能後悔如果他或她沒有去**嘗試**。

★ tunnel [ˋtʌnl̩] n. 隧道

例 During my trip to Hualien, the train went through a long **tunnel**.
在我去花蓮的旅途上，火車穿過一個很長的**隧道**。

★ turkey [ˋtɝkɪ] n. 火雞

例 During the Thanksgiving holiday, everyone eats roasted **turkey**.
感恩節每個人都要吃烤**火雞**。

★ turn [tɝn] v. 轉向，翻，使旋轉

同 pivot 旋轉／veer 轉變方向

例 Don't **turn** at this corner, but **turn** left at the next street.
不要在這個角**拐彎**，在下一個街道向左**拐**。

例 He **turned** a page.
他**翻**了一頁。

★ turtle [ˋtɝtl̩] n. 烏龜

例 A **turtle** usually moves very slow on land, but can swim quite fast in the water.
烏龜在陸地上行動緩慢，但是可以在水中游得相當快。

★ twelfth [twɛlfθ] adj. 第十二的

例 This is the **twelfth** time I came to Bali.
這是我**第十二**次來峇里島了。

Track061

★ twelve [twɛlv] n. 十二

例 When Peter was **twelve** years old he took his first trip to the temple.
當彼得十二歲的時候，他第一次去了寺廟。

★ twentieth [`twɛntɪθ] adj. 第二十的

例 The **twentieth** century passed just a few years ago.
幾年前二十世紀過去了。

★ twenty [`twɛntɪ] adj. 二十的

例 In Japan, when a girl turns **twenty**, she wears a very interesting dress.
在日本，當女孩長到二十歲的時候，她會穿一件非常有趣的衣服。

★ twice [twaɪs] adv. 兩次

例 Dan has been to the United States **twice** since he came to live in Asia.
丹在亞洲定居之後回美國**兩次**。

★ typhoon [taɪ`fun] n. 颱風

例 About two months ago, I experienced my first **typhoon** in Taiwan.
兩個月前我在台灣第一次經歷了**颱風**。

★ ugly [`ʌglɪ] adj. 可怕的，難看的

例 The weather turned to be really **ugly** around noon.
中午天氣變得非常**可怕**。

例 She looks **ugly**.
她很**難看**。

★ umbrella [ʌm`brɛlə] n. 雨傘

例 We suddenly realized that neither one of us had an **umbrella**.
我們突然意識到我們倆都沒有帶**雨傘**。

★ uncle [`ʌŋk!] n. 舅舅，伯父，叔父

例 Sam's **uncle** promised to give us a ride in his car.
山姆的**叔叔**答應用他的車載我們一段路。

★ under [`ʌndɚ] prep. 在……之下

例 Lance's cat went to hide **under** the car parked on the street.
蘭西的貓藏在停在街道的汽車**下面**。

★ underpass [`ʌndɚ,pæs] n. 地下道

例 To get to Los Angeles Brian must drive on this **underpass**.
要去洛杉磯，布萊恩必須從這個**地下通道**開過去。

*** understand** [ˌʌndɚˋstænd]
v. 瞭解，領悟，理解，抓住，明白

同 comprehend 理解／grasp 理解、緊握／know 理解

例 None of the students can **understand** Chris' heavy Irish accent.
沒有一個學生能明白克里斯濃厚的愛爾蘭口音。

例 Now I **understand**.
現在我懂了。

*** underwear** [ˋʌndɚˌwɛr]
n. 內衣

例 Chris bought a three **underwear** pack for only NT 99 dollars.
克里斯只用 99 元新台幣買了一包三件裝**內衣**。

*** unhappy** [ʌnˋhæpɪ]
adj. 不快樂的

同 blue 憂鬱的／downcast 悲哀的／melancholy 憂鬱的／miserable 悲慘的／sad 悲哀的

例 The students were **unhappy** to hear that their teacher will teach in another school.
學生因為聽到他們的老師要去另外一所學校任教的消息而感到**不開心**。

*** uniform** [ˋjunəˌfɔrm] n. 制服

例 I didn't like to wear my school **uniform** when I was in primary school.
小學的時候我不喜歡穿我們的**校服**。

*** unique** [juˋnik]
adj. 獨特的，唯一的，僅有的

同 only 唯一

例 Her writing style is really **unique**.
她的寫作風格很**獨特**。

例 The shape of my younger brother's car is very **unique** when you compare it to other cars.
相較於其他的汽車，我弟弟的汽車外形更為**獨特**。

*** universe** [ˋjunəˌvɝs]
n. 宇宙，天地萬物

例 The **universe** is so big that no one knows its beginning or its end.
宇宙是這麼大，沒有人知道它什麼時候開始和結束。

*** university** [ˌjunəˋvɝsətɪ]
n. 大學

同 College 學院

例 Dan attended California State **University** during the 1980s.
丹在1980年代間就讀加州州立**大學**。

*** until** [ənˋtɪl]
prep. 直到，直到……時

例 He lived in Sacramento, California **until** 2001 then he moved to Seoul, Korea.
在2001年以前，他一直住在加州的沙加緬度，之後他搬到韓國的首爾。

*** up** [ʌp] adv. 往上地，朝上地

例 Jack had to walk **up** the stairs because the elevator didn't work.
因為電梯壞了，所以傑克只好走樓梯上樓了。

*** upon** [əˋpɑn]
prep. 在……的上面

例 He laid a hand **upon** my shoulder.
他把一隻手放在我肩上。

★ upper [ˋʌpɚ]
adj. 在上面的，在上位的，高地的

例 Jill and Harry wanted to go to the **upper** part of the boat to see things better.
吉爾和哈利想到船的**上層**，這樣看得更清楚。

★ upstairs [ˋʌpˏstɛrz]
adv. 到樓上，上樓地

例 When they got **upstairs**, they didn't find any room to sit.
當他們到**樓上**去時沒有發現任何可以坐的地方。

★ us [ʌs] pron. 我們，咱們

例 They asked **us** if we could exchange our seats with theirs.
他們問**我們**可否與他們調換座位。

★ use [juz] v. 應用，使用

同 utilize 利用／exploit 開發，利用

例 My teacher **used** all his influence to recommend my thesis.
我的老師**用**盡他的影響力來推薦我的論文。

★ useful [ˋjusfəl] adj. 有用的

同 advantageous 有用的／benefical 有利的／helpful 有用的

例 Having a lap top will be very **useful** on his long trip.
筆記型電腦在他長途旅行的時候非常**有用**。

★ usual [ˋjuʒʊəl]
adj. 通常的，平常的

例 Paul expects his business to go as **usual** during the holidays.
保羅期待他的生意在假期時能照**常**營運。

★ usually [ˋjuʒʊəlɪ] adv. 通常

例 The shopping malls will be busier than they are **usually**.
商店比**平時**忙碌。

★ vacation [veˋkeʃən] n. 假期

同 holiday 假期

例 I'm really looking forward to my winter **vacation**.
我很期待寒**假**。

★ valley [ˋvælɪ] n. 溪谷，山谷

同 dale 山谷／ravine 深谷峽谷／glen 峽谷

例 The area where Kathy lives is in a **valley** not too far from the Sierra mountains.
凱西居住的**山谷**距離喜雅拉山不遠。

★ valuable [ˋvæljuəbl̩]
adj. 珍貴的，貴重

反 valueless 不貴重的

例 The most **valuable** thing Flora has is a Bible given to her by a friend.
佛羅拉**最珍貴的**物品是朋友送她的一本聖經。

★ value [ˋvælju] n. 價值

例 The U.S. dollar has dropped in **value** during the past few weeks.
在過去的幾星期美元貶**值**了。

★ vegetable [ˋvɛdʒətəbḷ]
n. 蔬菜

例 We all like to eat **vegetable** salads because they taste good.
因為**蔬菜**沙拉很好吃，所以我們都喜歡吃。

★ vendor [ˋvɛndɚ] n. 攤販，小販

例 Greg bought a hot dog from the **vendor** that passes by every day.
葛瑞格每天都會向路邊的**攤販**買一個熱狗。

★ vest [vɛst] n. 背心，馬甲

例 Flora gave John a **vest** to wear under his coat to keep him warm.
佛羅拉給約翰一件可穿在外套下面的**背心**讓他暖和些。

★ victory [ˋvɪktərɪ] n. 勝利

同 success 成功／triumph 成功／win 勝利

例 When our team got the second **victory** of the season we were so happy!
當我們獲得本季第二場**勝利**的時候，我們是多麼高興！

★ video [ˋvɪdɪˏo]
n. 錄影帶，錄影機

例 Tonight Carl will go to the **video** rental shop to see if there are any new releases.
今晚卡爾要去**錄影帶**店，看看是否有新發行的影片。

★ village [ˋvɪlɪdʒ] n. 村莊

例 Sin wu is a small **village** not too far from Jungli.
新屋是距離中壢不遠的一個小**村莊**。

★ vinegar [ˋvɪnɪgɚ]
n. 醋，食用醋

例 The secret to Bob's delicious salads is that he adds apple **vinegar** to it.
鮑伯的美味沙拉祕訣是在沙拉裡面放蘋果**醋**。

★ violin [ˏvaɪəˋlɪn] n. 小提琴

例 He has been playing the **violin** since he was seven years old.
他從七歲開始拉**小提琴**。

★ visit [ˋvɪzɪt]
v. 探望，參觀、拜訪

同 attend 出席／call on 訪問

例 Next time we **visit** my brother's house we will bring Ginnie with us.
下次我們去我兄弟家時會帶著吉妮。

例 During our stay in Beijing, we **visited** The Summer Palace.
我們在北京逗留期間**參觀**了頤和園。

★ visitor [ˋvɪzɪtɚ] n. 參觀者，訪客

例 Terry said the last **visitor** will leave his house Saturday afternoon!
泰瑞說最後一名**訪客**會在星期六下午離開他家！

★ vocabulary [vəˋkæbjəˏlɛrɪ]
n. 辭彙，單字

同 wordlist 辭彙表

例 If you want to expand your **vocabulary** you should get a Webster's dictionary.
如果你想擴充你的**辭彙**量，你最好有一本韋伯斯特字典。

⋆ voice [vɔɪs] n. 聲音

同 sound 聲音

例 Jack's **voice** sounded strange when he answered the phone.
傑克接電話時**聲音**聽起來有點奇怪。

⋆ volleyball [ˋvɑlɪ͵bɔl] n. 排球

例 Adrian loves **volleyball** more than any other sport on the planet.
埃德里安喜歡**排球**勝過任何其他運動。

⋆ vote [vot] v. 投票

同 poll 投票

例 People didn't know if they should **vote** for Arnold or not.
人們不知道是否該**投票**給阿諾。

⋆ waist [west] n. 腰，腰部

例 Her **waist** is 28 iches.
她的腰圍有28英吋。

⋆ wait [wet] v. 等待，耽擱

同 linger 徘徊／delay 耽擱／defer 延期

例 **Wait** a moment please.
請稍等一會兒。

例 That work will have to **wait**.
那項工作需要暫時擱一下。

⋆ waiter [ˋwetɚ] n. 服務生，服務員

同 steward 男服務生

例 Here comes the **waiter**.
服務生來了。

⋆ waitress [ˋwetrɪs] n. 女服務生

例 She has been a **waitress** for 5 years.
她當**女服務生**已經五年了。

⋆ wake [wek] v. 醒來，喚醒

同 arouse 喚醒／awake 喚醒／rouse 叫醒

例 She **wakes** up at 7:30.
她在七點半**醒來**。

例 I **wake** my sister up.
我**叫醒**我妹妹。

例 Sorry to **wake** you up.
對不起把你叫**醒**了。

⋆ walk [wɔk] v. 走路

同 ambulat 行走／hike 徒步旅行／stroll 閒逛

例 Carl likes to take a long **walk** before he starts his work every day.
卡羅喜歡在每天工作前**走**一段長路。

例 I **walk** to work every day.
我每天**步行**上班。

⋆ walkman [ˋwɔkmən] n. 隨身聽

例 I can't study without using my **walkman**.
沒有**隨身聽**我無法唸書。

★ wall [wɔl] n. 牆壁

例 There are many paintings and pictures on Jessica's bedroom **wall**.
潔西卡臥室的牆壁上有許多圖片和畫。

★ wallet [ˋwɑlɪt] n. 皮夾，錢包，錢袋

同 billfold 皮夾／purse 錢包

例 My **wallet** was stolen.
我的錢包被偷了。

★ want [wɑnt] v. 想要

同 require 需要／desire 想要

例 If you **want** to come with us, you must hurry up!
如果你想跟我們一起去就必須快一點！

★ war [wɔr] n. 戰爭

同 battle 戰鬥／campaign 戰役／combat 戰鬥／conflict 鬥爭

例 The **war** in Iraq made the whole world wonder.
伊拉克戰爭震驚了全世界。

★ warm [wɔrm] adj. 溫暖的，熱烈的

同 enthusiastic 親切的／friendly 友好的／tepid 微暖的

例 When the cold weather came everyone ran inside to keep **warm**.
當天冷的時候人們都跑進室內取暖。

例 When John arrived home, he got a **warm** welcome.
當約翰回到家時，他獲得了熱烈的歡迎。

★ wash [wɑʃ] v. 洗滌，洗清，沖洗，沾濕

例 Fred went to **wash** his hands before he eats his dinner.
佛雷德在吃飯前去洗手。

例 He said that he would do anything to **wash** away his sins.
他說他願做任何事來洗清他的罪惡。

例 Tears **washed** over mom's cheek when she saw me.
當媽媽見到我時，眼淚沾濕了她的雙頰。

★ waste [west] v. 浪費，荒廢

同 spend 花費／consume 消費

例 Don't **waste** the flour, there isn't much.
不要浪費麵粉，沒有多少了。

例 Long dry periods **wasted** the land.
長期的乾旱使土地荒蕪。

★ waterfall [ˋwɔtɚ͵fɔl] n. 瀑布

例 There's a beautiful **waterfall** in Oregon that Adrian visited twice.
在美國奧勒岡州有個美麗的瀑布，亞得里安已經參觀過兩次了。

★ watermelon [ˋwɔtɚ͵mɛlən] n. 西瓜

例 Cold **watermelon** is one of the best things to eat on a hot summer day.
在夏天吃涼西瓜是一件很棒的事。

★ wave [wev] n. 浪，波浪

例 The high **wave** brought Wendy's sufboard all the way to the shore.
大浪把溫蒂的衝浪板一路沖到了海岸。

★ way [we] n. 路，途徑，方法

同 method 方法

例 Mike thought there should be an easier **way** to solve the math problem.
麥克認為還應該有更簡單的方法來解開這道數學題。

★ weak [wik] adj. 虛弱的，無力的

同 debilitated 虛弱的／feeble 無力的

例 After the sickness, Mary was too **weak** to play soccer right away.
大病初癒，瑪麗仍是虛弱的無法立刻去踢足球。

例 Her legs felt **weak**.
她的兩腿發軟。

★ wear [wɛr] v. 穿，戴，帶著，磨損

例 Do we have to **wear** evening dress for the banquet?
我們是不是必須穿晚禮服去參加宴會？

例 You should **wear** knee pads if you don't want to get hurt.
如果你不想受傷就要戴上護膝。

例 She was **wearing** an innocent smile.
她帶著天真的笑容。

例 You've **worn** a hole in your sock.
你把襪子磨了個洞。

★ weather [`wɛðɚ] n. 天氣

同 climit 氣候

例 The **weather** seems good enough for a hike this afternoon.
這個下午天氣很好，很適合徒步旅行。

★ wedding [`wɛdɪŋ] n. 婚禮

例 I could not believe there were more than 600 people at the **wedding**.
我不敢相信婚禮上居然會有六百人。

★ Wednesday [`wɛnzde] n. 星期三

例 The good thing about **Wednesday** is that I can get up late.
週三我能晚起真是一件好事。

★ week [wik] n. 星期

例 Last **week** Paul didn't have much time for exercise.
上星期保羅沒有時間去做運動。

★ weight [wet] n. 重量，分量，體重

例 His word carries **weight**.
他說話很有分量。

例 Nikki is afraid she put on too much **weight** lately.
妮琪煩惱她最近胖了很多。

★ weekday [`wik͵de] n. 平日

例 Sara goes to bed early during the **weekday**.
平日莎拉都很早睡覺。

★ weekend [`wik`ɛnd] n. 週末

例 Every **weekend** Kathy calls some of her relatives in Chicago.
每個週末凱西都打電話給在芝加哥的親戚。

★ welcome [ˋwɛlkəm] v. 歡迎

例 Jennifer is not **welcome** by the host.
珍妮佛並不受到主人的**歡迎**。

★ well [wɛl]
adv. 很好地，良善地，好意地

例 Flora said she couldn't sleep **well** last night because of the wind.
芙羅拉說她昨晚沒睡**好**是因為刮大風。

例 Do **well** and have **well**.
善有善報。

例 He means **well**.
他出於**好意**。

★ were [wɝ] v. （be的過去式）是

例 She always pretended that she **were** the leader.
她老是假裝她**是**領導者。

例 We **were** inseparable.
我們**是**親密無間的。

★ west [wɛst] n. 西方，西部

例 The building faces **west**.
這座建築物面朝**西**。

例 My whole family moved to the **west** in 2000.
我們全家於西元2000年搬到**西部**。

★ wet [wɛt] adj. 濕的，潮濕的雨天

同 rainy day 雨天／moisture 潮濕的

例 Don't go out, or you'll get **wet**.
千萬別出門，否則將會被雨**淋透**。

例 Her eyes were **wet** with tears.
她兩眼被淚水**沾濕**。

例 **Wet** weather is a feature of life here in June and July.
六月和七月**陰雨**天氣是我們這兒天氣的一個特徵。

★ whale [hwel] n. 鯨魚

例 Sometimes **whales** can be seen near Tampa bay in the winter.
冬天**鯨魚**有時出現在坦帕海灣附近。

例 **Whales** are the biggest animals.
鯨是最大的動物。

★ what [hwɑt] pron. 什麼

例 **What** do you think about the people you met at church?
你認為在教堂遇見的那個人**怎麼樣**？

★ wheel [hwil]
n. 輪子 v. 推動，轉向

同 impel 推進／impulse 推動

例 No one can hold back the **wheel** of history.
沒有人能夠阻擋歷史的**車輪**。

例 The mother **wheeled** the baby round the park.
母親用小車**推**著嬰兒在公園遊玩。

例 I called her and she **wheeled** to face me.
我叫了她一聲，她便**轉過身**來朝著我。

★ when [hwɛn] adv. 何時

例 **When** did your brother say he will arrive today?
你哥哥說他今天**什麼時候**到？

★ where [hwɛr] adv. 哪裡

例 **Where** are you going to this summer vocation?
這個暑假你打算去**哪兒**？

★ whether [ˋhwɛðɚ] conj. 是否

同 if 是否

例 Can you tell me **whether** or not I should wait for you?
能告訴我**是否**需要等你嗎？

★ **which** [hwɪtʃ] pron. 哪一個

例 Greg couldn't decide **which** one of his shirts to wear.
葛瑞格不能決定他穿哪一件襯衫。

★ **while** [hwaɪl]

conj. 當……的時候，雖然……但是，一會兒

同 when 當……的時候／but 但是

例 **While** in Vienna, he studied music.
他在維也納時學習音樂。

例 **While** I understand what you say, I can't agree with you.
雖然我理解你的意思，但我還是不同意。

例 You like tennis, **while** I'd rather read.
你愛打網球，但我愛看書。

例 We had to wait a **while** before the dinner was ready.
晚飯做好前我們不得不等一會兒。

★ **white** [hwaɪt] adj. 白色的

例 He wore a **white** shirt and a nice blue tie for the ceremony.
他穿著白襯衫繫著藍領帶參加慶典儀式。

★ **who** [hu] pron. 誰

例 **Who** can tell me where I can find a pet store?
誰能告訴我在哪能找到寵物店？

★ **whole** [hol]

adj. 整個的，完整的

同 complete 完全的／entire 全部的／total 所有的

例 It rained three **whole** days.
下了整整三天的雨。

★ **whose** [huz] adj. 誰的

例 **Whose** decision was it?
那是誰作出的決定？

例 **Whose** move is it?
該輪到誰走了？

★ **why** [hwaɪ] adv. 為什麼

例 Many people don't know **why** love can hurt so much.
許多人都不知道為什麼愛能使人傷得那麼重。

★ **wide** [waɪd] adj. 寬廣的，廣泛的

同 ample 廣大的／broad 寬廣的／expansive 可延伸的／roomy 廣大的

例 The road was twenty meters **wide** at some places.
有一些地方路有20米寬。

例 She had **wide** interests.
她有著廣泛的興趣愛好。

★ **wife** [waɪf] n. 妻子

例 Adrian's **wife** Diana asked us to come over for dinner.
亞得里安的妻子戴安娜請我過來共進晚餐。

★ **wild** [waɪld] adj. 野生的

同 barbarous 野蠻的／bestial 殘忍的／brutal 獸性的

例 There are many **wild** animals in the state of Montana.
在蒙大拿州有許多野生動物。

★ **will** [wɪl] aux. 將

例 He **will** buy another pair of jeans if they are cheap.
如果便宜的話他將再買一條牛仔褲。

* **win** [wɪn] v. 贏，贏得

同 gain 獲得／prevail 優勝／succeed 贏得／triumph 凱旋

例 He **won** a prize.
他得了獎。

例 The cute lad did all he could to **win** the pretty girl's favour.
這個機靈的小夥子設法**贏得**那個漂亮女孩的歡心。

* **wind** [wɪnd] n. 風

同 breeze 微風

例 The **wind** was blowing very hard the whole day.
大風整整刮了一天。

* **windy** [ˋwɪndɪ] adj. 多風的，風大的

例 It is **windy** today.
今天風很大。

* **wing** [wɪŋ] n. 翅膀

例 The bird flapped its **wings** to help it run quicker.
鳥拍著**翅膀**使自己跑得更快。

* **winner** [ˋwɪnɚ] n. 優勝者

同 champion kemp 優勝者，冠軍

例 The **winner** of the contest happened to be Terry's brother.
比賽的**優勝者**恰好是泰瑞的兄弟。

* **winter** [ˋwɪntɚ] n. 冬天

例 Now that the **winter** is here there's less work to do.
現在這裡是**冬天**，沒有什麼工作可做。

* **wise** [waɪz] adj. 有智慧的，睿智的

同 smart, bright, knowing 博學的／knowledgeable 聰明的／profound 學識深奧的／sage 賢能的／scholarly 飽學的

例 I think that's **wise**.
我想這是**明智的**。

例 He was accounted a **wise** man.
他被認為是一個很**聰明的人**。

例 Learned men are not necessarily **wise**.
博學者未必都是**聰明的**。

例 I think that's **wise** idea.
我認為是一個很**精明的**主意。

例 Be **wise** in deed, not in word.
聰明見行為，空話不頂用。

例 A **wise** head make the tongue short.
智者寡言。

* **wish** [wɪʃ] v. 希望，祝

同 hope 希望

例 I **wish** everyone a happy holiday season.
我**祝**每個人都有個快樂的假期。

* **with** [wɪð] prep. 用，帶著，和

例 I wash my hair **with** shampoo.
我**用**洗髮水洗頭。

例 My mom always goes to library **with** me.
我媽媽經常**和**我去圖書館。

* **without** [wɪðˋaʊt] prep. 沒有

例 We couldn't live **without** Hellen because she was so kind.
我們**不能**不和海倫住，因為她人實在太好了。

★ wok [wɑk] n. 鐵鍋，炒菜鍋

同 pan 平底鍋／electric rice cooker 飯鍋

例 My mother placed a **wok** on the stove to cook some noodles.
我媽媽把鍋放在爐子上煮麵條。

例 A good chef usually cares much about the sequence of putting his ingredients into the **wok**.
好的廚師往往相當注重烹調原料下鍋的先後順序。

★ wolf [wulf] n. 狼，殘忍貪婪之人，極度的窮困

例 The **wolf** followed him far away.
那匹狼遠遠地跟在他後面。

例 His action showed that he's just a **wolf** in sheep's clothing.
他的行為顯示他是隻披著羊皮的狼。

★ woman [ˋwumən] n. 女人

同 lady 女士／female 女性

例 She is a beautiful **woman**.
她是個漂亮的女人。

★ wonderful [ˋwʌndəfəl] adj. 令人驚奇的，很棒的

同 astonishing 令人驚奇的／marvelous 不可思異的／miraculous 奇蹟

例 What a **wonderful** feeling it is to know that others care about you!
知道別人都很關愛你是一種很棒的感覺！

例 What a **wonderful** lesson!
這堂課真棒！

例 What a **wonderful** letter!
你的信寫得太好了！

★ wood [wud] n. 木材，樹林，柴

例 He was lost in the **woods**.
他在樹林裡迷路了。

例 The fine particles of wood are made by sawing **wood**.
小木屑是鋸木頭產生的。

例 The wood cutter bunched his **wood** up.
樵夫將柴捆成一捆一捆。

★ woods [wudz] n. (pl.) 森林

同 forest 森林

例 There are many **woods** in the Changbai mountains.
長白山上有許多森林。

★ word [wɝd] n. 字，詞，話，諾言

同 phrase 片語

例 Do you know how to spell the **word** "generous"?
你知道「慷慨的」這個詞的英文怎麼拼嗎？

例 I hope you will always respect your **word**.
我希望你能始終遵守自已的諾言。

★ work [wɝk] v. 工作，幹活兒

同 operate 操作／make 製作

例 The two typists have already **worked** all day.
這兩位打字員已經工作一整天了。

例 It is not advisable just to **work** away without summing-up your experience.
一味埋頭幹下去而不做及時的經驗總結是不可取的。

★ workbook [ˋwɝkˏbuk]
n. 工作手冊

同 notebook 筆記本

例 He wrote some notes in his **workbook** and set it on the table.
他在**工作手冊**上做了些筆記並把它擺放在桌子上。

★ worker [ˋwɝkɚ] n. 工人

同 labor 勞工

例 There was only one **worker** left after 9 p.m..
晚上九點以後就只剩下一個**工人**了。

★ world [wɝld] n. 世界

同 earth 大地／globe 全球／universe 宇宙

例 One **world** one dream.
同一個**世界**，同一個夢想。

例 The whole **world** knows about it.
全**世界**都知道這件事。

★ worry [ˋwɝɪ] v. 擔心

同 harass 使煩惱／arry 使痛苦

例 If you don't want your parents to **worry**, you must hurry home.
如果你不想讓你的父母**擔心**就趕快回家。

★ would [wud]
aux.（will的過去式）要，會

例 **Would** you like to come over to Sherry's house this evening?
今天晚上**要**不**要**來雪莉家裡坐坐？

★ wound [waund] n. 傷口

例 Tim had a big **wound** on his heel from the bicycle accident.
提姆腳踝的大**傷口**是騎腳踏車時發生的意外。

例 Her **wound** is healed.
她的**傷口**已癒合。

★ wrist [rɪst] n. 手腕關節，手腕

例 Grandpa gave me a **wrist** watch as birthday gift.
祖父送我一隻**腕**錶當生日禮物。

★ write [raɪt] v. 寫

同 inscribe 寫／note 記錄／record 記錄

例 If you can't call later you can **write** me an email!
如果一會兒你不能打電話給我就**寫**電子郵件給我吧！

★ writer [ˋraɪtɚ] n. 作家

同 scribe 作家

例 Micheal thought that being a **writer** would be a fun job.
麥可認為成為一個**作家**將是有意思的工作。

★ wrong [rɔŋ] adj. 錯誤的

同 bad 壞的／false 不對的／ncorrect 不正確的

例 He realizes that his idea was **wrong** and he should choose something else.
他意識到他的想法是**錯的**並應該作其他選擇。

例 There is something **wrong** with the motor.
電機（馬達）**故障**了。

★ yard [jɑrd] n. 院子，碼

同 court 庭院

例 There are two cherry trees in Cathy's back **yard**.
凱西家後院有兩棵櫻桃樹。

例 Cloth is sold by the **yard**.
布是按碼銷售的。

★ yeah [jɛə] adv. 是的

例 **Yeah**, I know you didn't mean what you said!
是的，我知道你有口無心！

★ year [jɪr] n. 年，年齡

同 age 年齡

例 I hope this year I will make more money than last **year**.
我希望今年能比去年多賺些錢。

例 He is a six-**year** old boy.
他是一個六歲男孩。

★ yellow [ˋjɛlo] adj. 黃色的

例 Davis wanted to keep his **yellow** motorcycle also but he already had two.
大衛想保留他的黃色摩托車，儘管他已經有兩輛黃色的車了。

★ yes [jɛs] adv. 是的

同 OK／all right／of course 是的，當然

例 **Yes**, I want to give you the money I promised to give you!
是的，我要給你承諾的那些錢！

★ yesterday [ˋjɛstɚde] n. 昨天

例 He was coughing **yesterday**.
他昨天一直在咳嗽。

★ yet [jɛt] adv. 還（沒），當前，此刻

同 still 還／but 然而

例 Have you ordered **yet**?
你點過菜了嗎？

例 Don't go **yet**.
先不要走。

★ you [ju] pron. 你，你們

例 Can **you** tell me why there are so many scooters in Taiwan?
你們可以告訴我為何台灣有這麼多摩托車嗎？

★ young [jʌŋ] adj. 年輕的

同 juvenile 年輕的／youthful 青春時代

例 The **young** boy wanted to hold the hand of his mother.
這個小男孩想要拉住他媽媽的手。

★ your [juɚ] adj. you的所有格（你的，你們的）

例 **Your** novel is quite readable.
你的小說可讀性很高。

★ yours [jurz] pron.（you的所有格代名詞）你（們）的

例 It is not only **yours**, you both have to share the cake.
蛋糕不只屬於你的，你們倆必須共同分享它。

*** yourself** [juə`sɛlf]
pron. (you的反身代名詞)(你)自己

例 Try to tell **yourself** that you can do anything you want.
告訴**你自己**你能做任何想做的事情。

*** yourselves** [jur`sɛlvz]
pron. (you的反身代名詞)(你們)自己

例 Did you bring some warm clothes for **yourselves** this time?
你們這次有為**自己**帶著厚一些的衣服了嗎?

*** youth** [juθ]
n. 年輕人,青年,少年

同 young people 年輕人/teenager 少年

例 The **youth** woke up slowly.
青年們慢慢地醒了。

*** yucky** [`jʌkɪ]
adj. 令人厭惡的,難吃的

同 terrible/horrible 可怕的

例 The soup tasted really **yucky** and no one wanted to eat it.
這個湯**難喝極**了,誰都不想吃。

*** yummy** [`jʌmɪ] adj. 好吃的

同 delicious 美味的

例 Everyone thought the salad I made was very **yummy**.
我做的沙拉每個人都說**好吃**。

*** zebra** [`zibrə] n. 斑馬

例 The entire body of a **zebra** is marked with black and white stripes.
斑馬的全身都有黑白條紋。

*** zero** [`zɪro] n. 零,零度,烏有

同 nil 零/none 沒有

例 The temperature has fallen to **zero**.
氣溫降到**零度**。

例 The freezing point is **zero** degrees.
冰點是**零度**。

例 His great fortune was reduced to **zero**.
他龐大的財產**化為烏有**。

*** zipper** [`zɪpɚ] n. 拉鏈

例 The kids attempted to zip their a **zippers** by themselves.
小孩子們嘗試著自己拉上**拉鏈**。

*** zoo** [zu] n. 動物園

同 menagerie 動物園

例 Is the **zoo** the next stop?
下一站是不是**動物園**?

PART 2 生活慣用語

PART 2 音檔雲端連結

因各家手機系統不同，若無法直接掃描，仍可以至以下電腦雲端連結下載收聽。
（https://tinyurl.com/u2jrjxvd）

Track068

a couple of
兩個、幾個

同 a pair of 一對，a few 一些，a little 一點點
反 quite a few，a lot of，many／許多的

＊（副，對，雙）

A：Do you want to buy **a couple of** paddles? 你想買一副球拍嗎？
B：Oh, no, just a badminton, please. 哦，不。只想買一個羽毛球。

＊幾個

A：Any ideas? 還有什麼意見嗎？
B：Yeah. I think I have **a couple of** good ones. 有啊！讓我來提幾個好意見以供參考。

a good many of
很多、大量

同 a great number of 大量的，a great deal of 大量的，a lot of 很多的
反 few，little，small／少的

＊大量

A：I enjoy English story very much. How about you? 我非常喜歡英語故事，你呢？
B：I've read **a good many of** English stories. I can share with you. 我閱讀了大量的英語故事。我可以與你分享。

＊很多

A：I heard **a good many of** the workers, whom I worked with had the flu. 我聽說有許多和我一起工作過的工人得了流感。
B：You'd better take good care of yourself. 那你得照顧好你自己。

after a while
一下之後、一段時間之後

同 shortly，soon／立刻，presently，in a moment／不久
反 for a long time，for ages／許久

＊一段時間之後

Tom didn't like the weather in Taiwan but he got used to it **after a while**.
湯姆本來不喜歡台灣的天氣，但過了一段時間之後他也習慣了。

＊等一下

A：Why don't you have a seat over there while you're waiting. 請你坐在那兒等一下好嗎？
B：OK! 好的！

arrive in 到達、停靠、來到	同 come，get to，reach／來到 反 depart，leave／離開

＊到達、來到

A：When did he **arrive in** England? 他什麼時候到英國的？
B：He **arrived in** England last Saturday. 他上星期六到達英國。

＊停靠

A：Which station will the train from Pairs **arrive in**?
從巴黎來的列車將停在哪一個站？
B：I don't know. 不知道。

as regards 關於、至於、依照	同 as for，as to，in regard to，concerning／關於 反 disregard 不理會，contravention 違反

＊關於

A：**As regards** the second point in your letter... 關於你信中的第二點……
B：**As regards** that point, I agree with you. 關於那一點，我很同意你的意見。

＊至於

A：Now, **as regards** money, what is there to be done? 至於錢的問題，怎麼辦？
B：**As regards** money, I have enough. 至於錢，我有的是。

as a matter of fact 實際上	同 actually，in reality，in fact／事實上 反 theorectically 理論上

＊其實

A：How can you play the piano so well? 你怎麼這麼會彈琴啊？
B：**As a matter of fact**, I have been learning to play it since I was seven.
其實，我從七歲就開始學琴了。

＊事實上

It was because you didn't study hard enough. 那是因為你不夠用功啊！
As a matter of fact, I thought this lesson was easy.
事實上，我覺得這一課很簡單。

as soon as possible 越快越好	同 quickly 很快地，urgently 急迫地，hurry up 快一點 反 slowly 緩慢地，take it easy，take one's time／慢慢來

＊越快越好

A：We have to get this report done **as soon as possible**. 我們得越快把這個報告完成越好。
B：OK. I will work on it right away! 好！我現在就開始做了！

A：When will you need this job to be done? 你這工作得在什麼時候做完？
B：**As soon as possible.** 越快越好。

as usual 和平常一樣	同 commonly，customarily，generally／通常地 反 once in a blue moon，once in a while／千載難逢地

＊和平常一樣

A：Hi! What do you want to eat today? 嗨！你今天想要吃什麼？
B：**As usual**, a burger and some fries. 和平常一樣，一個漢堡和一些薯條。

A：What did your boss tell you? 你的老闆跟你說了什麼？
B：**As usual**, "don't be late to work". 和平常一樣，他叫我上班別遲到了。

all of a sudden 突然	同 unexpected 未預期地，abruptly 突然地 反 permanently 永久地，usually 通常地

＊突然

A：What on earth happened? 到底發生了什麼事？
B：I don't know. Everything happened **all of a sudden**. 我不知道，一切都發生得太突然了。

A：Can you help me to find Jeff? 你可不可以幫我找傑夫？
B：Let's keep on looking. Nobody can disappear **all of a sudden**! 我們再繼續找，沒人會突然不見的！

a number of 有一些、好多	同 several 數個，many 許多 反 little，a few／有一些

＊有一些

A：Excuse me, Mr. Lin. There are **a number of** people waiting for you. 不好意思，林先生，有一些人正在等你。
B：OK, let them in! 好的，讓他們進來吧！

＊好多

A：There are **a number of** ways to get to Boston. 去波士頓有好多方法。
B：Just tell me the fastest way. 就告訴我最快的方法吧！

at home 在家、自在無拘束	同 at ease 自在地，comfy 舒服的 反 away from home 遠離家園，uncomfortable 不自在

＊在家

A：Where are the kids? 孩子們在哪兒呢？
B：I left them **at home**. 我把他們留在家裡了。

＊自在無拘束

Make yourself **at home**. 別拘束，就把這當作你自己的家。

at least 至少	同 fewest 最少的，lowest 最低的，minimum 最小量的 反 at most，at the longest／大部份地

＊Example 至少

A：How can I improve my poor English? 我要怎麼改善糟糕的英文呢？
B：You have to practice English **at least** one hour every day. 你必須每天至少練習一個小時的英文。

at（long）last 終於	同 eventually，after a long delay，ultimately，finally／最後地 反 at first，in the begining／最初

＊終於

After an eight-hour drive, we got there **at (long) last**. 經過了八小時的車程，我們終於到了那裡。

A：How is Fred doing? 佛萊德最近如何？
B：He is going to get a job **at last**. 他終於找到工作了。

at once 立刻、同時	同 immediately，right away／立刻，at the same time 同時 反 larghetto 稍緩地，delay 延遲

＊立刻

A：Is there anything I can do for you? 我可以為你做什麼事嗎？
B：Yes, I would like you to send this package to the post office **at once**. 是的，我想麻煩你立刻把這個包裹送到郵局。

＊同時

I can't be in two places **at once**. 我不可能同時在二個地方出現。

at (such) short notice

在短時間內、臨時

同 before deadline 在期限前，at last moment 在最後一刻

反 a while，plenty of time／良久

＊在短時間內

A：I am not sure if I can get all the work done **at such short notice**.
我不知道我能不能在這麼短的時間內把東西都做完。

B：Just try your best.　盡力囉。

＊臨時

A：Sorry to call you here **at such short notice**.　對不起，臨時把你叫來了。

B：It's OK.　So, what's the problem?　沒關係！到底出了什麼問題？

back and forth

來來回回、互相往來

同 come and go 來來去去，up and down 上上下下

反 gone for ever 一去不回地

＊ 互相往來

A：If you keep arguing **back and forth** like this, you will never get to an agreement.　如果你們一直這樣一人一句的爭吵，你們是不會有結論的。

B：Then what do you have in mind?　那你有什麼好主意？

＊來來回回

A：I just can't stop walking **back and forth** when I am worried.　當我擔心的時候，我無法停止走來走去。

B：You are making me dizzy.　你讓我頭暈了。

back up
掩護、支援

同 testify 證明，support 支持

反 rebellion 反抗，object 反對

＊掩護

A：Remember to **back** me **up** when the teacher calls me! 當老師叫到我的時候，記得要掩護我喔！

B：You can count on me. 你可以信賴我的。

＊支援

A：Go ahead! Take a chance. I will **back** you **up**. 去吧！試試看！我會支持你的。

B：Thanks. I am going to try it now. 謝啦。我現在就去試試看。

be around
在附近、周圍

同 close to 接近，right round 在附近

反 leave，afield／遠離

＊在附近

A：I will meet you at the station around ten tomorrow. 我明天跟你約十點左右在車站。

B：OK. I will **be around** the station. 好的！我那時候也會在車站附近。

A：I always feel relaxed when I **am around** Jeff. 當我在傑夫旁邊時，我總覺得很放鬆。

B：Yeah. He is very easygoing. 對啊！他是一個很隨和的人。

better off
比較好、較佳

同 rather 寧願，instead 反而

反 worse off 每況愈下的

＊較佳

A：We are planning to go to Kenting by train. 我們計畫要搭火車去墾丁。

B：I think you would be **better off** taking the plane. 我覺得你們搭飛機會比較好。

＊比較好

A：Are you glad that you broke up with him? 你跟他分手後開心嗎？

B：Yes, I am **better off** now.是 的，我現在過得比較好。

be in charge of
管理、負責

同 manage 管理，responsible 負責任的，supervise 管理

反 irresponsible 不負責任的

＊負責

A：Who **is in charge of** this factory? 是誰負責這工廠的？
B：I am. 是我！

＊掌管

A：Don't you think we should change our plan? 你不覺得我們應該改變一下我們的計畫嗎？
B：You'd better talk to Joe, he **is in charge of** everything. 你最好跟喬説，是他掌管一切。

be tied up
被……綁住、忙於……

同 busy 忙於
反 be free，relax／放鬆

＊被……綁住

A：Want to go fishing this weekend? 這週末要不要去釣魚？
B：Sorry, I **am tied up** with work this week. 對不起，我這禮拜都被工作綁住了。

＊忙於……

A：I haven't seen Jerry for a long time. 我好久沒看到傑瑞了。
B：He'**s tied up** with his new job. 他忙於他的新工作。

be up to
暗中計畫、忙於……

同 plot 密謀，plan 計畫
反 at liberty 有閒暇的

＊暗中計畫……

A：Mom and dad seem to **be up to** something. 媽媽和爸爸似乎在暗中計畫些什麼。
B：I hope that it is about our Christmas presents. 我希望那是關於我們的聖誕禮物。

＊忙於……

A：I don't know what they **are up to**. 我不知道他們在忙什麼。
B：Relax, there is nothing to worry about. 放心吧！沒什麼好擔心的。

break down
拋錨、悲痛欲絕

同 conk out 失靈，go wrong 出錯，trouble 困境
反 in gear 處於就緒狀態，normal 正常

＊拋錨

A：The car **broke down** again. 汽車又拋錨了。
B：But I just had it repaired yesterday! 但是我昨天才送去修理的！

＊Example 悲痛欲絕

She **broke down** when she found out her husband ran away with an younger girl. 當她知道她的丈夫與一位更年輕的女孩私奔時，她悲痛欲絕。

break into
闖入、衝進

同 intrude，invade／侵入

反 stay away，escape／離開

＊闖入

A：A thief tried to **break into** our house last week. 上星期有個小偷試圖闖入我們家。

B：Wow! What happened then? 哇！接下來發生了什麼事？

＊衝進

A：The fireman **broke into** the house and saved them. 那個消防員衝入房子裡救了他們。

B：That was a close call. 那真是千鈞一髮。

break it off with
和某人斷絕關係、分手

同 disengage 脫離，distance 疏遠

反 reactivate 使復活，keep in touch 保持連絡

＊和某人斷絕關係

A：I have decided to **break it off** with you. 我決定要和你斷絕關係。

B：Please! Give me a second chance! 拜託！再給我一次機會！

＊分手

A：Wesley **broke it off** with his girlfriend. 衛斯理和他的女朋友分手。

B：Really? When did it happen? 真的？什麼時候發生的事？

burst out（doing）
突然…

同 instantly，suddenly／忽然地

反 suppress 忍住，implied 含蓄的

＊突然……

A：What happened when you told her the bad news? 當你跟她說這個壞消息時，她有什麼反應？

B：She **burst out** crying. 她突然哭了出來。

＊忍不住

Everyone **bursted out** laughing after hearing Nick's joke. 當大家聽到尼可的笑話，都忍不住地笑了出來。

by chance
湊巧、偶然

同 coincidence 湊巧，by accident 意外
反 mean 意欲，by design 蓄意

＊湊巧

A：I met Jacky Chan **by chance** at the airport yesterday. 我昨天湊巧在機場碰到成龍。
B：Wow. You are so lucky. 哇！你好幸運哦。

＊偶然

A：Where did you buy this necklace? 你在哪裡買到這串項鍊的？
B：I found it **by chance** at the nightmarket. 我是偶然在夜市裡看到的。

be / feel left out
被／覺得被忽略了

同 pass 越過，ignore 忽略
反 pay attention 注意

＊被忽略了

A：Cheer up! You **are** not **left out!** 開心一點吧！你沒有被忽略啊！
B：Yeah. Everyone is here with you. 是啊！大家都和你在一起。

＊覺得被忽略了

When a child **felt left out**, he would try to cry or play a practical joke to get parents' attention. 當小孩覺得被忽略時，他會試著用大哭或惡作劇去吸引父母的注意力。

be sick / tired of
對……厭惡、厭倦

同 be disgusted with 憎惡
反 favor 偏愛，fancy 迷戀

＊對……厭惡、厭倦

A：Tom is always rude to everyone. 湯姆對大家都很沒禮貌。
B：We **are** all **sick of** his attitude. 我們都受夠他的態度了。

A：I **am tired of** you always being late. 我已經受夠你常常遲到了。
B：Sorry. I won't do it again next time. 對不起！下一次不會再發生了。

be sorry for
對……感到抱歉

同 regret 後悔，appologize 抱歉

反 impolite，rude／無禮的

＊對……感到抱歉

A：**Sorry for** interrupting, but can I have a minute with you? 對不起，打擾一下，我可不可以跟你借一分鐘？

B：Sure. 當然囉！

A：Danny, I **am sorry for** what I said to you last week. 丹尼，我為我上星期對你說的事感到抱歉。

B：It's all right. I have already forgotten about it. 沒關係，我已經忘記了。

bring up
帶大、養育

同 foster 養育，care for 照料

反 abandon，discard／拋棄

＊帶大

A：My grandparents **brought** me **up**. 我是外公外婆帶大的。

B：Then you must have a deep affection for them. 那麼你對他們一定有深厚的感情。

＊養育

A：It will take a lot of effort and time to **bring up** one kid. 把一個小孩帶大需要很多的精力和時間。

B：Yeah. I don't know what I am going to do when I have my own kid. 對啊，我真不知道若我有自己的小孩會怎樣。

bump into
撞見、不期而遇

同 come across，encounter／偶然碰見

反 miss 免於

＊撞見

A：Guess whom I **bumped into** this afternoon? 你猜我今天下午遇見誰？

B：Janet! Or else you won't be so excited. 珍娜！不然你不會那麼興奮的。

＊不期而遇

A：What a surprise! I never thought I would **bump into** you here. 我真的好驚訝喔！我從沒想到會在這裡遇見你。

B：Yeah, me too. 對啊！我也是。

by the way 順帶一提	同 without specific purpose，random，thoughtless／隨意地 反 deliberate 深思熟慮的

＊順帶

A：We will meet Tom tomorrow. And **by the way**, he is getting engaged next week. 我們明天會見到湯姆。順帶一提，他下禮拜要訂婚了。
B：Wow! Really? 哇！真的啊？

＊順便

A：**By the way**, I am getting some coffee. Anybody want some? 喔，對了，我要倒一些咖啡，有沒有人要啊？
B：No, thanks. I need to go to bed early tonight. 不用了，我今晚得早一點睡覺。

believe in 相信某人、某事	同 believe，trust／信任，accept 接受 反 suspicion，doubt，question／存疑

＊相信某事

A：Do you **believe in** ghosts? 你相信有鬼的存在嗎？
B：No, I don't think they are real. 不，我不相信那是真的。

＊相信某人

A：I don't think Mary can make it by herself. 我不相信瑪麗可以自己完成。
B：I **believe in** Mary. She can do it. 我相信瑪麗。她可以的。

be on / off duty 值班、不值班	同 keep watch 注意，present 出席 反 leave 離開，recess 休息

＊值班

A：Will you **be on duty** tomorrow? 你明天要上班嗎？
B：No, I won't go to work for a week. I am going on a vacation. 不會，我一個禮拜不會去上班，我要去渡假。

＊不值班

A：I would like to speak to Mr. Wang, please. 請問王先生在嗎？
B：I am sorry. Mr. Wang **is off duty** today. 對不起，王先生今天沒值班喔。

burn down / up 燒毀、燒掉

同 completely destroy 徹底毀壞，burned entirely 完全燒毀

反 maintain，preserving／保存

＊燒毀、燒掉

A：The whole forest was **burned down**. 整個森林都被燒毀了。
B：What caused the fire? 是什麼原因造成大火的？

I gathered up all the love letters he wrote to me and **burned** them **up**.
我把所有他寫給我的情書一起燒掉。

build up

增加、建立

同 uplift 升起，strengthen 加強

反 reduce，decrease／減少

＊增加

A：Wow! You sure have a big appetite. 哇！你的胃口還真大。
B：Well, I am trying to **build up** some muscles. 我想要增加一些肌肉。

＊建立

A：Why did the Browns build up a fence in their yard? 布朗家為什麼在後院築了籬笆？
B：To keep other people out. 為了不讓別人進來。

call off

取消……

同 draw back 收回，cancel 取消

反 compel，enforce／迫使發生

＊取消……

A：The party was **called off** because of the rain. 因為下雨所以派對被取消了。
B：That's too bad. 真糟糕。

A：The boss is still not here! 老闆還沒來！
B：I think we will have to **call off** the meeting! 我想我們只好取消會議囉！

catch a bus / train
趕搭公車、火車

同 take a bus / train 搭公車／火車
反 miss a bus / train 錯過公車／火車

＊趕搭公車

A：How do you go to school? 你怎麼去上學？
B：The fastest way is to **catch a bus**. 最快的方法就是搭公車。

＊趕搭火車

A：Can you take me to the station in 15 minutes? I need to **catch a train**. 你可不可以十五分鐘之內帶我去車站？我需要趕搭火車。
B：I will try my best. 我盡力。

catch / have a cold 感冒

同 flu 流感
反 healthy，well／健康的

＊感冒

A：It is so cold outside! 外面好冷喔！
B：Be careful not to **catch a cold**. 小心別感冒了。

A：Why weren't you here last week? 你上禮拜怎麼沒來？
B：I **had a cold** and couldn't get out of bed. 我感冒了，沒辦法起床。

carry out
實行、執行

同 execute，enforce／實施
反 drop out 退出，abrogate 取消

＊執行

A：This program is **carried out** by our company. 這個方案是由我們公司執行的。
B：Well, it seems that you did a great job. 看起來你們做得不錯。

＊實行

A：Jason, I heard you were looking for me. 傑森，我聽說你在找我。
B：Yes, I was going to tell you that our plan is going to be **carried out**. 對，我要跟你說，我們的計畫將要被實行了。

change one's mind
改變心意

同 alter，turn around／改變
反 settle，fix／決定

＊改變心意

A：I am too tired to go out today. 我今天太累了不想出去。
B：It's OK. But just in case if you **change your mind**, give me a call.
沒關係，但是如果你改變心意，打電話給我吧。

I hope that my teacher will **change her mind** about failing me.
我希望老師會改變她的心意，不要把我當掉。

come / go along with
一起、贊成、支持

同 all together，in company with／與……一起
反 alone 單獨的，separateness 分離

＊一起

A：Did you come by yourself? 你自己一個人來嗎？
B：No, I **came along with** my friends.
不，我和我的朋友一起來的。

＊贊成

A：What do you think about my new proposal? 你覺得我的新提案如何？
B：Actually I can't **go along with** your point. 事實上我無法贊成你的論點。

come true
實現

同 implement 履行，realize 實踐，achieve 達成
反 resign，abandon／放棄，failure 失敗

＊實現

A：Going to college is like a dream **come true**. 上大學像是美夢成真一般。
B：That's really great! 那真的是很棒！

I hope that my dream of traveling all over the world would **come true** someday. 我希望我環遊世界的夢想有一天會實現。

count on
依賴、指望某人或某事

同 depend on，depend upon，lean on／依賴
反 independence 獨立，self-help 自助的

＊指望

A：I can't believe that Paul didn't show up. 我不敢相信保羅沒有來。
B：We should have never **counted on** him. 我們不應該指望他的。

＊依賴

A：How come you and Freddy could be such good friends? 你和佛萊迪為什麼會是那麼好的朋友啊？

B：Because we can always **count on** each other. 因為我們可以彼此互相依賴。

cut down 降低、減少	同 reduce，decrease，lessen／減少 反 increase，add，augment／增加

＊減少

A：You'd better **cut down** on the candies. 你最好少吃一點糖。

B：Hey! You don't need to tell me what to do. 喂！你不需要告訴我怎麼做。

＊降低

A：The government decided to **cut down** the tax rate. 政府決定要降低稅收。

B：Are you sure about that? 你確定嗎？

deal with 安排、處理、交易 （與……打交道）	同 act 行動，trade 交易 反 leave it，quit／放棄

＊處理

A：Why are you so angry? 你為什麼那麼生氣？

B：I don't have any patience to **deal with** this problem anymore! 我真的再也沒有任何耐心來處理這個問題了！

＊交易（與．打交道）

A：Which supplier do you **deal with**? 你和哪一家供應商交易？

B：I **deal with** overseas clients. 我和海外客戶打交道。

do without 不需要、沒有……也行	同 have no use for 用不著 反 need，want／需要

＊不需要

Cooking gourmet meals is really easy, I can **do without** recipes. 烹調講究的美食很簡單，我連食譜都不需要。

John is still not here. I guess we will have to **do without** him. 約翰還沒有來，我想我們得靠自己囉！

doze off
打瞌睡

同 sleep 睡覺，nap 打盹
反 awake，conscious／清醒

＊打瞌睡

A：Oh my God! You nearly hit that old man! 天啊！你差一點撞到那老人了！
B：I am sorry. I just **dozed off**. 對不起，我剛剛打瞌睡了。

＊睡著

A：Do you know there is a math quiz tomorrow? 你知道明天有一個數學小考嗎？
B：No, I **dozed off** in class. 不知道，我上課的時候睡著了。

drive crazy
使發狂

同 dement，insane／發狂
反 calmness 冷靜，dispassion 客觀，imperturbability 冷靜

＊使某人發狂

A：Can you turn down the music? It is **driving** me **crazy**! 你的音樂可不可以關小聲一點？快把我弄瘋了！
B：I am sorry. I didn't know you minded it. 對不起，我不知道你很在意。

＊弄瘋

The hot weather is **driving** me **crazy**! 這熱天氣快把我弄瘋了！

eat out
出去吃

同 egression 外出，dine out 在外用餐
反 at home，stay in／在家

＊出去吃

A：I am too tired to cook. 我累到沒有力氣煮飯了。
B：It's all right. We can **eat out** today. 沒關係！我們今天可以出去吃。

A：Do you want to **eat out** tonight? 你今天晚上要不要出去吃？
B：Yeah! Let's go to that new restaurant. 好啊！我們去那家新的餐廳。

end up
結果以……結束

同 result，outcome，conclusion／結果

反 inchoate，beginning／剛開始的

＊結果以……結束

A：If you keep on driving that slowly, we will **end up** spending the whole day on the road. 如果你一直這樣慢慢開，我們會一整天都耗在路上的。
B：Then why don't you drive? 那你開好了。

A：Hey! Let's go bungie jumping! 喂！我們一起去高空彈跳！
B：No thanks! I don't want to **end up** dead. 才不要！我還不想這麼早死。

every now and then / occasionally
偶爾

同 between times，once in a while／偶爾

反 ever more 永遠，often 通常

＊偶爾

A：Do you study English very often? 你有沒有時常讀英文？
B：To be honest, I only study **every now and then**. 說實話，我只是偶爾讀一下而已。

I like ice cream, but I only eat it **occasionally** so I don't gain weight.
我很喜歡吃冰淇淋，但也只是偶爾才會吃，不然我會變胖。

fall apart
散開、崩壞、瓦解

同 disbandment 遣散，dissolution 分解，dismissal 解散

反 intact，whole，hold together／完整

＊崩壞

A：I think this old chair is **falling apart**. 我覺得這把舊椅子要解體了。
B：Maybe it's because you are too heavy. 也許是因為你太重了。

＊瓦解

A：Our band **fell apart** after we graduated. 我們的搖滾樂團在我們畢業後就瓦解了。
B：What a pity! 真可惜！

fall for
愛上、中計

同 infatuated with，crush／迷戀，trick 中計
反 reject 拒絕，get rid of 戒掉，decline 衰退

＊愛上

A：Did you **fall for** Rita because of her money? 你是不是因為麗塔的錢而愛上她？
B：Hey! What are you talking about? 喂！你在說什麼！

＊中計

A：I am late because I helped an old lady cross the street. 我因為幫一位老太太過馬路所以遲到了。
B：Do you think I am going to **fall for** your excuse? 你覺得我會相信你的藉口嗎？

fall off
從……上面掉下來、摔下

同 drop 掉下，go down 落下
反 rise，ascend／升起

＊掉下

A：Did you know that a large rock **fell off** the bridge? 你知道有塊大岩石從這座公路橋上掉下來的事情嗎？
B：Yeah, and a lot of people got hurt. 我知道啊！很多人都受傷了。

＊摔下

A：What happened to your leg? 你的腳怎麼了？
B：I **fell off** the stairs. 我從樓梯上摔了下來。

first of all
首先

同 above all 首先，primary，main／主要的
反 finally，lastly／最終的

＊首先

A：Is there anything you want to say for getting this award? 你得這個獎有沒有什麼話要說的？
B：**First of all**, I would like to thank my parents and the ones who supported me. 首先，我要謝謝我的父母以及支持我的人。

A：What's your plan for this weekend? 你這個週末有什麼計劃啊？
B：Well, **first of all**, we will go to Taipei. 首先，我們會先去台北。

for nothing
免費、徒然

同 free 免費的，useless，in vain／無用的
反 spend，cost，in return for／花費

＊免費

A：How much is your new bike? 你的新腳踏車多少錢？
B：I got it **for nothing**. It was a present. 那是免費的，那是個禮物。

＊徒然

A：Are they ready? 他們準備得怎樣了？
B：All their preparations were **for nothing** because the contest was cancelled. 比賽取消了，他們的一切準備都白費了。

for sure
確定、當然

同 confirm，ensure，make certain／確定
反 disaffirm，disavow，negate／否認

＊確定

A：How did the fire happen? 火災是怎麼發生的？
B：I don't know **for sure**. 我不確定。

＊當然

A：Are you certain this is the way? 你確定是這個方向嗎？
B：This is the way **for sure**. 一定是這條路。

fool around (with)
廝混、鬼混

同 flirt with 與……調情，monkey about 胡鬧
反 respectable 尊重，serious 嚴肅，honest 誠實，decent 合乎禮儀的

＊廝混

A：Is Mike **fooling around with** a blonde? 邁克在跟一個金髮女郎廝混嗎？
B：Yes. 是的。

＊鬼混

A：Sam! Stop **fooling around** and get back to work. 山姆！你別再鬼混了！工作去吧！
B：Come on! Everyone needs a break once in a while! 哎喲！大家偶爾都需要休息一下嘛！

feel funny
覺得怪怪的

同 bizarre，odd，strange／奇怪的
反 normal，fine，common／正常的

＊覺得怪怪的

A：Even after such a long time, I still **feel funny** to see my first boyfriend.
雖然過了那麼久，但是我看到我的初戀男友還是覺得怪怪的。
B：Well, try not to think too much about it. 試著別去想那麼多吧！

A：My stomach **feels funny**. 我的肚子覺得怪怪的。
B：Did you eat anything spoiled? 是你吃了什麼壞掉的東西嗎？

feel like
想要、意圖…

同 desire，want，wish／想要
反 dislike 不喜愛，refuse 拒絕

＊想要

A：How can you do something like that? 你怎麼可以做這種事啊？
B：It's none of your business. I just **feel like** it. 那不關你的事，我只是想做罷了。

＊意圖……

A：I **feel like** going swimming today. 我今天想要游泳。
B：OK. I can go with you. 好啊！我可以跟你一起去。

fill out / in
填寫、代替

同 load，pack，stuff／裝（填）入
反 empty 空的，drain 耗盡

＊代替

A：I can't go to work today, can you **fill in** for me? 我今天無法上班，你能幫我代一下班嗎？
B：Sure, no problem. 當然，沒問題。

＊填寫

A：How can I deposit my money? 我該如何存我的錢？
B：You have to **fill out** this form first. 你得先把這個單子填好。

fix up
安裝、修理、作出安排

同 renovate，repair，restore／維修
反 destroy，demolish／毀壞

＊Example 修理

A：I think my air conditioner just broke down. 我的冷氣機好像壞了。
B：No problem, I can **fix it up** for you. 沒問題，我可以幫你修。

＊Example 作出安排

His rich father **fixed** him **up** with a high paying job as soon as he graduated. 他一畢業，他那有錢的父親就為他安排了一個高薪的工作。

get away （from） 從……走開、離開、從……脫逃	同 apart from，away from，distance／遠離 反 come back 回來，approach，close to／接近

＊從……走開

A：What is the problem between you and your parents? 你和你父母間有什麼問題啊？

B：I don't know. I just want to **get away** from them. 我不知道。我就是想離開他們。

＊從……脫逃

It took me a while to **get away** from that crowd.
我花了一點時間從人群中脫身。

＊擺脫

More must be done to help these people **get away** from poverty. 幫助這些人擺脫貧困需要付出更大的努力。

get / be mixed up 被搞糊塗、被弄亂了	同 confusion，chaos／混亂，dull 不明顯的 反 in focus 專注，clear 清楚，bright 清晰

＊被弄亂了

A：I always **get mixed up** when it comes to math. 只要一提到數學，我就亂了。

B：Don't worry. I can help you with it. 別擔心！我會幫你的。

＊搞混

A：What road is this? 這是什麼路？

B：I don't know. I always **get mixed up** with all the roads. 我不知道，我總是搞混路名。

＊弄糊塗

A：Where is it? 這是哪兒呀？

B：I'm totally **mixed up**. 我完全糊塗了。

Track079

get over
克服、復原

同 relief 緩和，ease 減輕，overcome 克服

反 lose 輸，surrender 投降

＊克服

A：Can we **get over** this difficulty? 我們能克服這個困難嗎？
B：Yes, I believe we can. 是的，我相信可以。

＊復原

A：Has she **gotten over** her ex-boyfriend yet? 她從她前男友的陰影復原了嗎？
B：I don't think so. 好像沒有。

get through
熬過、接通

同 pass，deliver／傳送

反 fail 失敗，give up 放棄

＊熬過

A：I heard you broke up with your boyfriend. Are you alright? 我聽說妳跟妳的男朋友分手了。妳還好嗎？
B：I don't know how I will **get through** it. 我不知道我要怎麼熬過去。

＊接通

A：I tried to call you for hours but I just couldn't **get through**, is there something wrong with your cell phone? 我打給你怎麼打就是不通，你的手機壞了嗎？
B：I don't know, maybe just bad reception. 不知道，可能是收訊有問題吧。

go over
複習、檢查、看、去

同 review 複習，check 檢查

反 passover，omit／略過

＊複習

You'd better **go over** the main points again before your test. 考試之前，你最好再複習一下重點。

＊檢查

Our teacher has already **gone over** chapter one for us. 我們老師已經幫我們檢查過第一章了。

＊看

Would you like to **go over** the menu first? 您想先看一下菜單嗎？

green with envy 十分嫉妒

同	jealous，envious／嫉妒的
反	tolerant，generous／寬恕的

＊十分嫉妒

A：Alice's girl friends were **green with envy** when they saw her new dress. What do you think about it? 愛麗絲的女友們看到她身穿新衣，心中充滿嫉妒之情。你是怎麼看這件事的？
B：It's none of my business. 這事與我無關。

A：Your sister has been given a gold watch, are you **green with envy**? 你的姐姐得到一隻金錶，你嫉妒嗎？
B：I envy her. 我羨慕她。

get along with 和……相處

同	cooperate with 合作，get together 相處
反	strangeness 陌生，get away from 遠離

＊和……相處

A：It is hard to **get along with** a guy like him. 和他那種人相處真難！
B：Yeah, he easily gets into a temper. 對啊！他容易發脾氣。

A：I heard that you and Jeff got into a fight yesterday. 我聽說昨天你和傑夫吵架了！
B：No, we **got along** very well. 不，我們相處得很愉快。

get away with 逃避懲罰、得手

同	evade，elude／躲避
反	envisage，be up against／面對

＊逃避懲罰

A：You can't **get away with** being late every morning. 你不能每天早上遲到而不受處罰的！
B：Sorry, I promise I won't do that again. 對不起！我答應下一次我不會再犯了。

＊得手

A：How did he **get away with** stealing? 他是怎樣偷竊得手的？
B：It's a secret. 祕密。

get even (with) / get back (at)
對……施以報復

同 retaliate，revenge／報復

反 owe，appreciate／感激，forgive 原諒

＊報復

A：Joe is not going to get away with that. 我不會對喬就這麼算了。
B：Yeah. Let's **get even with** him. 對啊，我們來報復他。

He cheated me out of all my money this time, but I'll **get back** at him one day. 他這次騙了我所有的錢，但是我有一天會向他報復。

get ahold of
找到某人、找來使用

同 search，pursue／尋找

反 hide 隱藏，abandon 遺棄

＊找到某人

A：I am trying to **get ahold of** Joe. Do you know where he is? 我找不到喬。你知道他在哪裡嗎？
B：I think he has already gone home. 我想他已經回家了。

＊找來使用

A：I must **get ahold of** some more paper bags. 我必須再找些紙袋來用。
B：I can help you. 我來幫你。

get lost
迷路

同 disorientated，stray／迷路

反 recognize，spot／認出

＊迷路

A：This is your first time in town. Be careful not to **get lost.** 這是你第一次進城，小心不要迷路了。
B：OK. I'll stick close to you. 好的，我會緊跟著你。

A：What took you so long? 你怎麼那麼久啊？
B：We took the wrong turn and **got lost.** 我們轉錯彎，然後迷路了。

get on someone's nerves
惹……心神不安、讓人厭煩

同 be worried 擔心，fidget 坐立不安，fret 煩躁

反 calm，peaceful／平靜

＊惹……心神不安

A：That noise is really **getting on my nerves**. 那噪音快把我弄瘋了！
B：Yeah. The building is under construction. 對啊！有一棟大樓正在蓋。

＊讓人厭煩

A：Can you shut up? You are really **getting on my nerves**. 你可不可以閉嘴？我快受不了你了！
B：Hey! I am only trying to help. 喂！我只是想要幫忙耶！

get on with 與……和睦相處、繼續……	同 continue，hold on，keep on／繼續 反 discontinuity，intermit／中斷

＊繼續

A：Hey! Go back and **get on with** your work. 喂！回去繼續做你的工作。
B：I am just going to the bathroom. 我只是要去廁所。

A：Get off my back! I have to **get on with** my work. 別煩我，我要繼續我的工作。
B：It will only take a minute. 只要一下就好了。

get rid of 把……丟掉、除去	同 lose 失去，throw away 拋開，desertion 拋棄 反 cherish，treasure，value／珍惜

＊丟掉

A：Why are there so many things at your door? 你門口怎麼那麼多東西啊？
B：Those are the things I want to **get rid of**.
那一些是我要丟掉的東西。

＊Example 開除

A：The new employee is such a pain.
那新進員工真的很討厭。
B：Yeah. I hope the manager can **get rid of** him soon.
對啊！我希望經理可以快一點把他開除。

get the hang of 抓到訣竅	同 doohickey，trick／竅門 反 dull，sluggish／呆滯

＊抓到訣竅

A：Soccer is very hard. 足球很難耶！
B：Don't worry. You will **get the hang of** it soon. 沒關係，你很快就會抓到訣竅的。

After some practice, I finally **get the hang of** it. 經過一些練習之後，我終於抓到訣竅了。

get to 去、到	同 arrive，reach／到達 反 depart，exit／離去

＊去、到

A：How will you **get to** Hong Kong?　你要怎麼去香港？
B：By plane!　搭飛機啊！

A：It will take two more hours to **get to** Taipei.　還要兩小時才到臺北。
B：I doubt it. The traffic is really bad now.　我想不只。交通現在很糟。

get well 康復	同 recover，regain，healing／復原 反 worsen，deteriorate，exacerbate／惡化

＊康復

A：How long will it take for you to **get well**?　你要多久才會康復啊？
B：I guess about a week.　我猜大約一個禮拜吧。

A：I heard that Chris got a cold.　我聽說克里斯感冒了。
B：Yeah, but don't worry, he will **get well** in a few days.　是啊，別擔心，他幾天後就會康復了。

give birth（to） 生產	同 labor，delivery／分娩 反 death，decease，pass away／過世

＊生產

The dog **gave birth to** three puppies.　那隻狗生了三隻小狗狗。

A：Congratulations! Your wife just **gave birth to** a baby girl.　恭喜！你太太剛剛生了一個小女孩。
B：Yes! I am finally a daddy!　太好了！我終於做爸爸了！

go by 經過、溜走、憑……判斷	同 pass 經過，according to 根據，slip away 溜走 反 go against 違背，come from 來自

＊經過

He just **went by** me a few minutes ago.　他剛剛才從我身邊經過！

＊溜走

What are you waiting for? We can't let this opportunity **go by**.　那你還在等什麼？我們不能讓這機會溜走啊。

＊憑……判斷

You can't **go by** what she says.　你不能光憑她說的話來判斷。

go / be on a diet 減肥	同 calorie counting 計算卡路里，lose weight 減重 反 gain weight 增重，pamper 飲食過量

＊減肥

A：There is still a lot of cake left. 還剩下很多蛋糕耶。
B：Please. I **am** still **on a diet**. 拜託！我還在減肥。

A：Look at you. You need to **go on a diet**. 看看你！你需要減肥了啦！
B：I know. 我知道。

go off 響起、爆炸	同 noise 噪音，ringing 響起 反 serenity，tranquility／平靜

＊響起

A：Your alarm clock **went off** and rang all morning. 你的鬧鐘響了一個早上。
B：I am sorry. I didn't hear it. 對不起，我沒聽見。

＊爆炸

A：The firecracker **went off** and scared everyone. 鞭炮響起，大家都被嚇到了。
B：Except me! 除了我。

go with 與……搭配、交往	同 affiliate with 與……連繫，date 約會，accompany 伴隨 反 conflict 衝突，leave 離開

＊與……搭配

A：Your skirt doesn't **go with** your shirt. 你的裙子和你的上衣不搭。
B：Why don't you mind your own business? 你管好你自己的事吧！

＊和……交往

A：Do you know Roger is still **going with** Debby? 你知道羅傑還和黛比在一起嗎？
B：Yeah. I wonder how they can get along. 知道啊，我真懷疑他們怎麼能相處。

hand in 繳交	同 put in 加進，give away 分配 反 return 繳回，take away 帶回

＊繳交

A：We should **hand in** the final report tomorrow. 我們明天要交期末報告。
B：Oh my God! I forgot about it! 天啊！我忘記了！

A：You were supposed to **hand in** the files to me last Friday. 你上星期五就應該把資料檔案交給我的。
B：I know, but I couldn't find you. 我知道，可是我找不到你啊。

hand out 分發	同 to assign 分配，to issue 發佈 反 gather，assemble，collect／集合

＊分發

A：What did they **hand out** during the meeting? 開會的時候，他們發了些什麼？
B：I don't know. I wasn't there. 我不知道，我不在那裡。

A：Can you **hand out** these programs for me? 你可不可以幫我發這些節目表？
B：Sure! 當然！

hang on to 守住	同 hold on to，keep／保持 反 give up，abnegate／放棄

＊守住

Can you **hang on to** my bag for me? 你可不可以幫我看著我的包包？

A：I think it's time to sell my stocks. 我想是我把我的股票賣掉的時候了。
B：You should **hang on to** it for a while. 你應該再守住一下的。

hang out 閒混、掛著	同 spend time with 花時間在……，stretch out 延長 反 put away 放棄，busy 忙於

＊閒混

Where do you **hang out** these days? 你這些日子都在什麼地方閒混？

＊掛著

Do you **hang** the wash **out** to dry? 你是把衣服掛在外頭晾乾的嗎？

hang up 掛斷電話、掛起來	同 ring off 掛斷電話 反 hold on 不掛斷

＊掛

A：I need some hangers to **hang** my clothes **up**. 我需要一些衣架掛我的衣服。
B：There are some in my closet. 我的櫥子裡還有一些。

＊掛斷

A：Can you please **hang up**? I really need to use the phone. 你可不可以把電話掛斷？我真的很需要用電話。
B：OK. Just give me a minute. 好啦！再給我一分鐘！

have had enough（of） 夠了、受夠了	同 unhappy 不悅，fed up 受夠了，gross out 惹人厭 反 happy with 開心，get along 相處

＊夠了

A：Would you like to have some more pie? 要不要再來一塊派？
B：No, thank you. I really **have had enough**. 不了，謝謝！我已經夠了！

＊受夠了

A：Hey! Move it. 喂！讓開！
B：Watch your manners. I **have had enough of** your attitude. 注意你的禮貌！我已經受夠你的態度了！

have something to do with 和……有關	同 associate 有關，connect 連接 反 dissociate 無關，separate from 分離

＊和……有相關

A：Does this knife **have something to do with** this case? 這把刀和這個案子有沒有相關？
B：It might be the one used by the murderer. 也許就是歹徒用的那一把。

A：What does Jeff **have to do with** our work? 傑夫和我們的工作有什麼相關？
B：Well, the boss sent him here to be in charge of everything. 老闆要他來這裡管理一切。

hear of 聽說、聽過	同 recognize 認出，overhear 無意聽到 反 be ignorant of，unknown，be unaware of／在……方面無知識

＊聽說、聽過

A：Do you know who Johnny Lee is? 你知不知道李約翰是誰？
B：I have **heard of** him, but I don't really know him. 我聽說過他，但我不知道他是誰。

A：Have you **heard of** the guy who robbed the central bank? 你有沒有聽說過那位搶劫中央銀行的人？
B：No. Who is that guy? 沒耶！那個人是誰？

hold a meeting 開會	同 attend a meeting 參與會議 反 absent，dismiss／缺席

＊開會

A：We need to **hold a meeting** to discuss the new plan. 我們需要開一個會，討論一下新計畫。
B：OK. I will inform everyone. 好的，我會通知大家的。

A：I was absent yesterday. So anything new? 我昨天缺席了，有什麼新鮮事嗎？
B：The boss **held** an emergency **meeting**. 老闆開了一個緊急的會議。

hold on to 抓住、帶著	同 tackle 著手處理，fasten 抓緊 反 release 放鬆

＊抓住

A：I always get scared when I have to ride on your motorcycle. 我每次坐你的摩托車都覺得好害怕！
B：Then you better **hold on to** me tight! 那你得緊緊抱住我啊！

A：What should I do with the tickets? 這些票我該怎麼辦？
B：Remember to **hold on to** them. 記得帶好它們。

in a hurry 匆匆忙忙的、趕時間	同 cursory 匆忙的，hasten 趕緊 反 leisurely 休閒，easygoing 隨和

＊匆匆忙忙的

A：Why are you **in a hurry**? 你為什麼匆匆忙忙的？
B：I am going to miss my school bus! 我快要搭不上我的校車了！

＊趕時間

A：Can you give me a ride to the station? 你可不可以載我去車站？
B：Sorry. I am **in a hurry**. 對不起，我在趕時間。

in a moment 馬上	同 immediately，at once，right away／立刻地 反 take one's time 慢慢來

＊馬上

A：Come on! We are leaving. 快一點！我們要走了！
B：I will be out **in a moment**. 我馬上就出來了。

A：Excuse me. I am looking for Mr. Chang. 對不起，我在找張先生。
B：He will be with you **in a moment**. Please have a seat. 他馬上就來了，請坐一下。

in case 以防萬一	同 a bare possibility，by any chance／極小的可能 反 unnecessary，needless／不需要

＊以防萬一

A：Why do you always keep a spare key in your purse? 你為什麼總是在皮包裡留一支多餘的鑰匙？
B：Just **in case** I forget my original one. 以防哪一天我忘了帶我常用的那支。

A：Are you sure the doors are locked? 你確定門都鎖了嗎？
B：Yes, but I will double-check it **in case** I forgot. 是啊，我會再確定一次，萬一我忘記的話。

in order 依序、放整齊	同 neat 整齊的，orderly 有秩序地，tidy 整潔的 反 untidy 不整潔的，messy 很亂的

＊依序、放整齊

A：Can you help me put these files **in order**? 你可不可以幫我把檔案依序放整齊？
B：Sure. No problem. 當然！沒問題！

A：The books are a mess. 那些書真亂！
B：Don't worry! I will put them **in order**. 別擔心！我會把它們擺整齊的。

in someone's way 阻礙、擋住某人的路	同 bar，block off，countercheck／阻礙 反 eliminate 消滅，clean out 清除

＊阻礙、擋住某人的路

A：Can you move that box? It's **in my way**. 你可不可以幫我把那盒子移開？它擋住我了！
B：Sure! 沒問題！

A：Hey! Move it! You are **in my way**! 喂！讓開！你擋住我了！
B：Sorry! 對不起！

in the long run 以長期觀點來看	同 far-sight，foresight／遠見 反 narrow and shallow 目光短淺

＊以長遠來看

A：You should gain more experience when you are young; it's better **in the long run**. 以長遠來看，你應該在年輕的時候累積多一點的經驗。
B：I think you are right. 你說的沒錯。

A：We will be better off **in the long run** if we start saving money now. 就長遠的觀點來看，我們要現在就開始存錢，這樣對以後比較好。
B：I know, but it's very hard. 我知道，可是這樣很難。

inside out 由裡向外	同 inverse 反向的，reverse 顛倒的 反 enclosure 封入

＊由裡向外

A：Do you know that your shirt is **inside out**? 你知不知道你的衣服穿反了？
B：It is the latest fashion. 這是最新的流行耶！

A：Your clothes dry faster if you hang them **inside out**. 如果你把衣服翻過來曬，會比較快乾。
B：Really? I didn't know that! 真的嗎？我以前都不知道耶！

keep an eye on 注意、照看、看管	同 advert 注意，observe 觀察，notice 注意 反 ignore，neglect，lose sight of／忽略

＊注意

A：**Keep an eye on** that man. He doesn't look friendly. 注意那個人！他看起來不友善。
B：OK, I will. 好的，我會。

＊看管

A：Can you **keep an eye on** my bag while I go to the bathroom? 我去廁所的時候，你可不可以幫我看住我的包包？
B：Sure thing. 沒問題。

keep... from doing 避免做……	同 restrain 防止，escape 逃離，avoid 避免，forbear 克制 反 let out 洩露，face 面對

＊避免

A：Why did you build the fence? 你為什麼要蓋那個籬笆？
B：I want to **keep** my dog **from running** out. 我要避免我的狗跑出去。

A：How was the game? 比賽如何？
B：Terrible. I just couldn't **keep from making** mistakes. 糟透了！我一直無法避免犯錯！

keep in touch（with） 和……保持聯絡	同 keep in contact，establish contact／保持連繫 反 isolate 孤立

＊和……保持聯絡

A：Remember to **keep in touch with** me when you get there. 記得你到了那邊，要記得和我保持聯絡。
B：I sure will. 我一定會的。

A：Bye! Remember to **keep in touch**. 再見！記得要保持聯絡喔！
B：OK. Bye. 好的，再見！

keep on（doing） 持續（做）	同 abidance 遵守，continuance 持續，pursuit 從事 反 intermittent 斷續性，pause 暫停

＊持續

A：Your grades were excellent last semester. **Keep on doing** the good work. 你上學期的成績很棒，繼續加油喔！
B：Thanks, Mrs. Lee. 謝謝，李老師。

A：How long do we still have to **keep on** walking? 我們還要走多久的路啊？
B：We are almost there. 快到了啦！

keep out（of） 拒……進入、（使）遠離	同 apart from，away from，distance／遠離 反 approach，be close to／接近

＊拒……進入

A：**Keep** your dog **out** of my room. 叫你的狗不准進我的房間。
B：She won't cause you any trouble. 她不會惹麻煩的！

＊遠離

A：Remember, kids, **keep out** of trouble! 聽到囉，孩子們！不准惹禍！
B：OK. 好的。

keep track（of） 記錄、保持	同 register 註冊，memorize 記憶 反 delete，erase／刪除

＊記錄

A：I need you to **keep track** of the account for me. 我需要你幫我記錄我的帳單。

B：I don't think I will be able to do it. 我想我沒辦法勝任。

＊保持

A：My wife **keeps track** of the children's doctor and dentist appointments. 我妻子一直保持與醫生、牙醫預約。

B：Great. 太好了。

keep up (with) 跟上、保持	同 retain，preserve，maintain／保持 反 disheartenment 氣餒，abandon 放棄

＊跟上

A：Hey! Slow down! I can't **keep up** with you! 喂！慢一點！我跟不上你了啦！

B：Walk faster, or we'll be late! 走快一點，不然我們要遲到了！

＊保持

A：Nice job. **Keep up** the good work! 做得很好！繼續加油。

B：Thanks boss. 謝謝老闆。

know / learn by heart 默誦、背誦	同 recite 背誦，memorize 記憶 反 neglect 忽略，forget 忘記

＊默誦、背誦

A：I have **learned** the things that the teacher taught us **by heart**. 我把老師教我的東西都背起來了。

B：Are you serious? 你說真的嗎？

A：I **know** the story **by heart**. 那故事我已經背起來了。

B：Then tell me what is going to happen next. 那告訴我接下來會發生什麼事？

Track086

laugh at 取笑……	同 jest at，tease／取笑 反 applaud 讚賞，acclaim 歡呼，compliment 恭維

＊取笑……

A：Jenny fell down and everyone **laughed at** her. 珍妮摔倒了，大家都取笑她。

B：Poor Jenny. 可憐的珍妮。

A：They laugh at him. 他們譏笑他。

B：What is there to **laugh at**? 有什麼值得笑的？

lend a hand 幫忙某人	同 help 幫忙，aid 援助，support 支持 反 harm 傷害，obstruct 妨礙

＊幫忙某人

A：Can you **lend** me **a hand** with this box? 你可不可以幫我搬一下這盒子？

B：Sure. Where do you want to put it? 當然！你要把它放在哪裡？

A：You look puzzled. Want me to **lend** you **a hand**? 你看起來很困擾，要不要我幫忙啊？

B：I would be very thankful if you do. 如果你幫我的話我會很感激。

let go of 對……放手	同 quit，drop out，discontinue／放棄 反 adopt 採取，claim 要求，keep 保有

＊對……放手

A：Can you just let me explain? 你可不可以聽我解釋？

B：**Let go of** me! You are hurting me! 放開我！你弄痛我了！

A：Hold on to this rope and don't **let go of** it no matter what happens. 抓住這繩子，不管發生什麼事都不要放手！

B：OK! 好的！

leave alone 別理他（它）	同 ignore 忽略，pass on 繼續下去 反 pay attention to 注意

＊別碰它

A：I am sorry to break your model. I really didn't mean it. 對不起，我把你的模型弄壞了。我不是故意的。

B：Didn't I tell you to **leave it alone**? 我不是叫你別碰它嗎？

＊別打擾他

A：Let's ask Peter if he wants to go with us. 我們來問問彼特他要不要和我們一起出去。
B：We better **leave** him **alone** and let him get some rest. 我們最好讓他靜一靜，不要理他。

let in
讓某人（某物）進來

同 come in，go in／進入
反 let out 出去

＊讓某人（某物）進來

A：Is it all right if I **let** my dog **in**? 我可以把我的狗帶進來嗎？
B：Please don't, I am really afraid of dogs. 請不要，我真的很怕狗。

A：He has already finished the play ground. 他已經打掃完操場了。
B：**Let** him **in**. 讓他進來吧。

let someone down
失望、放下

同 disappoint 失望，despondency 沮喪，displease 得罪
反 hope，expect／期望

＊放下

You look younger when you **let** your hair **down**. 你把頭髮放下來時看起來比較年輕。

＊ 失望

A；I am sorry I **let** you **down**. 對不起，我讓你失望了。
B；That's OK son, we will try again next year. 沒關係兒子，我們明年再試。

let out
讓……走、釋放、發洩

同 get off 動身，go out 出去
反 hold back 抑制

＊讓……走

My teacher wouldn't **let** me **out**. She said I had to finish my homework first. 我的老師不讓我走。她說我得先把我的功課寫完。

＊釋放

Don't **let** him **out** on the street or he will rob again. 別放他出去，否則他又會開始搶劫。

＊發洩

After she **let out** all her frustrations, she felt better. 她一股腦地發洩出她的不滿後，感覺好多了。

Track087

lie down 躺下、平放	同 recline 斜倚 反 arise 昇起，sit up 起來

＊躺下

A：I am so sleepy! 我好睏喔！
B：Do you want to **lie down** for a while? 你要不要躺一下？

＊平放

Let's **lay** the bed **down** here. 就把床放這裡吧。

like crazy / mad 瘋了一般	同 insane，maniac，nut／瘋狂的 反 calm，peaceful，cool／冷靜的

＊瘋了一般

A：He is working **like crazy** to earn more money. 他為了賺更多的錢，瘋狂的工作。
B：What does he need so much money for? 他需要這麼多錢幹嘛？

Are you **mad**? Don't drive so fast! 你瘋了嗎？不要把車開得那麼快！

Your jokes really make me laugh **like crazy**. 你的笑話讓我笑瘋了。

look for 尋找	同 seek，search／搜尋 反 ignore，neglect，overlook／忽略

＊找東西

A：What are you **looking for**? 你在找什麼東西？
B：I forgot where I put my glasses. 我忘記我的眼鏡放哪裡了。

＊找人

A：I am **looking for** Peter. Do you know where he is? 我在找彼特，你知道他在哪裡嗎？
B：He has already gone to work. 他已經去上班了。

look into 調查、研究、追究	同 Investigate，research，survey／調查 反 oversight，disregard，neglect／疏忽

＊調查

A：It was a mystery how she died. 她的死因是一個謎。
B：Yeah, the police are **looking into** it. 對啊，警方已經展開調查了。

＊追究

A：The FBI should really **look into** this murder case. 美國聯邦調查局應該要好好追究這宗謀殺案。
B：Right! They should find out the real murderer. 對啊！他們應該要找出真正的兇手。

＊研究

The management is **looking into** new ideas to improve the service.
管理部門已經在研究新方案去改善服務了。

look forward to 期待	同 expect，hope，anticipate／期望 反 disregard 不顧，despair 絕望

＊期待

A：We are all **looking forward to** the tour to New York. 我們都很期待紐約之旅。
B：When are you going? 你們什麼時候去啊？

A：I am **looking forward to** going to America. 我很期待要去美國。
B：Why? Are you going to there to study? 為什麼？你要去那裡讀書嗎？

look up 查……、找……	同 seek，hunt for，search／尋找，investigate 調查 反 hide，conceal／隱藏

＊查……

A：Do you know how to spell this word? 你知不知道這個字怎麼拼？
B：Why don't you **look it up** in the dictionary? 你為什麼不查查字典？

＊找……

A：Do you know his telephone number? 你知道他的電話嗎？
B：**Look it up** in the telephone book. 要在電話號碼簿上查一下。

look up to 尊敬某人	同 homage，respect，revere，esteem／尊敬 反 snooty，despise／鄙視，dislike 厭惡

＊尊敬某人

A：I have always **looked up to** my father. 我一直向我爸看齊。
B：Me too. 我也是。

A：I felt sad when Mr. Lee had to leave. I have always **looked up to** him.
當李先生要走的時候我很難過，我一直很尊敬他。
B：It's OK. He will come back soon. 沒關係，他很快就會回來的。

lose one's temper 發脾氣	同 get angry，blow off，steam／發怒 反 friendly，mildness，benignancy／溫和

＊發脾氣

A：He is a totally different person when he **loses his temper**. 當他發脾氣的時候，根本是另外一個人。
B：It's hard to imagine. I have never seen him angry. 很難想像耶。我從來沒看過他生氣。

A：I am sorry that I **lost my temper** yesterday. 對不起，我昨天對你發脾氣。
B：It was nothing. Just forget about it. 沒關係，忘記它吧！

make friends（with） 和……做朋友、交友	同 associate，consort／聯結 反 break off 斷絕友好，build up enemy 建立敵人

＊和……做朋友

A：How can you **make friends with** Danny? 你怎麼能和丹尼交朋友呢？
B：Well, he isn't that bad. 哎呀！他沒那麼糟啦！

＊Example 交友

A：It's hard to **make friends** when you are in a new place. 在新的環境很難交新的朋友。
B：Oh, that's too bad. 哎呀！ 那太糟啦！

make fun of 嘲弄、取笑	同 deride，mock，tease／嘲笑 反 respect，revere／尊重，adore 仰慕

＊取笑

A：Why doesn't Betty want to go to school anymore? 貝蒂為什麼不想再上學了？
B：Because all the other kids **make fun of** her. 因為學校的同學都笑她。

＊嘲笑

A：It was very rude to **make fun of** her in front of everyone. 你在大家面前嘲笑她真的很沒禮貌。
B：Sorry. It won't happen again. 對不起！我不會再這樣了。

make oneself at home 使……自在、舒暢（當在自己的家一樣）	同 take it easy，be free，comfortable／放輕鬆 反 uncomfortable 不自在，nervous 緊張

＊當在自己的家一樣

A：Wow! Your new house is so beautiful. 哇！你新家真是漂亮！
B：Thank you. There are some drinks in the refrigerator. **Make yourself at home**. 謝謝，冰箱裡有一些喝的。當作在自己的家吧！

＊使……自在

A：Have a seat. **Make yourself at home**. 坐啊！不用拘束。
B：Thanks, but can you tell me where the bathroom is? 謝謝，你可不可以告訴我廁所在哪裡？

make room（for） 讓位、為……讓出地方	同 move over 挪開，lay out 佈置 反 occupy 佔據，take over 接管

＊為……讓出地方

A：Why are you throwing all those books away? 你幹嘛把這些書都丟掉啊？
B：I need to **make room for** my new desk. 我需要移出一些空間給我的新桌子。

＊讓位

A：Hey! **Make** some **room for** Vivian. She doesn't have a seat. 喂！讓一些空間給薇薇安，她沒有位子。
B：She can sit here with me. 她可以和我一起坐。

make sure (that) ...

確定……

同 confirm，ensure，make certain／確認

反 deny，disprove 否認，uncertain 不確定

＊確定……

A：You should **make sure** there are enough seats for everyone. 你要確定每一個人都有座位。

B：Don't worry. I have already double-checked. 別擔心，我已經再三確認過了。

＊確認

A：I want to take a trip to the beach by train. 我想坐火車去海邊旅遊。

B：Then you better **make sure** you know where to take it. 那你最好去確認要去哪裡坐。

make up

編造、和好

同 fabricate，fake／偽造

反 truthful，genuine／非偽造的

＊編造

A：He is not telling the truth. He **made** all of these **up**. 他沒有說實話，這些都是他編的。

B：Why don't you give him a chance to explain? 你為什麼不給他一個機會解釋呢？

＊和好

A：I am sorry for what I said yesterday. Can we **make up**? 我為我昨天說的話感到抱歉。我們可以和好嗎？

B：It's all right. 沒關係。

make up one's mind

決定、下定決心

同 determine 決心，decision 決定

反 hesitate 遲疑，undecided 未決定的

＊決定

A：Hurry up and **make up your mind**! Everyone is waiting for you. 快一點決定啦！大家都在等你。

B：I think I better ask my mom first. 我想我先問問我媽好了。

＊下定決心

A：What do you think I should do? 你說我該怎麼辦？

B：I thought you **made up your mind**! 我還以為你已經打定主意了！

make sense (out of)
明白、合理、行得通

同 know，realize／了解
反 intangibly 難以理解地，ignorant of 一無所知

＊明白

A：What you said doesn't **make sense** to me. 我不明白你說的話。
B：I will say it again. 我再說一次。

＊行得通

A：Do you think it **make sense**? 你看這行得通嗎？
B：Well, worth trying. 值得一試。

mess up
把……搞亂

同 confuse，disorder，chaos／混亂
反 professional 專業的，clear 清楚的，methodic 有條理的

＊把……搞亂

A：Your cat got into the house and **messed up** everything. 你的貓跑進房裡把東西弄得亂七八糟的。
B：I'm terribly sorry. 我非常抱歉。

Their plans got all **messed up** because the plane was delayed. 飛機的誤點把他們所有的計畫搞亂了。

most of all
最、主要、特別

同 most especial 最特別的，exceptional 特殊的
反 general，ordinary，usual／一般的

＊主要

A：Why don't you just take the plane? It's much faster. 你為什麼不搭飛機？那快多了。
B：**Most of all**, I don't have enough money. 主要是因為我沒有足夠的錢。

＊特別

A：Where do you want to go **most of all**? 你有特別想要去哪裡嗎？
B：I don't know. Where would you recommend? 我不知道！你的建議呢？

no matter what 無論如何、不管（發生什麼事）	同 whatever，however，in any case，anyway／無論如何 反 in general 一般而言

＊不管發生什麼事

A：I think you better think it over before doing it. 我想你在做之前最好想清楚。

B：I know. But I will still do it **no matter what** happens. 我知道，不過不管發生什麼事，我還是會做的。

＊不論

A：**No matter what** you do, never lose your ambition. 不論你做什麼千萬不可喪志。

B：I will do my best. 我會盡力的。

Not at all 一點也不、不客氣、沒關係	同 never mind 沒關係 反 mind 介意，get annoyed 氣惱的

＊一點也不

A：Do you mind if I leave my dog with you for a few hours? 你介不介意我把狗留在你家幾個小時嗎？

B：**Not at all!** 一點也不（麻煩）！

＊沒關係

A：I'm sorry to bother you this late. 對不起，這麼晚還來打擾你！

B：**Not at all!** 沒關係！

A：Many thanks to your help. 謝謝你的幫忙。

B：**Not at all!** 沒關係！

on the one hand...; on the other hand...
一方面……，另一方面……

同 one part，one section／一部分
反 whole，all，general／整體的

＊一方面……，另一方面……

A：Tell me about your trip to Tokyo. 說說你去東京的旅行吧！
B：Well, **on the one hand**, it was fun; **on the other hand**, we spent a lot of money. 嗯，一方面是滿好玩的；另一方面來說，我們也花了很多錢。

A：What are you going to do this weekend? 你這週末要做什麼？
B：**On the one hand**, I want to have some rest; **on the other hand**, I want to go out with my friends. 一方面，我想要休息一下，另一方面，我又想跟我朋友出去。

once and for all 斷然地、最後一次

同 one last time 最後一次
反 repetitive 反覆的

＊斷然地

A：I told him **once and for all** that he couldn't buy a motorcycle. 我斷然地告訴他，不可以買摩托車。
B：Well, he must be very depressed. 他一定很難過。

＊最後一次

A：I am going to get everything straight **once and for all**. 我要一次把事情弄清楚。
B：Good. Me, too. 很好！我也是。

out of date 落伍的、舊的、過時的	同 out of fashion 退流行的 反 stylish 有型的

＊落伍的

A：The clothes she wears are really **out of date**. 她穿的衣服已經過時了。
B：It depends on how you look at it. 那是看你怎麼看囉。

＊舊的

The information you gave me is **out of date**. 你給我的資料是過時的（舊的）。

＊過期的

This ticket is **out of date**. 這張票過期了。

on one's way（to） 去……的路上	同 in the middle of 在……中間 反 still，immobile／不能動的

＊去……的路上

A：Where is Thomas going? 湯瑪斯要去哪裡啊？
B：He is **on his way** to the airport. 他在去機場的路上。

A：I saw Mary **on my way** home. 我在回家的路上看到瑪麗。
B：Really? What was she doing? 真的啊？她在幹嘛？

on purpose 故意的	同 intentional，voluntary／有意的 反 by chance，by accident／偶然的

＊故意的

A：I think he did that **on purpose** to make you angry. 我覺得他是故意那樣做讓你生氣的。
B：Really? Why? 真的嗎？為什麼？

A：How could you break the glass I just bought? 你怎麼把我剛買的杯子打破了？
B：I didn't do it **on purpose**. 我不是故意的啦！

on behalf of 為了……、代替……、代表……	同 instead of，represent，in place of／代替…… 反 oneself，one's own／本身

＊為了……

Do you save **on behalf of** your son? 你是為兒子存錢的嗎？

＊代表……

I thank you. **On behalf of** my colleagues and myself. 我代表我的同事以及我自己向你表示謝意。

＊代替……

I have to pay a debt **on behalf of** my husband. 我不得不代替我丈夫還債。

on second thought 考慮、再想一下	同 think over，reconsider／考慮 反 unthinking，thoughtless／欠缺考慮的

＊考慮了一下

A：Why don't you go to the beach with us? 你為什麼不跟我們一起去海邊？
B：**On second thought**, why not? 我考慮一下，為什麼不呢？

＊想了一下

A：Is one cube of sugar enough? 一塊方糖夠不夠？
B：Yes, thank you. Oh, **on second thought**, make it two. 好的，謝謝。喔，我想一下，兩個好了！

once in a while 偶爾、時而、有時	同 between times，every once in a while，now and then／偶爾 反 usually，often，regularity／通常

＊偶爾

I go fishing **once in a while**. 我偶爾會去釣魚。

＊時而

Does she get headaches **once in a while**? 她時而頭痛嗎？

＊有時

We go to the park for a picnic **once in a while**. 我們有時去公園野餐。

over and over
一而再，再而三、重覆

同 iterative，reduplicate，repetitive／反覆地

反 once 一次，only 只有，one time 一次，on one occasion 偶爾一次

＊一而再，再而三

A：What is the best way to succeed? 成功的最好方法是什麼？
B：By practicing **over and over** again. 一而再，再而三的練習。

＊重覆

A：Could we take a rest, please? 我們可不可以休息一下？
B：Yeah. We have been singing the same song **over and over** again all afternoon. 對啊！我們整個下午一直都在唱同一首歌。

out of the question
不可能

同 impossibility 不可能，inconceivable 不可思議的，unthinkable 不可置信的

反 possibility，likely／很可能

＊不可能

A：Can you lend me some money? 你可不可以借我一些錢？
B：I am very poor right now. It is truly **out of the question**. 我現在很窮！不可能。

A：I need you to get this done by six o'clock. 我需要你在六點之前把這做好。
B：There are only two hours left. It is **out of the question**. 只剩兩小時了，根本不可能嘛！

out of order
故障中、混亂

同 mangle 弄亂，break 損壞

反 intact 完整無缺的，in order 按順序

＊亂了

A：The pages of this book are all **out of order**. Did you do that? 書的頁碼都亂了。是你弄的嗎？
B：I didn't touch that book. 我沒有碰過那本書。

＊壞掉

A：A cup of coffee, please. 一杯咖啡，謝謝。
B：Sorry, our coffee machine is **out of order**. 對不起，我們的咖啡機壞了。

out of sight
視線以外、消失

同 disappear，vanish／消失

反 appear，come forth／出現

＊視線以外

A：I don't want to see you. Just stay **out of my sight**. 我不想看到你，你就離開我的視線吧！
B：How can you be so rude to me? 你怎麼對我那麼無禮啊？

＊消失

A：Did the game start? What's his rank? 比賽開始了嗎？他跑第幾名？
B：He was soon **out of sight**. 他一會兒就不見了。

pay off
還、還清、回報、報復

同 revenge，repay vengeance; avenge，pay back／報復
反 obligation 恩惠

＊還清

Will you ever be able to **pay off** your debts? 你覺得你有還清債務的能力嗎？

＊回報

Sooner or later your effort will **pay off**. 你千萬不要洩氣，遲早你的付出會有回報的。

＊報復

Will you **pay** him **off** for his insult? 你要報復他對你的侮辱嗎？

pass out
昏倒、分發

同 cataplexy，faint／昏倒，dispense，distribute／分配
反 callback，reclaim／收回，conscious 清醒的

＊昏倒

A：John **passed out** because of the hot sun. 約翰因為太陽太大了，所以昏倒了。
B：Move him in the shade and give him some water. 把他帶到樹蔭下，然後給他一點水。

＊分發

A：Is there anything I can do for you? 我可以幫你做什麼嗎？
B：Can you **pass out** the leaflets for me? 你可不可以幫我發傳單？

pick on
挑剔、責怪

同 carp at，criticize／吹毛求疵，judge 判決
反 allow 准許，bear with 忍受，tolerate 容忍

＊挑剔

A：If Helen hadn't been so stupid, we'd have finished the job already.
如果海倫沒那麼笨的話，我們早已經把工作做完了。
B：Don't **pick on** her. It wasn't all her fault. 別再挑剔她了，那不全是都她的錯。

＊責怪

A：Who did it? 誰幹的？
B：Don't **pick on** me. 不要怪我。

play a joke / trick on
對某人開玩笑、捉弄

同 tease，jest／取決
反 look after，care for／照料

＊對某人開玩笑

A：Why is little Helen crying? 小海倫怎麼哭了？
B：Her brother **played a joke on** her. 因為她哥哥對她開了一個玩笑。

＊捉弄

I **played a trick on** Anita by scaring her in the dark. 我捉弄了愛妮塔，在黑暗中嚇她。

play catch （with）
和人玩接球

同 pass 傳遞，receive 接
反 throw away 丟開

＊和……玩接球

A：How come have you a black eye? 你怎麼有黑眼圈啊？
B：I **played catch with** my brother and got hit by the ball. 我和我弟弟玩接球，結果被球打到。

＊接住

A：Let's go and do some exercise. 我們去運動一下吧！
B：Do you want to **play catch with** me? 你要不要跟我玩接球？

point out
指出……

同 put finger on，find，specify，indicate／指出
反 disguise，hide，hold back，hush／掩蓋

＊指出……

A：You made a mistake here. 你在這裡出了一個錯。
B：Thanks for **pointing** it **out** to me. 謝謝你為我指出來。

A：Everyone thinks you should improve. 大家都認為你應該做些改進。
B：Please **point out** my errors. 請指出我的錯誤。

pull up

拉、（使）停下、拔

同 haul，drag，tow／拖拉
反 bunt，push／推

＊（使）停下

Let's **pull up** at the restaurant. 咱們在這個飯店前停車吧。

＊拉

Somebody has drowned and they are trying to **pull him up**. 有人溺水了，他們在試著把他拉起來！

＊Example 拔

Pull up these plants by the roots.
將這些植物連根拔起。

put a stop to / put an end to

阻止……、禁止

同 prohibit 禁止，prevent 避免，block 阻擋
反 aid 幫助，assist 支持，permit 允許

＊阻止……

They are wasting too much water. We have got to **put a stop to** it.
他們浪費太多水了！我們要阻止繼續這樣做。

＊停止

I have had enough of your attitude. You better **put an end to** it.
我受夠你的態度了，你最好不要這樣下去。

＊禁止

This must be **put to a stop**. 此事必須禁止。

put away

把……收拾好

同 tidy up，clean up／使整潔
反 wreck，mess up／毀壞

＊把……收拾好

A：Can you **put away** your things? It's a mess in here. 你可不可以把你的東西收好？這裡亂七八糟地。
B：Hey! Most of them are yours! 喂！大部分的東西都是你的耶！

A：Did you **put away** my things for me? 你是不是把我的東西收起來了？
B：No, maybe mom did it. 沒有，也許是媽媽收的。

Track094

put down
放下、寫下、嘲笑

同 drop，lay down／放下，mock 嘲笑

反 take up，up with，uptake，pull up／拿起

＊放下

A：Where do you want me to put this box? 你要我把這盒子放在哪裡？
B：You can just **put it down** by the door. 你就放在門旁邊吧！

＊寫下

A：Can you **put down** your telephone number and address? 你可不可以寫下你的電話和住址？
B：What for? 幹嘛？

＊Example 嘲笑

Susan is quite heavy and her friend **puts** her **down** all the time. 蘇珊的朋友常因為她的體重嘲笑她。

put on
戴上、穿上

同 endue，get into，dress／穿戴

反 take off，unfix，doff／脫掉

＊戴上

A：I can't see what the teacher is writing on the board. 我看不到老師黑板上寫的字。
B：Then why don't you **put on** your glasses? 那麼你為什麼不把你的眼鏡戴起來？

＊穿上

A：Mom, can I play outside? 媽媽，我可以出去玩嗎？
B：Only if you **put on** more clothes. 除非你多穿一點衣服。

put on weight
增重、變胖了

同 gain weight 增重，adiposity，corpulency／肥胖

反 thin，skinny，lean／瘦的

＊增重

A：Why don't you eat some more? 你怎麼不多吃點兒？
B：Because I've **put on weight**. 因為我體重增加了。

＊變胖了

A：Nick, is that you? I could hardly recognize you. 尼可？是你嗎？我幾乎都認不出你了。
B：I have **put on weight** since the last time you saw me. 自從上次見到你之後，我變胖了。

put back
放回去

同 replace，sub for，fill in for／代替
反 remove，take away／移開

＊放回去

A：Remember to **put** the books **back** after reading them. 你念完那些書，要記得放回去。
B：OK, I will. 好的，我會。

A：Can you lend me your tools? 可不可以借我你的工具？
B：Sure. But **put** them **back** when you are done. 當然！你用完要放回去。

put together
放在一起、整理、組合

同 assemble，collect，gather／集合
反 scatter，disperse，separate／分散

＊放在一起

Can you **put** your stationary **together**? 你可不可以把你的文具用品放在一起？

＊整理

I had to **put** my thoughts **together**. 我得整理一下我的思路。

＊組合

Can you help me **put** my new computer **together**?
你可不可以幫我把我的新電腦組合起來？

put up with
忍受某人、某事

同 suffer from，bear，abide／遭受
反 disallow，refuse／拒絕

＊忍受某人

A：I just can't **put up with** my boss anymore. 我已經無法再忍受我的老闆了。
B：Then why don't you quit your job? 那你為什麼不把工作辭掉？

＊忍受某事

A：Why don't you eat some vegetables? 你怎麼不吃點兒蔬菜呢？
B：I can't **put up with** vegetables. 我無法忍受吃蔬菜。

read over
讀完、預覽、閱讀

同 reader 讀物，reading matter 閱讀
反 in the rough 粗略地

＊讀完

I **read** your paper **over** and I think it's perfect. 我把你的報告讀過後，覺得很棒！

＊預覽

Would you please **read it over** first? 是否請你們先看一遍？

＊閱讀

You (had) better **read** your files **over** again quickly. 你最好很快的把你的資料再讀過一遍。

run after
追著……

同 chase，run after，pursue／追著
反 escape，run away，flee／逃走

＊追著

A：Your dog is **running after** the postman. 你的狗追著郵差跑。
B：Oh my God! Help me stop it. 天啊！幫我停住牠。

A：Mother, it's raining outside. 媽媽，外面下雨了。
B：**Run after** your father, he's forgotten his raincoat. 快去追你父親，他忘了帶雨衣。

run away（from）
逃避、離開、走失

同 escape，flee／逃離，disappear 消失
反 pursue，run after，trace back／追尋

＊逃避

Sometimes I just want to **run away from** all this. 有時候我真想從這一切逃走。

＊離開

Don't **run away**. 請不要走。

＊走失

Her cat has **run away** for a week. 她的貓走失了一個禮拜。

run into 偶然碰到某人、某事	同 come across，meet with，bump into／遇到 反 miss，lose／錯過

＊偶然碰到某人

A：Guess whom I **ran into** last night? 你猜我昨晚遇見誰？
B：Your ex-girlfriend? 你的前任女朋友？

＊偶然碰到某事

A：Have you ever **run into** any trouble in Customs? 你們在海關遇到了麻煩沒有？
B：No, we haven't, we were lucky. 不，沒有，我們很幸運。

run out（of） 用完、用盡	同 deplenish，exhaust，use up／用盡 反 infinitude，infinity／無限

＊用完，用盡

A：Why are you stopping the car? 你幹嘛把車停下來？
B：I think we **ran out of** gas! 我想我們車子沒有油了！

A：Why are you using a pencil? 你怎麼用鉛筆寫字呢？
B：My ink has **run out**. 我的鋼筆水用完了。

run over 輾過、壓過	同 crush，grind／壓碎 反 drive by，pass by／經過

＊輾過

A：I **ran over** a cat on my way home. 我在開車回家的路上壓過一隻貓。
B：Oh my God! Poor thing. 天啊！可憐的東西。

＊壓過

A：The child nearly got **run over** by the car. 這孩子險些兒被車子壓死。
B：This child is really lucky. 這孩子真是幸運。

Track096

safe and sound 安然無恙

同 secure 安全的，harmless 無傷害的
反 dangerous，hazardous／危險的

＊安然無恙

A：Where was the baby when the fire happened? 大火發生的時候，小嬰兒在哪裡？
B：She was sleeping **safe and sound** in my arms. 她平安無恙的在我懷裡睡著了。

＊絲毫無損

A：Did that package arrive in good condition? 那個包裹寄到了嗎？
B：The package arrived **safe and sound**. 包裹寄到，絲毫無損。

shake hands (with) 和……握手、握手

同 handclasp，handshake／握手
反 conflict，clash，collide with／衝突

＊和……握手

A：We decided to **shake hands** to put an end to our fight. 我們決定握手言和。
B：That's good. 這樣很好。

＊握手

A：They **shook hands** after the meeting. 他們在會議之後握手。
B：Well, did they get to an agreement? 那他們有沒有達成協定？

show up 現身、出現

同 appear，come forth／出現
反 disappear，vanish／消失

＊到

A：It's already eight and Jack still hasn't **showed up**. 已經八點了，傑克還沒來。
B：I guess we will have to go without him.
我想我們只好自己去囉！

＊出現

A：How was the party last night? 昨晚的派對如何啊？
B：Pretty bad. Not many people **showed up**. 蠻糟的！沒有很多人來耶！

show off 炫耀	同 display，flash，flaunt／炫耀 反 folksy 平民作風的，low-keyed 低調的

＊炫耀

A：How come nobody likes Jack? 為什麼沒人喜歡傑克？
B：It is because he always likes to **show off**. 因為他很喜歡炫耀。

A：He always tells me how rich his family is. 他總是告訴我他們家多有錢。
B：He is just **showing off**. 他只是在炫耀。

shut off 關閉	同 close，close up，close down／關掉 反 open up，unbar／開門

＊關閉

A：Can you **shut off** the air conditioner for me? 你可不可以幫我關冷氣？
B：No, it's still very hot here. 不要，這裡還是很熱。

A：Remember to **shut off** the heater before you go to bed. 你睡覺前記得要把暖氣關掉。
B：I know. 我知道。

So far, so good. 目前一切都好	同 smooth，go well，go right／一切安好 反 too bad，diaster，failure，ruin／糟透了

＊目前一切都好

A：How is your new job? 你的新工作如何？
B：**So far, so good.** 目前一切都好。

A：What's the progress on the project? 工程進展得怎麼樣了？
B：They finished half way already. **So far, so good.** 他們已經完成了工程的一半，到目前為止，一切都進展順利。

sounds good 聽起來不錯	同 all right，OK，wonderful／不錯的 反 bad 壞的，sad 悲慘的，unlucky 不幸的，bored 無聊的

＊聽起來不錯

A：I want to go swimming. 我想要去游泳。
B：**Sounds good**. Where do you want to go? 聽起來不錯啊！你想去哪裡游？

A：I want to go fishing tomorrow. 明天我想去釣魚。
B：It **sounds** very **good**. 聽起來不錯。

so-so 還好	同 not bad，normal／不差 反 badly，not good／不好的

＊還好

A：How was the movie? 電影如何？
B：Only **so-so**. 普普通通！

A：How are you recently? 你最近怎麼樣？
B：**So-so**. 還湊合著吧。

A：The new restaurant down the street is really good. 街上開的新餐廳真的很棒！
B：But I thought it was only **so-so**! 可是我覺得還好耶！

speak to（about） 跟……說、談	同 chat，talk，confabulate with／談論 反 hush，silent／沈默

＊跟……說、談

A：Did you **speak to** your parents about this? 你有沒有跟你父母談過這件事？
B：Yes, but they said that I should make my own decision. 有，但是他們說要我自己做決定。

A：May I know whom I am **speaking to**? （電話中）請問您是哪位？
B：This is John speaking. （電話中）我是約翰。

stand a good chance of 有……機會	同 opportunity，chance／機會 反 miss 錯失，unsuccess 不成功

＊有……機會

A：They **stand a good chance of** winning. 他們很有機會贏。
B：I sure hope so. 我希望囉！

A：He **stands a good chance of** getting the first place in this contest. 他在這個比賽中很有機會得第一名！
B：I hope he wins. 我希望他會贏。

stay up 熬夜	同 lack of sleep 睡眠不足 反 rest，dormancy／休息

＊熬夜

A：Why were you late this morning? 你今天早上為什麼遲到了？
B：I **stayed up** last night. 我昨天晚上熬夜。

A：We have got a lot of work to do tonight. 我們今天晚上有很多事要做。
B：Yeah. I guess we will have to **stay up** all night. 是啊！我們今天晚上需要熬夜！

stick with
和……在一起

同 together，alone with／一起
反 by oneself 靠自己，separate 分開

＊跟著我

A：**Stick with** me and I will take you around. 跟著我，我帶你到處看看。
B：Thanks, but I need some rest first. 謝了，不過我需要先休息一下。

＊和……在一起

A：It is late, I should go back. 時間不早了，我該回去了。
B：Will you **stick with** me tonight? 今晚和我作伴好嗎？

straighten out
使變好、整理、修好

同 fixed 修好，clarify 淨化，settle 安置好
反 conflict 衝突，messy 混亂

＊使變好

Look at you! You (had) better **straighten** yourself **out**. 看看你！你最好改正一下你自己。

＊整理

I can help you **straighten** them **out**. 我可以幫你把它們弄整齊。

＊修好

I can **straighten** it **out** in a minute. 我可以馬上把它修好。

stuck in
忙碌的、陷入、卡住

同 busy 忙於，involve in 陷入
反 relax，set free／放鬆

＊忙碌的

A：Everyone **stuck in**, so the job was finished before dark. 每個人都很拚命，所以天黑前就完成所有工作了。
B：Good job. 幹得好。

＊陷入

The incident **stuck in** my memory. 那次意外事件清楚地留在我的記憶。

＊卡住

There's some paper **stuck in** the machine. 影印機卡紙了。

Track098

take care
照顧、招呼、保重、處理

同 attend，care，consider，look after／照顧
反 careless，ignore／忽略

＊照顧

Can you **take care** of yourselves? 你們能自己照顧自己嗎？

＊招呼

Have you been **taken care** of? 有人招呼您了嗎？

＊珍重

Take care, bye. 珍重，再見啦！

＊處理

Certainly, I'll **take care** of your problem! 是的，我會幫助你渡過難關的。

take place
發生、舉行

同 happen，occur／發生
反 terminate 中斷，wind up 結束

＊舉行

A：Do you know where the party will **take place**? 你知道派對會在哪裡舉行嗎？
B：At Marty's house. 在瑪蒂的家。

＊發生

A：The gunfight **took place** right here. 槍戰就是在這裡發生的。
B：Really? 真的？

take a break
休息一下

同 rest，recess／休息，adjourn 中止
反 keep working，on duty，on watch／持續工作

＊休息一下

A：I am too tired. I just can't go on anymore. 我太累了。我無法持續下去。
B：Fine. We can **take a break** now. 好吧！我們現在休息一下吧！

A：Hey! **Take a break**. What is the rush? 喂！休息一下，幹嘛那麼急啊？
B：I need to get this done by tomorrow morning. 我需要在明天早上之前做完。

take a chance / take the risk
碰碰運氣、冒個險

同 try one's fortune，tempt，venture on／冒險
反 law-abiding，conservative 保守的

＊冒個險

A：Do you think it is wise to change your job now? 你覺得現在換工作是對的嗎？
B：I would rather **take the risk**. 我寧願冒個險。

＊碰碰運氣

A：Why don't you **take a chance** and give it a try? 你為什麼不碰碰運氣試試看？
B：I just don't have the guts to. 我沒有勇氣。

take back / take... away
收回、取回

同 return 收回，repeal 撤銷
反 throw out，let it out／投出

＊收回

A：I am sorry, and I **take back** what I said to you. 對不起，我收回我剛剛對你說的話。
B：That's OK. I was very rude, too. 沒關係，我剛剛態度也不好。

＊取回

A：This plate has already been empty. 這個盤子已經空了。
B：I'll **take** it **back** to the kitchen. 我拿回廚房去。

take charge / control of
掌管……

同 hand，command／控制
反 obey，follow，yield／遵從

＊掌管

A：The new boss wants to **take charge of** everything. 新老闆什麼東西都想管。
B：It won't be easy to deal with him. 和他相處將不會是件容易的事。

＊負責

A：Can you **take charge of** this class please, Miss Jones? 瓊斯小姐，能不能請你負責這個班級？
B：Sure, no problem. 可以，沒問題。

take advantage of
占……的便宜、利用

同 using，utilize／利用
反 useless 無用的，disadvantage 不利

＊占……便宜

A：Jason always **takes advantage of** everyone. 傑生總是占大家的便宜。
B：That's why he has no friends. 這就是他沒有朋友的原因。

＊利用

A：Our manager resigned. 我們經理辭職了。
B：You should **take advantage of** it. 你應該好好利用這個機會。

take a picture
幫……照相

同 take a photo，film，photograph／照相
反 glance，peek／一瞥

＊幫……照相

A：Wow! Look how tall that building is! 哇！你看看那棟樓多高啊！
B：Wait. Let me **take a picture** of it. 等一下，讓我照一張相。

A：Can you **take a picture** for us? 你可不可以幫我們照一張相？
B：Sure. 當然！

take a seat
請坐

同 sit down，be seated／坐下
反 stand up 起立

＊坐下

A：Why don't you **take a seat** and have some coffee? 你何不先坐下喝杯咖啡？
B：Thanks. 謝了。

＊請坐

A：**Take a seat** so we can get started. 請坐下這樣我們才可以開始。
B：Sure. Is this seat taken? 好，這位置有人坐嗎？

take a walk / go for a walk
散步

同 stroll，hike／散步
反 run 跑，sit 坐

＊散步

My boyfriend and I **went for a walk** in the park yesterday. 我和我的男朋友昨天去公園散步。

My grandparents always **go for a walk** early in the morning. 我的祖父母早上總是會去散步。

take away / take...away 帶走某人、拿走……東西	同 remove 移開，subtract 減去 反 remand 送還，take back 拿回

＊拿走……東西

A：Did you see who **took away** my books? 你有沒有看到誰拿走我的書？
B：No, I didn't. 不，我沒看見耶。

You better **take** the knife **away** from the little girl. 你最好把刀子由小女孩手上拿走。

take care of 照顧	同 attend，care for／照料 反 ignore，neglect／忽略

＊照顧

Are you experienced in **taking care of** babies? 你對照顧嬰兒有沒有經驗？

A：Can you take care of my dog while I am on vacation? 我出國度假的時候，你可不可以幫我照顧我的狗？
B：I will **take care of** it. 我會照顧牠的。

take / have a look at 看一看、瞧一瞧	同 look into 看進，sight 視線，research 調查 反 unconcerned，pay no attention／不在意

＊看一看

A：Do you mind if I **have a look at** your room? 你介不介意我看一下你的房間？
B：No. Go ahead. 不會，請吧！

＊瞧一瞧

A：Let's go **take a look at** that new bookshop. 我們去瞧一瞧那家新的書店吧。
B：I'm not available right now. Maybe next time. 我現在沒空，也許下一次吧！

take long (to do) 花了很多時間（做）……	同 cost，spend／花費，invest 耗費 反 gain 獲得，receive 接受

＊花了很多時間

A：Your final report was perfect. 你的期末報告實在是太完美了！
B：Well, it **took long** time to finish it. 是啊，可是花了我很多時間做完呢！

A：Did it **take long to** get to Taipei? 你們去台北有沒有花很多時間？
B：It's only a two-hour drive. 開車只花了兩小時。

take off 脫下、拿下、起飛	同 get off，unfix／脫掉，lift off 起飛 反 put on 穿上，landed 著陸

＊脫下

A：Oh-no.I spilled juice on my new shirt. 糟了！我把果汁灑在我的新襯衫上了。
B：**Take off** your shirt and I will clean it for you right now. 把你的上衣脫下，我現在就幫你洗。

＊起飛

Can you hurry up? The plane will **take off** in an hour. 你可不可以快一點啊？飛機再一個小時就要起飛了。

take one's time 慢慢來、從容不迫	同 carefree，leisure／輕鬆的 反 vexation 苦惱，urgent 急迫的，annoyed 惱人的

＊ 慢慢來

A：I will be ready in just a moment. 我馬上就好了。
B：**Take your time**. There is no need to rush. 慢慢來，不用趕。

＊從容不迫

A：I have a very important thing to tell you. 我有一件重要的事想告訴您。
B：Let's sit down. **Take your time** and tell me all about it. 咱們坐下來，你從容不迫地跟我講全部情況。

take over 接管、繼承 、佔據	同 occupy 佔據，take charge 接管 反 hand back，send back ／交出

＊接管

Guess who will **take over** the position of the manager? 猜猜看誰會來接經理的位置？

＊繼承

I do not wanna **take over** the family business. 我不想繼承家業。

＊佔據

The Germans nearly **took over** the whole Europe during the Second World War. 在第二次世界大戰的時候，德國人差一點佔據了整個歐洲。

take apart
把……拆開

同 disconnect，dismantle／解散
反 combination，assemble／結合

＊把……拆開

A：Can you fix the computer for me? 你可不可以幫我修電腦？
B：Sure, but I need some tools to **take** it **apart**. 當然，但是我需要一些工具把它拆開。

A：What happened to your telephone? 你的電話怎麼了？
B：I **took** it **apart** to fix it, but now I can't put it together. 我把它拆下來修理，現在組合不回去了！

take it easy
放輕鬆、別擔心、別著急

同 lounge 消磨時間
反 uptight，restless／不安的

＊放輕鬆

Hey, your serve is too fast. **Take it easy**, okay? 嘿，你的發球太快了，放輕鬆一些好不好？

＊別著急

Take it easy, sir! You haven't lost your key, have you? 先生，請別著急，您的鑰匙沒有不見，對吧？

＊Example 別擔心

A：Who can lend me a fountain pen, I forget to bring mine. 誰能借我一隻鋼筆，我忘了帶。
B：**Take it easy**. I have two. 別著急，我帶了兩枝鋼筆。

take for granted
認為……理所當然

同 take advantage 利用
反 suffer losses，take a beating／遭受損失

＊認為……當然之事

A：Why are they fighting? 他們幹嘛吵架啊？
B：She complains that he **takes** everything **for granted**. 她抱怨他每次都視一切為理所當然的事。

A：Why did she break up with you? 她幹嘛跟你分手？
B：She thought that I **took** her **for granted**. 她覺得我把她視為理所當然的。

take out
帶某人、某物出去

同 carry with，bring／帶（出去）
反 bring back 帶回，left behind 留下

＊帶某人、某物出去

Can you **take** the trash **out** for me? 你可不可以幫我把垃圾拿出去？

Don't move! **Take out** your money and nobody will get hurt. 別動！把你的錢拿出來，就沒人會受傷。

Take the flowerpots **out**. 把花盆搬到外面去。

take turns
輪流

同 shift，alter，change／轉換
反 constant，stable，steady／不變的

＊輪流

With only one bathroom and six people, it's best to **take turns**. 我們有六個人可是只有一間廁所，所以我們最好要輪流用。

Let's **take turns**. 讓我們輪流來做吧。

Hey! Stay in line. We should all **take turns**. 喂！排隊！我們都應該要輪流。

talk about
談論、討論

同 discuss，confer／商談
反 dumbness，keep mouth shut／無言

＊談論到

A：Has anybody seen Andrew this morning? 今天早上有沒有人看到安德魯？
B：No, but we were just **talking about** him. 沒有，但是我們剛剛說到他呢！

＊討論

A：Have you got a moment? There is something that we need to **talk about**. 你現在有時間嗎？我們有些事情需要商量一下。
B：Sure. 沒問題。

talk into（doing）
說服某人（做）……

同 persuade，convince／說服，influence 影響
反 contrary 反對，force 迫使

＊說服某人（做）……

A：I can't believe that I let you **talk** me **into** this. 我真不敢相信我讓你說服我做這件事。
B：Everything is going to be OK. 一切都會很好的。

A：Ray won't go to the party with us. 雷不會跟我們一起去參加派對。
B：I will try to **talk** him **into** it. 我會去說服他的。

tell things apart 分辨……、區分	同 differentiate，distinguish／區別 反 confusion，mix up，blending／混淆

＊分辨

A：This watch is much more expensive than that one. 這隻錶比那一隻錶貴很多。

B：Well, I wouldn't be able to **tell** them **apart**. 我分不出來。

I can't **tell** the twins **apart**. 我無法區分這一對雙胞胎誰是誰。

tell time 辨別時間	同 distinguish from 區別，identify 辨識，recognize 識別 反 confuse，muddle／混亂

＊辨別時間

A：What are you doing? 你在幹嘛？

B：I am teaching the kids to **tell time**. 我在教小朋友看時間。

You can **tell time** by looking at the shadows.
你看影子就可以知道現在幾點。

there's nothing the matter (with) / there's nothing wrong (with) 沒事	同 normal，go well，fine／正常的，stable 穩定的 反 in trouble 麻煩的，difficulty 困難，change 轉變

＊沒事

There's nothing the matter with me, I am just tired. 我沒事，只是有一點累。

There's nothing wrong with her. She just caught a cold. 她沒事，只是感冒了。

think over 考慮一下	同 calculate，take into account，consider／評估 反 blindfold，careless／輕率的

＊考慮一下

Let me **think it over**. I will give you an answer tomorrow. 讓我考慮一下。我明天會給你答案的。

You better **think over** the plan carefully. 你最好把計畫考慮清楚。

Let me **think it over**. 讓我考慮一下吧。

think up 想出	同 construct 建造出，excogitate 想出，build 建構 反 stop 停止，ruin 毀壞，blank 刪去

＊想出

A：We have to change our schedule because of the weather. 因為天氣的關係，我們必須改變行程。
B：I guess we'll have to **think up** a new plan. 我們得想一個新的計畫了。

A：You can't enter without a tie. 你沒戴領帶不能進來。
B：Who **thought up** such a stupid rule? 是誰想出這麼愚蠢的規定的？

throw away 把東西丟掉	同 brush off 置之不理，cast off 脫下，chuck，discard／丟棄 反 pick up 撿起，keep 保持

＊把東西丟掉

Can you **throw away** this old bag for me? 你可不可以幫我把這舊的包包丟掉？

Finish your beverage and **throw it away**. 把你的飲料喝完然後把它扔了吧。

If you don't clean up your things, I will **throw** them all **away**. 如果你不把東西收好，我就要把它們全都丟掉了。

try on 試（衣服等）	同 fit on，put on／試穿 反 doff，pull off，take off／脫掉

＊試穿

Excuse me. Can I **try** this **on**? 對不起，我可以試穿這個嗎？

After **trying on** more than ten skirts, she still can't decide on which one to buy. 她試穿了十幾件裙子後，還是不知道要買那一件。

turn around
轉過身來；回頭

同 circle back 回轉

反 go straight，keep going／直走

＊轉過來

A：Hey! **Turn around**. Let me see what you have behind you. 喂！轉過來，我看看你背後有什麼？

B：Oh! This was meant to be a surprise gift. 喔！這本來是一個驚喜的禮物。

＊回頭

A：I think I am lost. 我好像迷路了。

B：You better **turn around** and go the other way. 你最好回頭，走另外一條路。

turn down
回絕、拒絕

同 refuse，reject，decline／拒絕

反 accept，receive，take up，undertake／接受

＊回絕

A：Did you get the job at the bank? 你有沒有得到銀行的工作？

B：No, they **turned** me **down**. 沒有，他們回絕我了！

＊拒絕

A：She **turned down** John's proposal. 她拒絕了約翰的求婚。

B：So has she decided to leave him? 所以她已經決定要離開他了嗎？

turn in
繳交、上床睡覺、轉彎

同 hand over，present，submit／交出

反 get up 起床

＊繳交

When do we have to **turn in** our homework? 我們什麼時候要交作業？

＊上床睡覺

When do you usually **turn in**? 你一般什麼時候睡覺？

＊轉彎

Turn in at the gate. 在門口的地方轉彎。

turn... into / turn into 把……譯成、變成……	同 become 變成 反 stable 穩定的

＊把……譯成

A：Could you help me **turn** this English article **into** Chinese? 你能幫我把這篇英文文章翻譯成中文嗎？

B：I'm not sure if I can do it well, but I will try. 我不確定我能不能做得好，但我會試看看。

＊變成

A：This glass of water will **turn into** ice after an hour. 這杯水過了一個小時後將會變成冰。

B：I don't believe it. 我不相信。

under control 被控制住	同 reinforce 強化說服力， under influence of 受……影響 反 out of control，lose control of／失控， be runaway 逃離

＊控制

Can you keep your temper **under control**? 你能控制住自己別發脾氣嗎？

＊管制

All of effluent discharges are now **under control**. 現時所有污水排放已受到管制。

＊使……處於控制之下

Has the fire been brought **under control**? 火勢受到控制了嗎？

up to 從事於、忙於、直到	同 depend on 依靠 反 unoccupied 空閒的

＊忙於

What's he **up to**? 他在忙什麼？

＊直到

A：When are you going to get up? 你打算什麼時候起床？
B：I'll probably sleep **up to** the lunchtime. 午飯之前吧。

＊從事於

What is she **up to**? 她是從事什麼職業的？

up to date 最新式、更新、流行	同 most popular 最流行的 反 fogyish 守舊的

＊最新的

Is it an **up to date** timetable? 這是最新的時間安排表嗎？

＊流行

Is it **up to date**? 這個很流行嗎？

＊更新

Has the book been revised and brought **up to date**? 這本書已經修訂並使其內容更新了嗎？

wear off 消逝、耗損、減弱	同 faded away，wore out／消逝 反 brand-new 全新，shining 閃耀

＊消失

You'll feel better when the effects of the drug **wear off**. 當藥的作用慢慢消失時，你就會感到好些了。

＊磨損

These rough roads soon **wear** the tread of motor tires **off**. 粗糙的道路很快就把汽車輪胎的花紋磨損了。

＊逐漸減弱

The smell of the new paint will **wear off** in about a week. 新刷油漆的氣味大約一星期內會逐漸減弱。

wear out 用破、用壞、磨損、耗盡、打發	同 tear，abrasion，fray／磨損 反 in good condition 身體健康，intact，whole／完整

＊用破、用壞

Will cheap shoes **wear out** quickly? 便宜的鞋就會很快穿壞了嗎？

＊磨損

Will the machine soon **wear out**? 這台機器會很快的磨損掉嗎？

weep for 為……哭泣、為……流淚	同 cry for 為……哭泣 反 laugh at，happy／為……歡笑、開心

＊為……哭泣

A：Shall we **weep for** the future of human-kind? 我們應該為人類的未來而哭泣嗎？

B：Don't cross a bridge till you come to it. 別杞人憂天了。

A：Shouldn't evil men **weep for** their evil deeds? 壞人不應該為他們的邪惡行為而流淚嗎？

B：Yes, I agree with you. 我同意你的看法。

wipe out 清除、治療、消滅	同 annihilate，destroy，demolish／消滅 反 preserve，withhold／保存

＊清除

The government is trying to **wipe out** drug trafficking. 政府正準備清除毒品買賣活動。

＊治療

Doctors are searching for a cure that will **wipe out** cancer. 醫生正在尋找一種治療癌症的方法。

＊消滅

They expected to **wipe out** the Red Army at one stroke. 他們認為能夠不費吹灰之力就消滅紅軍。

with respect to 關於	同 about，associate with，connect with／關於 反 no reference to，not involving／未涉及

＊關於

With respect to that question I have nothing new to say. 關於那個問題，我沒什麼新的可說。

＊至於

In **respect to** your visit with me, I hope you can come before Friday.
關於你的來訪，我希望你能在星期五之前來。

＊涉及

With respect to those letters I think the best thing is to burn them.
說到那些信，我看最好將它們燒了。

with the exception of
除……之

同 unusnal，extraordinary／不平常的
反 always，plain，common／總是

＊除……之外

A：Do you know the eating habits of western people at parties? 你瞭解西方人在聚會時的飲食習慣嗎？
B：**With the exception of** dinner parties where a full meal is served, most parties offer finger foods. 除了晚宴會全餐上菜外，大多數聚會上只會提供小點心。

with the purpose of
為了

同 by way of，for the sake of，in the interest of／為了……
反 omit，neglect，regardless／忽略

＊為了

A：They came here **with the purpose of** making trouble, didn't they? 他們來這裡是為了製造麻煩的嗎？
B：Yes, they did. 是的。

A：Are you doing this **with the purpose of** helping? 你是為了幫忙才這樣做的嗎？
B：Yes, I hope I can make this better. 是的，我希望可以使一切好轉。

with regard to 對於、就……而言

同 in connection with 與……有關
反 unconcern 不感興趣

＊對於

A：Do you have faith in **regard to** Michael? 你對麥可有信心嗎？
B：Yes, I do. 是的，我有。

＊就……而言

A：What are your intentions **with regard to** her? 你打算和她結婚嗎？
B：I have not decided yet. 還沒有決定呢。

word for word 逐字地	同 one by one，gradually，one at a time／逐漸的 反 entirely，whole，all at once／徹底地

＊逐字地

A：Can you repeat my statement **word by word**? 你能逐字的重覆我說的話嗎？
B：Let me try. 讓我試試。

work out 解決、算出、健身、帶來好結果	同 figure out，solve／解決 反 encumbrance 妨礙，block 阻擋，unsolved 未解決的

＊解決、算出

A：Did your plan **work out**? 你的計畫弄好了嗎？
B：Yes, it did. 好了。

＊健身

A：Do you **work out** often? 你經常出去鍛鍊身體嗎？
B：No, not very often. 不是的，不是經常去。

work up 引起、加劇、施工	同 awaken 喚起，animate 推動 反 overbear 壓制，lighten，ease／使輕鬆

＊引起

Will exercise make you **work up** an appetite? 運動會引起你的食欲嗎？

＊Example 加劇

Did the thunderstorm begin to **work up**? 雷雨開始加劇了嗎？

＊Example 施工

Are they doing road **work up** ahead? 前方有道路正在施工嗎？

write off 報廢、勾銷、註銷	同 completely destroy 完全報廢 反 remain，reserve／保持

＊報廢

The car was a **write-off** after the accident. 出事後，這輛汽車成了一堆廢鐵。

＊取消

We'll just have to **write off** the arrangement if we can not find the money for it. 這項計畫如果籌不到錢就只得取消。

＊註銷

Why did you **write off** your share? 你為什麼要註銷你的股票？

PART 3 生活會話

PART 3 音檔雲端連結

因各家手機系統不同，若無法直接掃描，仍可以至以下電腦雲端連結下載收聽。
（https://tinyurl.com/mrc25zrd）

「有疑問時」這樣說
No kidding!?

Track106

Are you afraid to try?

你害怕去嘗試嗎？

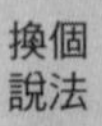

換個說法

» Are you afraid of giving your best shot?

» Are you afraid to give your best shot?

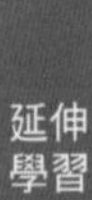

延伸學習

» Are you scared of failing? 你害怕失敗嗎？

» The fear of failure paralyzed her.
過於擔心失敗讓她什麼事也做不了。

» We are never afraid to sacrifice our lives for the right cause.
為了正義的事我們絕不怕犧牲自己的生命。

Can we stick to that plan?

我們可以按照原計劃嗎？

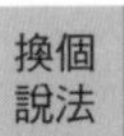

換個說法

» Can we go by the original plan?

» May we refer to the original plan?

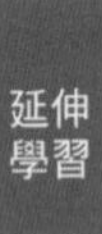

延伸學習

» He always sticks to his friends. 他一直忠於朋友。

» She sticks by her belief. 她堅持自己的信念。

» I shall defer my reply till I hear from home.
我將等收到家裡的信以後再給你答覆。

Can you excuse us a minute?

可以讓我們私下談一下嗎？

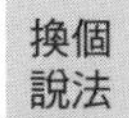

» Can we discuss this in private?

» Can we talk about this in private?

» May I have a word with you, please?
我可以跟你說一下話嗎？

» Can we find somewhere private to talk?
我們能找個隱密的地方談嗎？

Do you want me to stick around?

你要我待在這兒嗎？

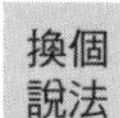

» Do you want me to stay here?

» Do you want me to be here with you?

» Do you need me to stay with you?
你要我陪你嗎？

» I will be here for you if you want.
假如你想，我會在你身邊支持你。

» They vowed to stick by each other no matter what happened.
他們發誓不管發生什麼事，都要互相照顧。

Do you have time?

你有時間嗎？

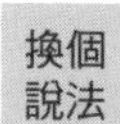

» You have a minute?

» Are you free?

» You got a minute?　你有空嗎？

» Do you have a moment?　你有一點時間嗎？

» I have no bank account in that bank.
我在那家銀行未開立帳戶。

Do you have the time?

你知道現在幾點嗎？

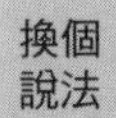

» Do you know what time it is?

» You know what the clock reads?

» Excuse me, what time is it?
不好意思，請問幾點了？

» Could you tell me what time it is, please?
麻煩你告訴我現在幾點，好嗎？

» Did you have a pleasant time?
你玩得還愉快嗎？

Does it matter?

這有關係嗎？

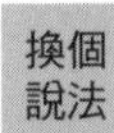

» Does this have something to do with it?

» Is it related?

» Is it relevant? 這有關係嗎？

» What's the effect on this? 對此有什麼影響？

» I have an important matter to talk to you about.
我有件重要的事要和你談談。

Got any last-minute advice?

有沒有什麼最後的忠告？

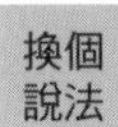

» What final advice do you have?

» Got any final moment suggestion?

» We are your last resort. 我們是你最後的救星。

» The last resort is you can still teach.
最後沒辦法時，你還是可以教書。

» I am staying in bed base on his advice.
聽他的勸告，我臥床休息。

How can I help?

我幫得上忙嗎？

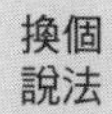

» What can I do to help?

» Can I assist you?

» Is there anything I can help you with?
我能幫你什麼忙嗎？

» Don't hesitate to call me if you need help.
需要幫忙的話，儘管打電話給我。

» You can't pick the ball up in soccer.
踢足球時不可用手持球。

How do I say this?

我要怎麼說呢？

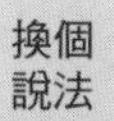

» What should I say?

» What's another way for me to say it?

延伸學習

» How should I put this? 我該怎麼說呢？

» Let's put it this way. 這麼說吧。

» How shall I do it? 我要怎麼做呢？

How did you do that?

你怎麼做的？

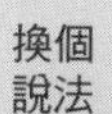

» How did you make it?

» What did you do?

» How did that happen? 怎麼發生的？

» God knows how she did it. 天曉得她怎麼做到的。

» How about playing chess now? 現在下盤棋怎麼樣？

Track108

How would you know that?

你怎麼知道？

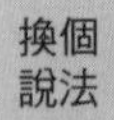

» How do you know about it?
» How did you know that?

» Who told you that? 誰告訴你的？
» Says who? 誰說的？
» Would you like some cake or biscuit?
你要吃點蛋糕還是餅乾嗎？

I beg your pardon?

抱歉，你說什麼？

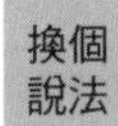

» Excuse me, what did you say?
» I am sorry, what did you say?

» Pardon me? 你說什麼？
» Say that again, please? 請再說一次？
» I beg to point out that you are wrong.
恕我指出你錯了。

May I ask you something?

我能問你個問題嗎？

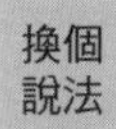

» Can I ask you a question?
» May I ask you a question?

» Tell me something. 告訴我一些事。
» Is there something you want to tell me?
你有什麼事要告訴我的嗎？
» He asked if Gilbert's operation had been successful.
他詢問吉伯特的手術是否成功。

No kidding!?

真的嗎？

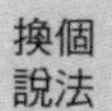

» Seriously?

» Really?

» No joking!? 真的嗎？

» Serious? 真的嗎？

» You're kidding! 你在開玩笑！（我才不信你呢！）

So it's a date?

約會就這麼定囉？

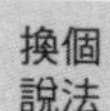

» That's a date then?

» Let's make it a date?

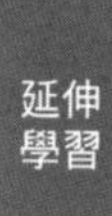

» Many ruins of Rome can be seen at the south of France.
許多古羅馬時代的遺跡可以在法國南部看到。

» Do we have a deal? 我們算是達成協定囉？

» That's a deal! 就這麼說定囉！

Cool bananas, you passed!

帥呆了！你通過了！

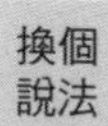

» Cool! You've passed the test.

» You passed your exams? Good show!

延伸學習

» Cool beans, man!
太好了，老兄！

» Mamamiya! That's expensive. 我的媽呀！好貴。

「當開心時」這樣說
Cool bananas, you passed!

Track109

How interesting.

真好玩。

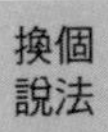

» That's quite fun.
» Really amusing.

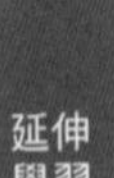

» How funny. 真好玩。
» How nice. 真好。
» Some of the most interesting names came from American Indian languages.
有些最有趣的名字是來自美國印第安人的語言。

It's superb!

超正的！

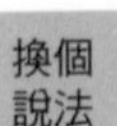

» Marvelous!
» Stupendous!

» Superb! 太棒了！
» Super-duper! 太棒了！
» We had a super day at the beach.
我們在海邊度過了美好的一天。

Jackpot!

太幸運了！

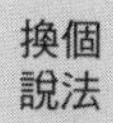

» It's very much pure luck!
» Too lucky!

» Bingo! 運氣真好！
» Eureka! 我找到了！（萬歲！）
» I was lucky that I met you here.
我在這兒見到你真走運。

This is incredible!

太不可思議了！

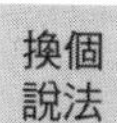

» Unbelievable!
» Phenomenal!

» Unbelievable! 太驚人了！
» This is nuts! 太瘋狂了！
» Fight with incredible bravery.
以令人難以置信的勇氣作戰。

This is like the coolest thing I've ever seen.

這是我看過最棒的事／物。

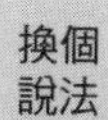

» This is the best thing I've seen so far.
» I've never see anything like this before.

延伸學習

» This is so cool! 這真太棒了！
» Everyone in the party was chilling.
舞會裏的每個人都很棒。

Track110

That's awesome!

太棒了！

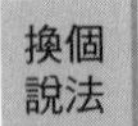

» Bravo!

» Awesome!

» That's lovely. 太好了！

» That's so great! 太棒了！

» Your portable computer is lovely.
你的筆記型電腦真不錯。

Amazing!

太令人驚訝了！

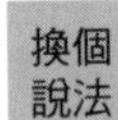

» What a surprise!

» Very incredible!

» I am amazed. 我太驚訝了。

» You amazed me. 你令我太驚訝了。

» Her knowledge surprises me. 她的學識令我吃驚。

That was inspiring!

真是令人茅塞頓開！

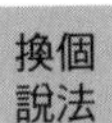

» How educational!

» What an eye opener!

» You inspired me. 你啟發了我。

» You are my inspiration. 你是我的靈感。

» I was inspired to work harder than ever before.
我因受激勵所以比以往更加努力地工作。

This is phenomenal!

太不可思議了！

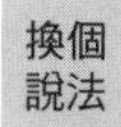

» Very inconceivable!

» Too extraordinary!

» That was a miraculous performance.
那真是一場奇蹟般的表演。

» How remarkable! 多麼不凡啊！

» He can't go on holiday alone; it's inconceivable.
他不會一個人去度假，這是不可能的。

This is supposed to be fun.

這應該會很有趣。

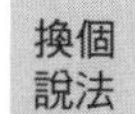

» This will be amusing.

» This should be very interesting.

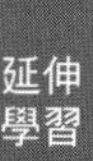

» This is going to be fun. 一定會很有趣。

» We are going to have so much fun working together. 我們的合作一定樂趣十足。

» The supposed prince was really a beggar in disguise.
那個被信以為真的王子，原來是個喬裝的乞丐。

欲表達「愛慕時」這樣說
I have a crush on her/him.

Track111

He's an attractive man.

他很有吸引力。

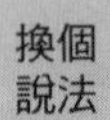

» He is very charming.
» He attracts a lot of attention.

» I was attracted to her. 她很吸引我。
» Only successful men attract me.
只有成功的男人才能吸引我。
» He is a successful man. 他是個功成名就的人。

He is very charming.

他非常有魅力。

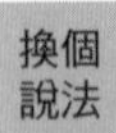

» He has a lot of charm.
» He is extremely charming.

» I was charmed by her warm smile.
我被她溫暖的笑容給迷住了。
» He is a charmer. 他是個萬人迷。

He's so adorable.

他好可愛。

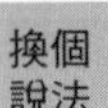

» He is lovable.
» He is quite adorable.

» I absolutely adore you. 我非常地愛慕你。

» Women adore him for his greatness.
女人崇拜他的偉大成就。

» Hold your pen so. 要以這種方式拿筆。

He's the cutest thing.

他真是太可愛了。

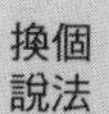

» He is just too cute.

» He was really too lovable.

延伸學習

» You are so cute. 你好可愛。

» Hi, cutie! 嗨！帥哥（或美女）。

» What a nasty thing to say! 說這種話簡直不像話！

He's completely irresistible.

他的魅力無法擋。

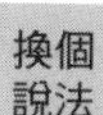

» Can't resist his charm.

» His charm is unable to keep off.

» I can't stop thinking about her. 我無法不想她。

» I can't take my eyes off her.
我情不自禁地盯著她瞧。

» It's a irresistible charm. 這是一件極為誘人的小飾物。

I like her.

我喜歡她。

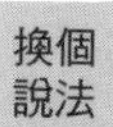

» I am fond of her.

» I enjoy being with her.

» I was very fond of her. 我對她非常有好感。

» He is more than a friend. 他不單單只是個朋友。

» Do you like your teacher? 你喜歡你的老師嗎？

Track112

I am a big fan of yours.

我很崇拜你。

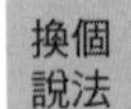

» I adore you very much.

» I worship you very much.

» I was hooked on you. 我被你給迷住了。

» I was obsessed with you. 我迷上你了。

I can't help but notice her beauty.

她的美讓我不得不注意。

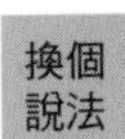

» Her beauty stunned me.

» Her striking beauty blows me away.

» Every time I see you, my heart skips a beat.
每次看到你，我心裡就小鹿亂撞。

» It blows my mind just thinking about her.
光是想到她，我就心花怒放。

» Can you be ready at short notice?
你能一接到通知就馬上準備好嗎？

I've always admired her beauty.

我一直很欣賞她的美麗。

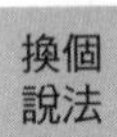

» I always appreciate her beauty very much.

» I always find her fascinating.

» She is a knockout. 她具有致命的吸引力。

» You look like a million dollar tonight.
你今晚看起來很美。

I have a crush on her.

我喜歡上她了。

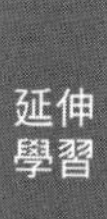

» He has a terrible crush on your sister.
» I like her/him.

延伸學習

» There is chemistry between us. 我們彼此來電。
» There is something special going on between us. 我們之間有種特別的感覺。
» It was so crowded on the train that I could hardly breathe. 列車上這麼擁擠，我幾乎透不過氣來。

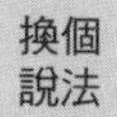

I'm feeling towards you.

我為你傾倒。

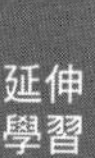

» You took my breath away.
» I am falling for you.

延伸學習

» I have feelings for you.
我對你很有感覺。（注意：一定要用複數名詞的feelings）
» I feel like I have known you for years.
我對妳有種一見如故的感覺。
» She walked towards the door. 她向門口走去。

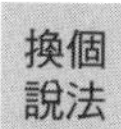

I am making a pass at her.

我正在追求她。

» I am going after her. I am courting her.

延伸學習

» He picks up girls wherever he goes.
他不管在哪裡總是找女生搭訕。
» I just got myself a date with the most beautiful girl at school.
校花剛剛答應跟我約會。

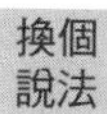

Track113

I think we're falling in love.

我想我們戀愛了。

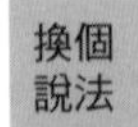

» They are in love.

» I think we are in love.

» I am deeply in love with you. 我深愛著你。

» I swear you are the only girl I have ever loved.
我發誓，你是我唯一愛過的女孩。

» The price of food has fallen. 食品價格下跌了。

I am pretty serious about her.

我對她蠻認真的。

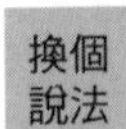

» I think we are serious about each other.

» We have fallen for each other.

» I am faithful to my girlfriend / boyfriend.
我對我的女／男朋友很忠心。

» You can't get rid of me. 我跟你跟定了。

» She looks much prettier with long hair than with short hair.
她留長髮比留短髮時看上去漂亮多了。

I really care about you.

我是真心在乎你。

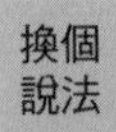

» I gave you my heart.

» I sincerely care about you.

» Take care of your brother while I am away.
當我不在的時候，你要照顧好你弟弟。

» I care about you a lot. 我非常關心你。

» You are the only person I truly care about.
你是世上我唯一在乎的人。

I've thought about you so much.

我一直想著你。

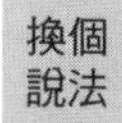

» I am always missing you.
» I think about you all the time.

» I have been dreaming about you for a long time.
我一直夢見你。

» I have been dreaming about your smile.
我經常夢到妳的笑容。

» Do you mind taking a look later?
你等一會兒再看好不好？

Agree with me and I'll be your friend for life.

同意我，我就永遠做你的朋友。

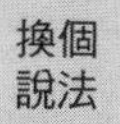

» Agrees with me, and we'll be friends forever.
» Be on my side and we will be pals for life.

» Say you love me and I'll marry you.
說你愛我，我就嫁給你。

» Give me money and I'll tell you who did this.
給我錢，我就告訴你是誰幹的。

Bring it on!

放馬過來吧！

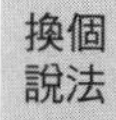

» Let the game begin!
» Ready when you are!

» I feel I can take on the world.
我可以挑戰任何目標。

» Nothing is impossible. 世上沒有不可能的事。

» Please bring me back the saw.
請把鋸子帶回來給我。

「自信時」這樣說

Bring it on!

Track114

I've never been more certain in my life.

這輩子從未像現在如此篤定。

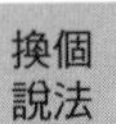

» I've never been so sure in my life.

» I was never this positive like I am now.

» This will be the smartest decision you've ever made in your life.
這將會是你這輩子所做過最聰明的抉擇。

» Trust me on this one and you shall never regret in your life.
這一次相信我，你這輩子都不會後悔的。

It's all good.

一切都沒問題。

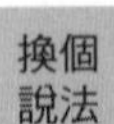

» No problem.

» Everything is under control.

» Everything is under control here.
一切都在控制之下。

» He is always as cool as a cucumber.
他始終一副老神在在的樣子。

» The opera had a good press.
那部歌劇受到了報章的好評。

I'm a glass half full kind of guy.

我是個樂觀的人。

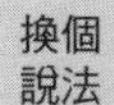

» I am optimistic.

» Being pessimistic is not my cup of tea.

» I am very optimistic for getting accepted by UCLA.
我很看好自己會被UCLA錄取。

» I look forward to any challenges. 我準備迎接任何挑戰。

I'm a work in progress.

我是尚待琢磨的璞玉。

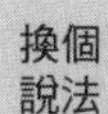

» I have a lot of great potential.

» I am a fresh boy.

» I think highly of myself. 我對自己的評價蠻高的。

» I can do anything once I have made up my mind.
一旦下定決心，任何事我都做得到。

» You have made progress with your English. 你的英語進步了。

I'm on a good streak.

我的運氣正好。

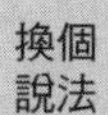

» I'm just in luck.

» We had a streak of good luck.

» I was on a roll. 我正在走運。

» Today is my lucky day. 今天是我的幸運日。

» There is a streak of cruelty in his character. 他的性情有些殘酷。

Track115

I’m all over it.

我完全控制了此事。

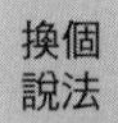

» I have completely control over this matter.
» Everything is under control.

» I felt like I was on the top of my game.
我那時覺得自己處於最佳狀態。
» I was on it. 已在我掌控之中了。
» You’d better think it over carefully. 你最好仔細考慮一下。

I honestly believe in my gut.

我真的很直覺地相信。

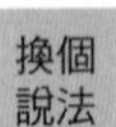

» I believe in my first instinct.
» I trust my gut feeling.

» My gut feeling is—go for it. 我的直覺是—放手去做吧。
» Her gut reaction to this is positive.
她對這件事的直覺反應是正面的。

I’m sure I can pull it off.

我確信我做得到。

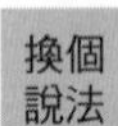

» I know I can do it.
» I can make it.

» I’ll make it happen! 我將實現它！
» I believe I can do it. 我相信我做得到。
» The boy pulled his mother’s coat for more chocolate.
小男孩拉著母親的外衣還要巧克力。

I'm blessed.

我運氣好。

換個說法
» What can I say, I'm lucky.
» Luck is following me.

延伸學習
» You are certainly blessed with a glib tongue! 你倒真會說話！
» Nothing on earth can stop me now.
沒什麼擋得住我（我現在運氣大好）。
» I am chosen (by god). 我是天之驕子。

Okay, I can do this.

好，我可以辦得到。

換個說法
» Good, I may manage it.
» Well, I can accomplish it.

延伸學習
» It's like a walk in the park. 這件事輕而易舉。
» I am all pumped up for the game. 我很興奮地想參加比賽。
» Can you hold on a minute, please? 請你等一下好嗎？

表達「贊同時」這樣說
I totally agree.

Track116

I'm delighted you finally made it.

我很高興你終於成功了。

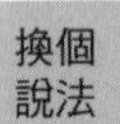

換個說法
- I am glad you finally made it.
- I am happy you finally succeeded.

延伸學習
- Movies give delight to millions of people.
  電影使千百萬人享受樂趣。

I feel I'm right about you.

我覺得我沒看錯你。

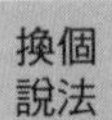

換個說法
- I don't think I'm wrong about you.
- I knew I had a good feeling about you.

延伸學習
- I know you more than you think. 我比你所想像的更瞭解你。
- You understand me more than I've ever dreamed.
  你比我想像中更加瞭解我。
- She was right! It was upside-down! 她說得對！是掛反了！

I'm okay with that.

我沒問題。

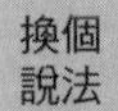

換個說法
- I have no problem.
- It's OK with me.

延伸學習
- That's fine with me. 可以啊。
- Fine by me. 可以啊。
- He agreed that he was wrong with a good grace.
  他很大方地承認自己錯了。

I absolutely agree with you.

我完全同意你。

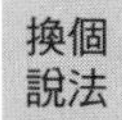

» I agree with you completely.
» I can't agree with you more.

» Absolutely! 當然！
» Definitely! 當然！
» It's absolutely impossible. 這絕對不可能。

I totally agree.

我完全同意。

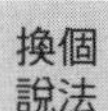

» I couldn't agree more.
» I agreed completely.

» I can't agree with you more. 再同意不過了。
» I one-hundred-percent agree with you. 我百分之百同意。
» His debts totaled up to £100,000. 他負債十萬英鎊。

I happen to agree.

我恰巧也這麼想。

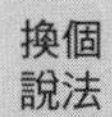

» I was just thinking that.
» You read my mind.

» I think so, too. 我也這麼認為。
» I assent to your plan. 我同意你的計畫。
» A funny thing happened in the subway yesterday.
昨天地鐵裡發生了一件有趣的事。

Track117

I understand.

我瞭解。

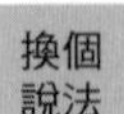

» I see.

» I got it.

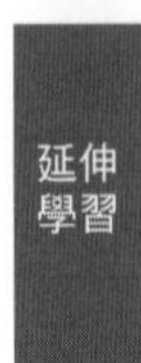

» The porter, however, could not understand me.
可是，那個搬運工人聽不懂我的話。

» The English understand each other, but I don't understand them! 英國人彼此間聽得懂，可我就是聽不懂他們的話！
I got your point. 我明白你的重點了。

I am all ears.

我洗耳恭聽。

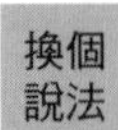

» You have my undivided attention.

» Let it all out.

» I am listening. 我在聽。

» I am open to any suggestions. 我對任何建議都採開放的態度。

» He tried to give a sympathetic ear to the patient.
他極力懷著同情心傾聽患者的描述。

I'd love to.

我很願意。

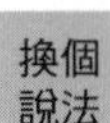

» I'm more than willing to.

» I would very much like to.

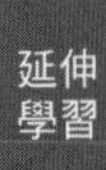

» There's no love between them. 他們彼此之間毫無感情。

» It's my pleasure. 我的榮幸。

» No problem. 沒問題。

I see.

原來如此。

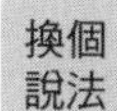

» It explains the matter.

» So that's how it is.

» Uh-huh. 嗯，嗯。

» Really? 是喔？

» He didn't get the joke. 他不明白那笑話的可笑之處。

No, not at all.

我一點都不介意。

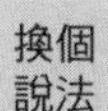

» I don't mind at all.

» It doesn't bother me at all.

» No, I don't mind. 我不介意。

» Actually, no. 我不行耶。

» I agree with you to some extent. 我部分地同意你。

Okay, all right.

好啦、好啦！

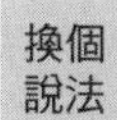

» Ok, fine!

» Well, fine!

» I know, I know. 知道了，知道了。

» Alright, I heard you. 好，我曉得了。

» Don't shut the door, it's all right as it is. 不要關門，開著就好。

Right on!

說得對極了！

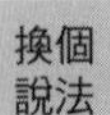

» Absolutely correct!
» Exactly!

» Right on the money. 講得對極了。
» You are perfectly right. 你完全正確。

Sure, no problem.

當然沒問題。

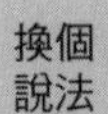

» Certainly!
» Not a problem.

» A piece of cake. 輕而易舉。
» You got it. 包在我身上。
» I'm not sure about the practicality of their plan.
我無法確定他們的那個計畫的可行性如何。

That's pretty much it.

差不多就是這樣。

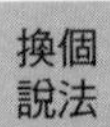

» Almost.
» Sounds about right.

» Sounds OK to me. 我覺得沒問題。
» I can't add anything to it. 我沒什麼好補充的。
» She looks much younger with long hair than with short hair.
她留長髮比留短髮時看上去年輕多了。

That's a good point.

說得有道理。

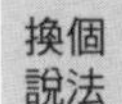

» Make sense.

» I agree.

» At the point he got up and left the room.
此時他站起來，離開了屋子。

» Excellent point! 說得有理極了。

» Good thinking! 有道理！

That would be good.

那就太好了。

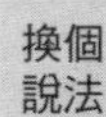

» That's wonderful.

» Then it will be nice.

» I look forward to it. 我很期待。

» I can't wait to see it happen. 我拭目以待。

» Games are good for health. 遊戲對健康有益。

「不開心時」這樣說
Act your age!

Track119

Act your age!

行為成熟一點！

換個說法
- » Grow up!
- » Don't be a baby!

延伸學習
- » Behave yourself! 守規矩點！
- » Respect yourself! 自愛一點！
- » He acted his part well. 他扮演的那個角色很成功。

Bastard! Let go of my arm!

混帳，把我手放開！

換個說法
- » Damn it! Keep your hands off me!
- » Bastard! Let loose my hand!

延伸學習
- » Move your car, jerk! 混蛋，把你的車開走！
- » Don't just stand there like a jackass. 不要像個笨蛋光站在那兒。

Chuck is a liar.

恰克是個大騙子。

換個說法
- » This businessman is dishonest. 。
- » You fabricated the whole thing, didn't you?
- » You can never believe what he said because he is a fibber.

» Show me a liar, and I will show you a thief.
諺 說謊是偷竊的開始。

» A liar is not believed when he speaks the truth.
諺 撒謊的人即使說了真話也沒有人相信。

Don't mess with me!

別惹我！

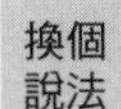

» Do not annoy me!

» Don't bother me!

» You don't want to mess with me. 你不會想招惹我的。

» Leave me alone! 別煩我！

» Your books and magazines are mess, go and put them in order. 你的書和雜誌簡直是亂七八糟，去把它們整理一下。

Everything is someone else's fault.

都是別人的錯。

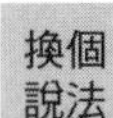

» Mistake was made on the other end.

» It's all their mistake.

延伸學習

» We are all wrong. 大家都有錯。

» It's nobody's fault. 大家都沒錯。

It sucks!

真爛！

換個說法

» It's horrible!

» Really shitty!

» I sucked on the midterm exam. 我的期中考試搞砸了。

» Get out, sucker! 滾開，討厭鬼！

» Did you pass your chemistry exam? 你化學考試及格了嗎？

Track120

I’m sick of seeing you.

我已厭倦看到你。

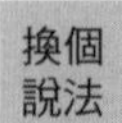

» I am already tired of looking at you.

» I can’t stand seeing you.

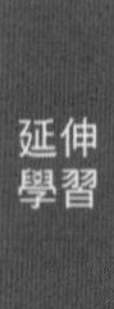

» I was so sick and tired of your excuses.
我對你的藉口已經厭倦極了。

» I was sick of being bullied at school.
我已經厭倦了在學校裡被欺負。

» She feels sick on the bus. 她在公車上覺得很噁心。

It’s absurd.

這太過分了。

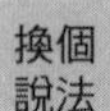

» This has gone too far.

» This was too excessive.

» This is ridiculous. 這太荒謬了。

» You are too much. 你太過分了。

» Their request is absurd. 他們的要求是荒謬的。

I hate his guts.

我恨透他了。

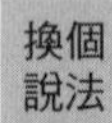

» I hate him to death.

» I hate him with a passion.

» I hate you! 我恨你！

» I hate to say this to you. 我很不願意對你說這些。

» My cat hates dogs. 我的貓恨狗。

I couldn’t care less.

我根本不在乎。

換個說法
- I do not care at all.
- I simply just don’t care.

延伸學習
- I don’t care for it. 我不在乎。
- I don’t like it at all. 我一點都不喜歡。
- Care killed a cat.
  諺 憂慮傷身。

I don’t care for B.S.

我不想聽屁話。

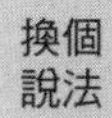

換個說法
- I do not want to listen to nonsense.
- I do not want to listen to the bullshit.

延伸學習
- I don’t care to hear it. 我不想聽。
- I don’t care to speak it. 我不想說。
- He was worried by all the cares of the family.
  他為家庭的各種牽累所煩惱。

I am warning you!

我現在警告你！

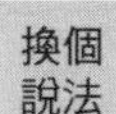

換個說法
- You have been warned!
- Don’t you think about it!

延伸學習
- You are warned! 我正式警告你！
- You can take that as a warning. 你可以將之視為警告。
- The whistle warned visitors that the ship was ready to sail.
  汽笛通知旅客船即將啟航。

Would you shut up!

你閉嘴吧！

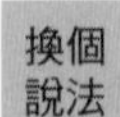

» Man, shut up!

» Oh, shut up, you fool!

» She decided to shut down the shop. 她決定關閉這家商店。

» Please, will you shut the door? 請你關上門好嗎？

» Shut up! 閉嘴！

What the hell!

管他的呢！

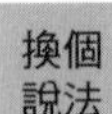

» Oh well whatever!

» I don't really care!

» Why making a big fuss? 幹嘛小題大作呢？

» What's the big deal! 有什麼了不起的！

» The hell of it was that nobody recognized him.
糟就糟在沒有人能認出他。

Oh, gross!

喔！噁心！

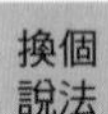

» Oh, Yuke!

» Oh, disgusting!

» Sick! 噁心！

» This is disgusting. 這太噁心了。

» The company grossed over $5,000,000 last year.
該公司去年總共獲利在500萬美元以上。

Shame on you!

你該覺得羞愧！

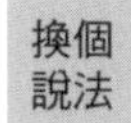

» You should feel ashamed!
» You should be ashamed!

» Shameless! 無恥！
» Shameful! 下流！
» What a shame that it rained today. 今天下雨了，真可惜。

Save it.

省省吧。

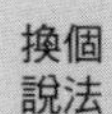

» Let's cut to the chase.
» Let's cut the crap.

» The boy chased the dog. 男孩在追狗。
» The Johnsons' cat likes to chase the mice as if it is playing with them. 詹森家的貓喜歡追逐老鼠，好像牠在跟牠們鬧著玩似的。
» He used to crap around like that. 他以前老做那樣的傻事。

This is what makes me boil about him!

這是我對他生氣的原因！

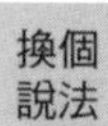

» This is what makes me angry at him!
» This is the reason why I'm mad at him!

» He did it on purpose to piss me off. 他故意做出令我生氣的事情。
» Your attitude pisses me off! 你的態度讓我生氣！
» The argument boiled over into open war.
爭論惡化，演變成公開的論戰。

「拒絕時」這樣說
I don't want to think about it.

Track122

I don't want to think about it.

我不想去想它。

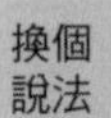

» I am not gonna lose sleep over it.
» I am not gonna bother to think about it.

» I am trying to put it beyond me. 我正努力忘掉它。
» Please don't remind me. 請不要提醒我。
» How old are you anyway? 你到底多大歲數？

I am not very fond of him.

我不是很喜歡他。

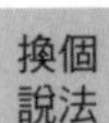

» I am not fond of that man.
» I don't like you very much.

» I really dislike it. 我真的不喜歡它。
» I detest your behaviors. 我厭惡你的行為。
» He has a fond belief in his own cleverness.
他盲目地相信自己的聰明。

I told him to bugger off.

我叫他不要來煩我。

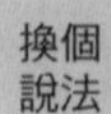

» I told him to buzz off.
» I told him to leave me alone.

» Get lost! 滾開！

» Stop bugging me! 不要煩我！

» The handle came off. 那個把手掉了。

If you say so.

假如你這麼說的話。

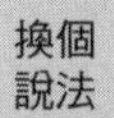

» Whatever you say.

» If that's the way it is.

» Do as you wish. 隨你的意思去做吧。

» You make the call. 你決定就好。

» She asked if that was enough. 她問那是否夠了。

I'll think about it.

我會考慮的。

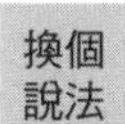

» I will consider.

» I will think.

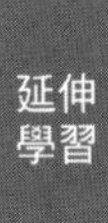

» Let's not talk about it right now. 我們現在先不要談這個。

» Let's talk about this some other time. 我們下次再談這個。

» Do you think it advisable to wait a little longer?
再等一會兒你看好不好？

I don't have to do this shit!

我不必做這檔屁事！

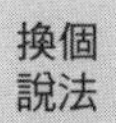

» I do this crap unnecessarily!

» I do not need to do this trifling thing!

延伸學習

» I don't need to listen to you! 我沒必要聽你的！

» I can't do anything about it. 我幫不上忙。

» You big shit! 你這個大笨蛋！

Track123

I'd rather not.

我情願不要。

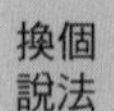

» I'd give up instead.
» I am not willing to take it.

» I prefer not. 我希望不要。
» I'll pass. 我不想要。
» We would rather receive money than the usual gifts.
我們寧可接受錢而不希望收到普通的禮物。

I'd love to, but I can't.

我很想，但是沒辦法。

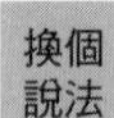

» I really want to, but I can't.
» I'd like to, but I can't.

» I sincerely want to, but I can't. 我真的很想，但我不行。
» I wish I could, but I can't. 但願我能，但我不行。
» His love for his wife is now dead. 他對他妻子的愛現在已經幻滅。

I can't help you.

我幫不了你。

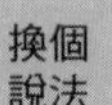

» You are on your own.
» I could not help you.

» I can't be any help. 我幫不了你。
» I can't assist you. 我無法協助你。
» I can't push the cart on my own--will somebody help me?
我一個人推不動這輛車，誰能幫我一下？

I am afraid not.

恐怕不行。

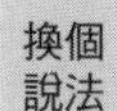

» I don’t think so.
» Very unlikely.

» The answer is “no”. 答案是「不」。
» I have to say “no”. 我必須說「不」。
» He was afraid that he would lose. 他擔心會輸。

I gave him a brush-off.

我讓他碰了一鼻子灰。

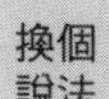

» I brush him off.
» I rejected him.

» I turned him down. 我拒絕了他。
» I rejected his offer. 我拒絕了他的提議。
» The breeze brushed his cheeks. 微風輕拂他的臉頰。

No comment.

無可奉告。

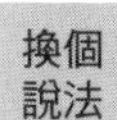

» Nothing to say.
» It’s confidential.

» I can’t comment on this. 我無法對此事發表評論。
» I don’t have anything to say at the moment.
我現在沒什麼好說的。
» He made a comment about the bad road.
他對這條糟糕的路發表評論。

None of your business.

不關你的事。

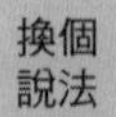

» Have nothing to do with you.

» It doesn't concern you.

» Mind your own business. 別多管閒事。

» Stay out of this. 你不要介入。

» Does he has his own business? 他有自己的事業嗎？

No, thanks.

不用了，謝謝！

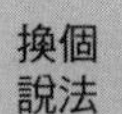

» No, thank you!

» Thanks anyway!

» No, thanks. 不用了，謝謝。

» Thanks, but no, thanks. 謝啦，不過不用了，謝謝。

» She told me to do the job anyway I wanted.
她告訴我用我喜歡的任何方式做那項工作。

No funny stuff.

不要搞鬼。

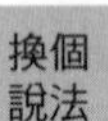

» Do not play tricks.

» Don't try to be cute.

» I heard such a funny joke last night.
昨天晚上我聽到一個非常有趣的笑話。

» No monkey business. 不要耍花樣。

» Don't you try to outsmart me. 別想鬥得過我。

Never!

絕不！

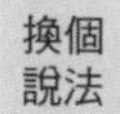

» By no means!

» No way!

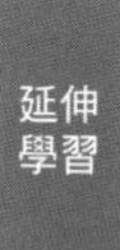

» I never catch anything, not even old boots.
我從未釣到任何東西，連舊靴子也釣不著。

» I'll never do that. 我永遠不會這麼做。

» I won't! 我不要！（我不會的！）

Not right now!

現在不行！

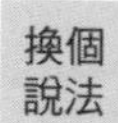

» Later!

» Now is not a good time!

» I don't feel like it. 我現在沒心情。

» I am not in the mood. 我沒那個心情。

Smoking is prohibited here.

這裡禁止吸菸。

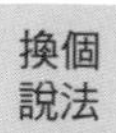

» There is no smoking here!

» Smoking is not allowed here.

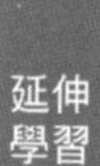

» Drinking is not allowed here. 這裡不能喝酒。

» I can't give you any more drinks. 我不能再幫你倒酒了。

» His petite physique prohibits him from becoming a policeman.
他的個子太小，使他無法成為員警。

You weirdo!

你這個怪胎！

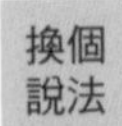

» Stop following me; you weirdo!

» Stay away from me; you weirdo!

» I will never like a goofy guy like you.
我永遠不會喜歡像你這樣怪里怪氣的傢伙。

» We all think your dad is a mutant. 我們都認為你老爸是個怪胎。

» He is a weirdo. 他是個古怪的人。

Sorry, I have my hands full.

抱歉，我手頭工作很忙。

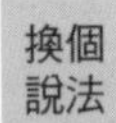

» Sorry, my hands are tight.

» Sorry, but I'm on a tight schedule.

» That politician is full of ambition. 那個政治家野心很大。

» Sorry, I can't help you. 抱歉幫不上忙。

» It's not a good timing. 現在我不方便。

The kitchen has a nasty smell.

廚房有股惡臭。

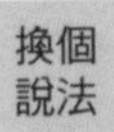

» The kitchen has a foul smell.

» There's disgusting smell coming from the kitchen.

» He has a nasty legal problem. 他正面臨一個棘手的法律問題。

» I don't want to see your nasty cut. 我不想看你那恐怖的傷口。

» Things are looking nasty for me. 事情看來不妙。

「擔心時」這樣說
Oh, bummer!

I'm getting a bit antsy.
我開始有點焦慮。

換個說法
» I began to feel a little anxious.
» I started to be a little agitated.

延伸學習
» You are getting nervous. 你越來越緊張了。
» I am anxious to open my Christmas gifts.
我迫不及待地想打開聖誕禮物。
» She kind of hoped to be invited. 她有點希望被邀請。

I need to talk to you.
我必須找你談一下。

換個說法
» I have to speak to you immediately.
» There is an urgent matter I must discuss with you.

延伸學習
» It is imperative that we come to an agreement on this.
我們在這件事情上達成協定是極為重要的。
» Time is running out, let's do it right off the bat.
時間緊迫，我們馬上動手吧。
» I must post this letter, it's urgent.
我必須寄出這封信，因為很緊急。

Track126

I'm just not as ready as I wish I was.

我還沒有完全準備好。

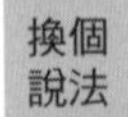

» I am not completely ready.

» I am not fully prepared.

» I was totally unprepared. 我完全沒準備。

» I was not ready for this. 我還沒準備好。

» You have everything you could wish for. 你想要的已經全有了。

I'm stressed.

我壓力好大。

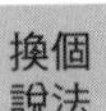

» I have a lot of pressure.

» I was under great stress.

» I'm just so stressed out. 我只是感覺壓力好大。

» I'm worn out. 我快累垮了。

» I must stress that we don't have much time.
我必須強調我們沒有多少時間了。

I'm stuck.

我進退兩難。

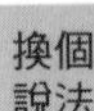

» I am in a dilemma.

» I am in trouble.

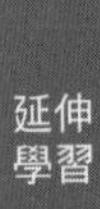

» I was at the end of my rope. 我已經到了我的極限。

» I feel like I'm burning the candle at both ends.
我感到身心疲憊。

» We were stuck with unexpected visitors.
我們被迫接待不速之客。

I'm such a loser.

我真是沒用。

換個說法

» I was born losing.

» I am really useless.

延伸學習

» I am no use. 我一無是處。

» I can do nothing right. 我什麼事都做不好。

» The ladies took only tea and coffee and such drinks.
女士們只喝茶、咖啡以及諸如此類的飲料。

I'm going to kill myself.

我去死算了。

換個說法

» I might as well just die.

» I am going to end my life.

延伸學習

» Even death is better than now. 死了都比現在好。

» Hell sounds like a perfect place to me.
對我來說，地獄聽來是最佳去處。

I'm desperate.

我感到絕望。

換個說法

» I give up all hope.

» I am very devasted.

延伸學習

» I can't see the end of this. 我看不到任何希望。

» I was trapped in the vicious cycle. 我陷入一種惡性循環。

» The man lost in the desert was desperate for water.
在沙漠中迷失方向的人極度渴望得到水。

I feel awful!

我覺得糟透了！

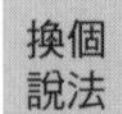

» I feel really bad!

» I thought it was completely horrible!

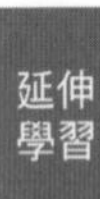

» I feel terrible. 我感到很難過。

» I feel like a joke. 我覺得很糗。

» That's an awful book. 那是一本很糟糕的書。

I have a lot on my plate.

我有很多煩心的事。

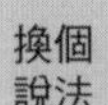

» I have a lot on my mind.

» I have many things to worry about.

» I have a lot to worry about. 很多事情讓我操心。

» I am still figuring something out. 我還在試著想通一些事情。

» I could see a tall figure near the door.
我可以看見門附近有一個高大的身影。

I'm an idiot!

我是個白癡！

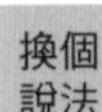

» I am such a retard!

» You stupid idiot!

» I was such a fool. 我是個傻瓜。

» How can I be so stupid? 我怎麼會這麼傻呢？

» Idiot! You've dropped my watch. 傻瓜，你把我的錶弄掉了。

I am so lonely.

我好孤單。

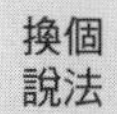

» I felt lost.

» I am quite lonely.

» I feel lonesome. 我感到孤獨。

» Can you stay awhile? 你能陪我一會兒嗎？

» When his wife and two little children left him, he was very lonely.
妻子和兩個孩子離他而去後，他很孤獨。

I don't quite feel like myself here.

我在這兒覺得不自在。

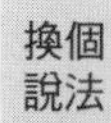

» I feel uneasy here.

» I feel uncomfortable being here.

» I feel like a total stranger here.
我覺得自己跟這裡（環境）格格不入。

» I am feeling really uneasy now. 我現在覺得非常不自在。

Oh, bummer!

喔！完蛋了！

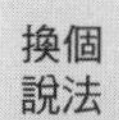

» Oh! It's all over!

» Oh! I am finished!

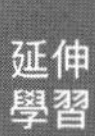

» I am through. 我玩完了。

» I blew it! 我搞砸了！

» The telephone wires were blown down by the rainstorm.
電話線被暴風雨刮落了。

That's kind of sad.

有點令人難過。

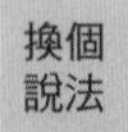

» A little depressing.

» A bit sad.

» We are all very sad by his death. 他的死訊讓我們悲傷不已。

» That's really a sad story. 那是個令人傷心的故事。

» A funeral is a sorrowful occasion. 葬禮是一種令人悲傷的場合。

This is pathetic.

這真是可悲。

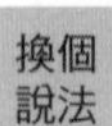

» This is really stupid.

» This really is retarded.

» I am hopeless. 我沒救了。

» I am in deep trouble. 我的麻煩大了。

» The doctor said the old man's condition was hopeless.
醫生說這位老人的病況是沒有希望的了。

「請求時」這樣說

Let's give them a big hand.

Believe me!

相信我！

換個說法
- » Trust me on this one!
- » Trust me!

- » You can count on me! 你可以依靠我！
- » Smith was believed to be an accessory to the murder.
史密斯被認為是該謀殺案的從犯。
- » I believe it to have been a mistake. 我認為那是個誤會。

Don't laugh at me.

不要笑我。

換個說法
- » Don't tease me.
- » Don't make fun of me.

延伸學習
- » I was embarrassed. 我覺得很糗。
- » I felt ashamed by saying this to you.
跟你說這些讓我覺得不好意思。
- » She bravely laughed off her stomachache pain.
她對胃痛勇敢地置之一笑。

Track129

Don't have any unrealistic expectation.

不要有不切實際的期望。

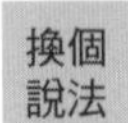

» Don't be impractical.

» Be more realistic.

» Don't attempt the impossible. 不要癡人說夢。

» Don't count on it! 不要抱任何希望！

» According to expectation. 如所預料。

Don't underestimate the situation!

別低估情勢！

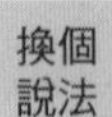

» Do not misjudge the circumstances!

» Do not miscalculate the circumstance!

» Don't overlook any possibilities. 別忽略任何可能性。

» What you don't know might hurt you.
你可能會被你的無知所傷害。

» The house has a fine situation. 這幢房子的地點很好。

Do what I said!

照我說的去做！

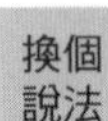

» Just do what I told!

» Just follow it!

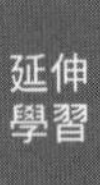

» Do as I said. 照我說的去做。

» You do exactly what I told you. 照我說的絲毫不差地去做。

» The train arrived at exactly 8 o'clock. 火車八點整到達。

Explain it to me.

好好跟我解釋。

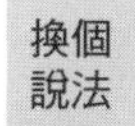

換個說法
» Clarify with me.
» I need a good explanation.

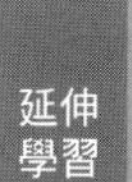

延伸學習
» I need someone to explain it to me. 哪個人跟我解釋一下。
» You owe me an explanation. 你得給我一個解釋。
» Can you explain why you were late?
你能解釋一下你為什麼遲到嗎？

Freeze!

別動！

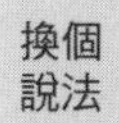

換個說法
» Do not move!
» Stop!

延伸學習
» Don't move! 別動！
» Hands in the air! 雙手舉起來！
» The engine has frozen up. 發動機因凍結而發動不起來。

Let's give them a big hand!

大家給他們鼓掌吧！

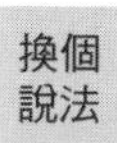

換個說法
» Everybody applauds for them!
» A big hand for them!

延伸學習
» She gave him a pound for his help.
她付給他一英鎊作為幫忙的酬金。
» Let's clap our hands! 大家一起拍手！
» Let's give them a huge round of applause!
大家給他們熱烈的掌聲！

Track130

Make up your mind!

快做決定！

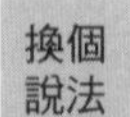

» Make the decision quickly!

» Make a decision soon!

» Milk caps are made of tin foil. 牛奶瓶蓋是用錫箔製成的。

» It's now or never! 機會稍縱即逝！

» You need to make a quick decision. 你要快點下決定。

Please don't do this.

請別這麼做。

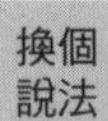

» You really don't want to do that.

» Please think it over before you do it.

» Please do this. 請這麼做。

» Please take care of this for me. 請幫我處理一下這件事。

» Come and stay as long as you please.
來吧！你喜歡住多久就住多久。

Please tell me your reason.

請告訴我理由。

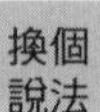

» Please give me a reason.

» I need a reason.

» Tell me why. 告訴我理由。

» I want to know the reason. 我想知道原因。

» His advice makes a lot of sense. 他的忠告極有道理。

Read my lips.

給我聽好。

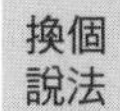

» Listen to me.

» Pay attention.

延伸學習

» I mean it. 我是說真的。

» I spoke my mind. 我所說的都是真心話。

» They are closely related as lips and teeth. 他們唇齒相依。

Stop!

停！

» Cut it out!

» Knock it off!

» The police were called to stop a fight outside the theater.
員警被召去制止劇場外的一場鬥毆。

» They stopped me from going out of the door. 他們阻止我出門。

» The mother tried to stop her young daugher from going out on dates.
母親試圖阻止小女兒外出與男孩子約會。

Think about it.

你想一想吧。

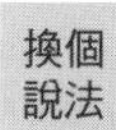

» Why don't you think it over.

» Consider it.

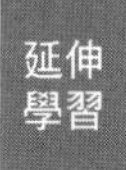

» Don't turn it down right away. 不要馬上拒絕這件事。

» You don't have to give me your answer right now.
你不必現在回答我。

「說明想法時」這樣說
I don't know what I'm doing.

Track131

Absolutely no exception!

絕無例外！

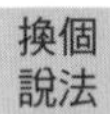

» Certainly without exception!

» Everyone is included. 沒人例外。

» Everyone will be treated with justice.
每個人都將受到公平正義的對待。

» The exception proves the rule. 例外能反證規律。

Don't take this the wrong way.

不要誤會了。

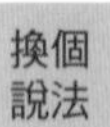

» Do not misunderstand.

» Don't twist my words.

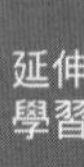

» Don't get me wrong. 不要誤解我。

» Allow me to explain. 讓我解釋。

» No wrong numbers. 無號碼差錯之虞。

Do you wanna know all these about me?

你真的想瞭解我這些嗎？

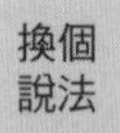

» You really wanna know all these?

» You really want to understand me about these?

» Are you really interested in knowing about me?
你真的有興趣瞭解我嗎？

» Am I bothering you by talking about myself?
我一直談我自己，你會不會覺得煩？

I was stuck in traffic.

我遇上塞車了。

換個說法

» I was caught in a traffic jam.
» We've hit rush hour.

延伸學習

» Had better avoid going out during a peak time.
外出時最好避開車輛行駛的高峰時段。
» The incident stuck in my memory.
那次意外事件清楚地留在我的記憶中。
» He was stuck in the elevator. 他被困在電梯裡了。

I knew it was a long shot, but I had to try it.

我知道機會渺茫，但是我還是得試試看。

換個說法

» I know the chance is uncertain, but I still have to try.
» I know it's a slim chance, but I still have to give it a try.

延伸學習

» I know I have little chance to ask her out.
我知道我約她出來的成功率不大。
» The whole thing only exists in my wildest dream.
這整件事只存在我的幻夢中。

I just might have scared him off.

我可能把他嚇跑了。

換個說法

» I may frighten him away.
» I made him feel uneasy.

延伸學習

» We were so frightened that we quickly ran away.
我們怕得落荒而逃。
» Come on! You can't chicken out now.
拜託，你現在可不能臨陣退縮。

I was dreading it.

我很懼怕。

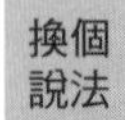

» I was scared to death.

» I was terrified.

» I didn't know you have a dread of snakes.
我之前並不知道你怕蛇。

» I dread to see my ex-boyfriend. 我好怕看到我前男友。

» I dread to visit the dentist. 我害怕去看牙醫。

I don't suppose anybody's interested.

我想大概沒有人會有興趣吧。

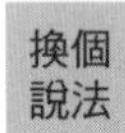

» I don't think anyone is enthusiastic about it.

» No one is interested.

» Supposely, there is a company that wants to sell a new product on breakfast cereal. 假設有個公司想出售一種新的早餐麥片粥。

» Is anyone listening to me? 有人在聽我說嗎？

I don't know how to say it.

我真不知道該怎麼說。

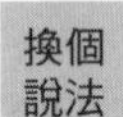

» I don't know where to start.

» I really did not know what to say.

» How about playing a game of chess now? 現在來下盤棋好嗎？

» I don't know how to start it. 我不知該從何開始。

» It's so hard for me to admit I'm wrong. 叫我承認錯誤真的很難。

It doesn't mean anything.

這並不代表什麼。

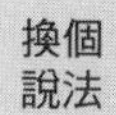

» It means nothing.

» This doesn't represent anything.

» It's meaningless. 這並不代表什麼。

» So what? 那又怎樣？

It stays between us.

只有你知我知。

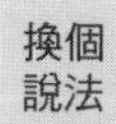

» It's between you and me.

» No one else should know but you and me.

» The doctor told him that he would have to stay in hospital for another two weeks. 醫生告訴他，他還得在醫院住兩個星期。

» My lips are sealed. 我守口如瓶。

» I'm not going to say anything to anybody.
我不會向任何人透露任何事。

I'll try my best.

我將盡力而為。

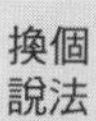

» I will do everything possible.

» I will do my best.

» Try WAKE-UPS, the new, improved breakfast cereal, the cereal that athletes eat!
那就請你試試這種新的經過改良的早餐麥片粥「WAKE-UPS」，這是運動員食用的麥片粥！

» I will do everything in my power to help you.
在能力範圍之內，我將全力幫助你。

» I'll do everything I possibly can. 我將盡我所能。

Track133

I hope so.

但願如此。

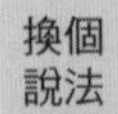

» I wish.

» Let's hope.

» We are sending out samples in hopes of gaining comments.
我們正在寄送樣品，徵求批評意見。

» I certainly hope so. 我當然希望如此。

» I hope not. 希望不要。

I wouldn't give up.

我絕不放棄。

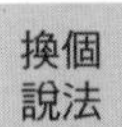

» I wouldn't give up if I were you.

» If I were you, I would never give up.

» I'd think twice, if I were you. 我是你的話，會再考慮考慮。

» I'd say no, if I were you. 如果我是你，我會拒絕。

» The supermarket is giving away a box of sugar per customer who comes today.
超級市場贈送一盒糖給今天來的每位顧客。

I don't get it.

我不懂。

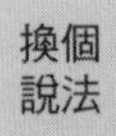

» I do not understand.

» What's your point?

» I don't understand. 我不瞭解。

» What happened? 怎麼回事？

» Did they get any compensation when they were dismissed from their jobs?
他們被解雇時有沒有得到任何賠償？

It's way over my head.

我不懂。

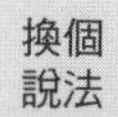

» It's out of my reach.
» It's beyond my ability.

» It's way beyond me. 我無法瞭解。
» It's too deep! 太深奧啦！
» I have read it once. 我曾讀過一遍。

I don't know what I'm doing.

我不知道自己在做什麼。

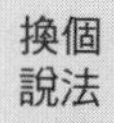

» I can't think of anything.
» I have no idea what to do.

» She knows English and French. 她懂英語和法語。
» I can't think what to do. 我不知道該做什麼。
» I don't have a clue what I am doing. 我不曉得自己在做什麼。

I have no idea.

我完全不知道。

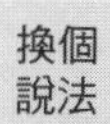

» I'm completely lost.
» I do not know what that means at all.

» I'm not quite sure what you mean here. 我不太確定你的意思。
» It's not clear to me what you mean. 我不太清楚你的意思。
» I've had an idea. We could play soccer!
我有個主意，我們可以踢足球。

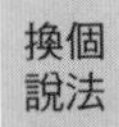

I highly suspect.

我很懷疑。

» I doubt that very much.

» I suspected it very much.

延伸學習

» It is highly important for us to be revolutionary and practical.
對我們來說，把革命氣概和實際精神結合起來是很重要的。

» I really doubt it. 我真的很懷疑。

» I keep wondering why. 我一直在想為什麼。

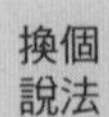

I smell a rat.

我覺得很可疑。

» It's too suspicious.

» I really doubt it.

延伸學習

» It sounds fishy to me. 聽起來很可疑。

» It sounds funny to me. 聽起來有點怪異。

» They were all hungry and the food smelled good.
他們都餓了，因而感到飯菜噴香。

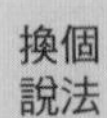

If you ask me...

假如你問我的話……

» If I was to tell you...,

» If you really want my opinion,...

延伸學習

» If you really want to know,... 假如你真的想知道的話，……

» If you are that curious,... 假如你真的那麼好奇的話，……

» Your investigation report seems to have too many ifs.
你的調查報告中似乎有太多假設。

That's not what I mean.

我的意思不是那樣。

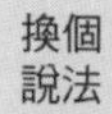

» You misunderstood me.

» I don't mean it that way.

» You seemed to misunderstand me. 你好像誤會我了。

» That's not what I am trying to say. 我想說的不是那樣。

» I mean the red one, not the green one.
我是指那個紅的，不是綠的。

I feel kind of embarrassed.

我現在覺得有些尷尬。

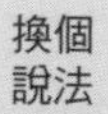

» I felt awkward now that I told you.

» I felt a bit ashamed after I told you.

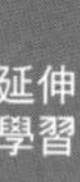

» Being in a group always makes me feel awkward.
在團體中我總是感到不自在。

» Don't ask me to bargain. I feel uncomfortable.
不要叫我殺價，我覺得很彆扭。

» When I began to sing, he laughed and made me embarrassed.
我開始唱歌時，他大笑起來，使我感到很窘。

That's what I was told.

我是這麼被告知的。

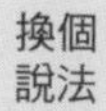

» I was informed this way.

» I was informed such.

延伸學習

» That's the story I've been told. 別人是這麼告訴我的。

» That's the side of story I got. 這是我所得到的資訊。

» The secretary told me that Mr. Harmsworth would see me.
秘書告訴我哈姆斯沃思先生要見我。

Track135

This isn't easy for me.

這對我來說並不容易。

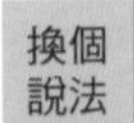

» This is hard to me. 。
» I am having a hard time dealing with it.

» Our monitor is easygoing. 我們的班長平易近人。
» It must be hard for you. 這對你來說一定很困難吧。
» It's not the easiest thing in the world for all of us.
這對大家來說都很不容易。

「給予安慰時」這樣說
Come on, roll with this.

Best of luck to you.

祝你好運。

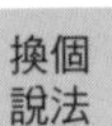

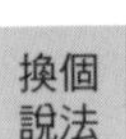

» Wish you good luck.
» Bless you.

» Good luck! 祝好運！
» My best wishes. 祝福你。
» The opera received a good press. 那部歌劇受到了報章的好評。

Come on, roll with this.

加油，再忍一下。

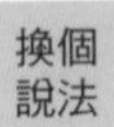

» Come on, just bear with me.
» Hang in there.

延伸學習
- » You can do this. 你可以辦到的。
- » I have faith in you. 我相信你。
- » The ball rolled into the hole. 球滾進了洞裡。

Calm down, you're being hysterical.

冷靜一下，別歇斯底里。

換個說法
- » Chill man! Don't get so upset.
- » Stop freaking out!

延伸學習
- » You need to calm yourself down. 你需要冷靜一下。
- » Take a deep breath. 深呼吸。

Don't worry about it.

別擔心。

換個說法
- » Don't be stressed out about it.
- » Do not worry.

延伸學習
- » We'll get through. 我們會平安度過的。
- » Everything will be just fine. 事情終會解決的。
- » The worry showed on her face. 她的臉上顯出焦慮的神色。

Good hustle, guys!

做得好！

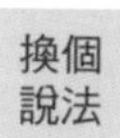

換個說法
- » Well done!
- » Awesome job!

延伸學習
- » Come on, let's hustle! 再努力一下！
- » Go for it! 加油！
- » The mother hustled the children off to school lest they should be late.
  母親催促著孩子們趕快上學去，以免遲到了。

Track136

Hang in there.

堅持下去。

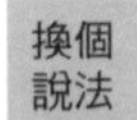

» Don't give up.
» Almost there.

» Hang your hat on the hook. 把帽子掛在衣鉤上。
» Almost there. 快成功了。
» You'll get there. 你會成功的。

Just kick back.

好好放鬆。

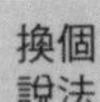

» Loosen up.
» Relax well.

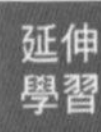

» Finally, I can unwind. 我終於可以放鬆自己了。
» All my stress can be released. 我所有的壓力都可以釋放掉。

Don't get upset.

不要生氣。

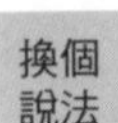

» Don't be mad.
» Do not be angry.

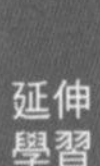

» Take it easy. 放輕鬆一點。
» Loosen up. 不要緊張。
» James was upset because he had lost his ticket.
詹姆斯很煩躁，因為他把車票丟了。

Relax.

安啦！

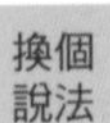

» I will take care of it!
» Don't worry!

延伸學習
- » Take it easy! 放輕鬆點！
- » Loosen up a little! 輕鬆一點！
- » His face relaxed in a smile. 他的表情在微笑中變得輕鬆了。

That's the spirit.

這種精神就對了。

換個說法
- » You are on the right track.
- » Keep up the good spirit.

延伸學習
- » Don't let your spirits droop. 不要萎靡不振。
- » Way to go! 做得好！
- » Keep your chin up! 不要洩氣！

There's nothing to be ashamed of.

沒啥好丟臉的。

換個說法
- » Don't be ashamed of anything.
- » You don't need to feel embarrassed.

延伸學習
- » I'm proud of you. 為你感到驕傲。
- » I am so proud of you. 我很替你感到驕傲。
- » She was ashamed to ask such a simple question.
  她因提出這麼簡單的問題而感到不好意思。

There we go!

這就對啦！

換個說法
- » You got it!
- » This is it!

延伸學習
- » There you go. 這就對啦！
- » That's right. 就是這樣！
- » Get going on the work! 開始工作！

「提出警告時」這樣說

I want you to know.

Track137

Bite your tongue, young fella.

不要口出惡言，年輕人。

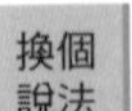

» Don't talk if you have nothing nice to say, young man.

» Don't utter bad language, young man.

» Don't say things like that. 別這麼說。

» If you don't have something nice to say, don't say anything.
如果你說不出好話，就乾脆閉嘴。

» Our tongue helps us to talk and taste things.
我們的舌頭幫助我們說話，也幫助我們嚐東西（的味道）。

Don't bite off more than you can chew.

不要太高估自己。

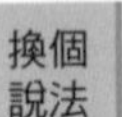

» Do not overestimate yourself too much.

» Don't think too high of yourself.

» He tends to overestimate himself. 他很容易高估自己的能力。

» She always underestimates her enemies. 她老是低估敵人。

Don't say that.

別那麼說。

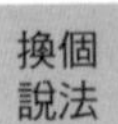

» Stop saying that.

» Don't mention it.

延伸學習

» I am glad you thought it over. 我很高興你想通了。

» Let's put it beyond us. 讓我們盡釋前嫌吧。

» Never say never! 不要氣餒！

He's getting a little impatient.

他開始變得有點不耐煩。

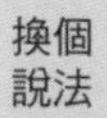

» He begins to become a little impatient.

» He starts to become a little impatient.

延伸學習

» I'm losing my temper. 我快失去耐心了。

» I can't stand it any longer. 我再也無法忍受了。

» They are growing impatient. 他們漸漸不耐煩了。

He seems crabby.

他好像脾氣不好。

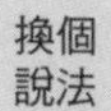

» He looks pissed.

» He doesn't look like he has a good temper.

» She is getting crabbier recently. 她最近脾氣越來越壞了。

» She is very moody now. 她情緒正不穩定。

» Even the bull seemed to feel sorry for the drunk.
連公牛似乎也很為這醉漢感到遺憾。

He hates being confronted.

他很討厭別人質問他。

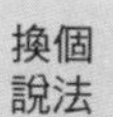

» He doesn't like to be questioned.

» He doesn't like to be interrogated.

延伸學習

» He lost it when someone called him chicken.
有人叫他膽小鬼時，他發飆了。

» I lost control when she called me cheater.
她說我是個騙子時，我就抓狂了。

» I was confronted with many difficulties. 我面臨很多困難。

Here is the catch!

小心陷阱來了！

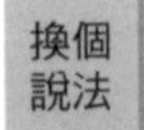

» Don't be tricked!
» Don't fall for the trap!

» Watch out for the catch!　小心其中的陷阱！
» That sounds way too easy.　聽起來容易得令人起疑。
» The catch on that door is broken.　那門上的掛鉤斷了。

I want you to know.

我要讓你知道一件事。

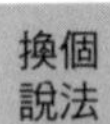

» I must let you know something.
» I need to let you know something.

» I want a bicycle for my birthday.　我生日的時候想要一輛自行車。
» I gotta talk to you.　我必須和你談一談。
» We need to chat.　我們需要談談。

I've got news for you.

我有消息告訴你。

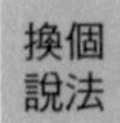

» I have something to tell you.
» Good news! Hear me out.

延伸學習

» These investigations are not done for nothing.
這些調查工作並不是白做的。
» I've got plans!　我有些計畫！
» I've got a terrific idea for you.　我有個絕佳的主意告訴你。

Memo to you…

提醒你…

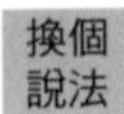

» Remind you...

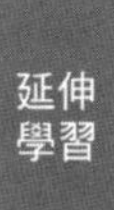

» For your information, I quit!　告訴你，我不幹了！

» F.Y.I. (=For your information.)　讓你知道一下。

» The mayor intended to get to the bottom of the matter.
市長打算將此事尋根究底。

This is not a good sign.

這不是好現象。

換個說法

» It doesn't look good.

» This can't be good.

延伸學習

» Things are not looking up.　事情並不樂觀。

» The situation is getting worse.　情況越來越糟了。

» That's a fine thing to say!　那樣說太好了!

This is getting serious.

事情越來越嚴重了。

換個說法

» This is getting out of hands.

» The whole thing is losing control.

延伸學習

» I am not kidding you.　我不是跟你鬧著玩。

» This is not a joke.　這不是在開玩笑。

That's the bottom line.

這是最後的底限。

換個說法

» That's the deadline.

» It's the final due date.

延伸學習

» There is some deposit at the bottom of the cup.
這個杯子的底部有些沉澱物。

» This is not negotiable.　這沒有商量的餘地。

» Take it or leave it.　要不要隨你。

「感覺抱歉時」這樣說
I beg your forgiveness.

Track139

I beg your forgiveness.

求你原諒我。

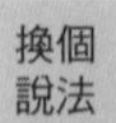

» Please forgive me.
» I am asking you to please forgive me.

» Oh, please forgive me. 噢，請你原諒我。
» Would you forgive me? 原諒我好嗎？
» Your answer seems to beg the real question.
你的回答似乎避開了問題之所在。

I apologize (for it).

我（對此）道歉。

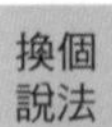

» Please accept my apology.
» I apologize (regarding this).

» Please accept my apology. 請接受我的道歉。
» My apology. 我道歉。
» I apologized to the chairman for being late.
我因遲到向會議主席道歉。

It’s my fault.

我的錯。

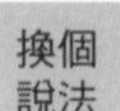

» My mistake.
» It’s my mistake.

延伸學習

» It's all my fault. 都是我的錯。

» I don't have any excuses. 我不找任何藉口。

» That's not his fault. 這不是他的過錯。

I didn't mean it.

我不是故意的。

換個說法

» I didn't intend to do it.

» It was not my intention.

延伸學習

» I didn't do it on purpose. 我不是故意那麼做的。

» I absolutely did not mean to do that. 我絕對不是故意那麼做的。

» I meant to give you this book today, but I forgot.
我本來打算今天給你這本書的，可是我忘了。

I don't blame you for being mad.

我不怪你發怒。

換個說法

» I do not blame you for getting angry.

» I do not blame you to get angry.

延伸學習

» You have every reason to get angry with me.
你絕對有理由對我生氣。

» I'm prepared to take the blame. 我已經準備好扛起責任。

» They blamed the failure on George. 他們把失敗歸咎於喬治。

I feel guilty.

我覺得很有罪惡感。

換個說法

» I couldn't stop blaming myself.

» My guilty conscience is eating me inside.

延伸學習

» I felt guilty about it. 我覺得很內疚。

» I feel responsible for what happened.
我覺得我要對發生的事情負責任。

» The bus driver is responsible for the passengers' safety.
公車司機應對乘客的安全負責。

I'm sorry for being late.

抱歉，我遲到了。

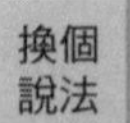

» Sorry I'm late.

» I'm sorry for not being on time.

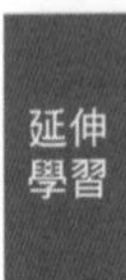

» Sorry, I am late. 抱歉，我遲到了。

» Sorry for the delay. 很抱歉，造成延遲。

» The train accident delayed the letter three days.
這次火車事故使這封信耽擱了三天。

I'm really sorry that I hurt you.

很抱歉我傷害了你。

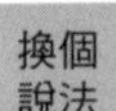

» I apologize for hurting you.

» I'm sorry for hurting you so much.

» Sorry to hurt your feelings. 很抱歉，我讓你難過。

» Please understand it's not personal.
請瞭解，我不是針對你個人。

» Many people were hurt when the bus and the truck collided.
一輛公車和一輛卡車相撞，許多人受了傷。

I regret doing this.

我很後悔做了這件事。

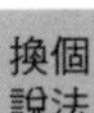

» I regret to have done this matter very much.

» I'm really sorry for what I have done.

» I am regretful for quitting my job. 我很後悔辭了我的工作。

» I am regretful that I didn't study harder.
我很後悔當初沒更用功一點。

» I regret to say I cannot come. 很抱歉，我不能來了。

I dropped the ball.

我剛犯大錯了。

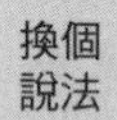

» I have just made a big mistake.
» I've just done somethng really bad.

» I blew it. 我搞砸了。
» I messed it up. 我搞砸了。
» The plate dropped from her hands. 盤子從她手中掉了下來。

It's not what it looks like!

事情不是你看到的那樣！

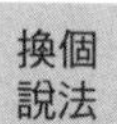

» It's not what you think!
» Don't believe what you see!

» He came to look at the drainage. 他是來檢查排水設備的。
» It looks worse than it actually is. 看起來比實際情形要糟。
» I can explain. 我能解釋。

Please. I'm begging you.

我求求你。

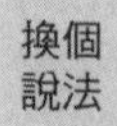

» I am asking you.
» I am pleading with you.

» I won't beg you for anything. 我不會再求你任何事了。
» I beg your pardon? 請再說一次？
» I beg to point out that you are wrong. 恕我指出你錯了。

萬用金句
As far as I was concerned,

Track141

As far as I was concerned,…

就我而言，……

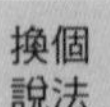

» In my opinion, ...
» From what I know, ...

» The only thing that concerns me is your health.
我只關心你的健康。

» I was most concerned to run a profitable business.
我最關心的是怎麼做賺錢生意。

» Action speaks louder than words. 行動勝於語言。

As a matter of fact, …

事實上，……

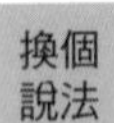

» In fact,...
» Actually,...

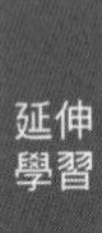

» This is a matter of no account. 這是一件無關緊要的事。

» She doesn't like him much; in fact I think she hates him!
她不太喜歡他；事實上，我認為她恨他！

» I said it was Tuesday, but in fact it was Monday.
我說那天是星期二，實際上是星期一。

And one more thing…

還有一件事……

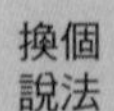

» I'd also like to add…
» By the way…

延伸學習
- I'm still hungry, can I have some more pudding?
  我還覺得餓，我可以再要些布丁嗎？
- We also went to see the movie. 我們也去看了電影。
- He also asked to join the army. 他也要求加入軍隊。

Deal.

一言為定。

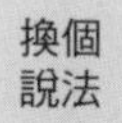

換個說法
- Consider it done.
- It's a deal.

延伸學習
- It's a done deal! 一言為定。
- You got yourself a deal! 你成交一筆生意了！
- How would you deal with an armed burglar?
  遇到持有武器的盜賊，你將如何對付？

Go ahead.

請說。

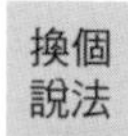

換個說法
- You first.
- I'm listening.

延伸學習
- Spit it out! 說啊！
- Shoot! 說吧！
- The road ahead was full of cattle. 前面的路上擠滿了牛群。

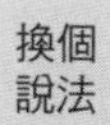

How about some tea?

來點茶好嗎？

換個說法
- Would you like some tea?
- Want some tea?

延伸學習
- How about a little entertainment? 來點娛樂節目怎樣？
- How about him? 他如何呢？
- She had a big piece of chocolate and she gave me some.
  她有一大塊巧克力，她給了我一些。

Track142

It's hard to believe!

真難相信！

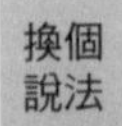

» The disaster is hard to believe!

» Really difficult to believe!

» No way! 不會吧！

» It can't be! 怎麼可能！

» Most people believe that the strike will last for at least a week. 多數人相信，罷工至少會延續一個星期。

It's perfect!

完美極了！

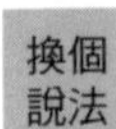

» Absolutely flawless!

» Extremely perfect!

» Excellent job! 做得非常好！

» Bravo! 太好了！

» They worked hard to perfect their dance.
他們賣力地使舞蹈更加完美。

I am speechless.

我簡直說不出話來。

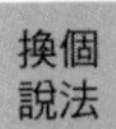

» I couldn't say a word.

» I was too shocked to talk.

» What can I say? 我該説些什麼呢？

» I don't know what to say. 我簡直無言以對。

» Her frown gave him a speechless message.
她的皺眉給了他一個無聲的暗示。

It's a terrible shock!

太令人震驚了！

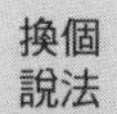

» It's hard to believe!

» It's too shocking!

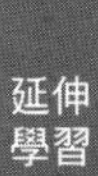

» What a shock!　真是讓人想不到啊！

» Shocking!　太令人震驚了！

» If anyone ever asks her how old she is, she always answers, "My dear, it must be terrible to be a grown up!"
假若有人問她多大年紀，她總是回答：「親愛的，人長大一定是件很可怕的事！」

It blew me away.

真令人吃驚。

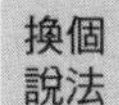

» I'm blown away.

» It's really astonishing.

» The news blows my mind.　我簡直不敢相信。

» It's mind-boggling.　太令人驚奇了。

» The wind has blown my hat off.　風把我的帽子刮走了。

It's marvelous!

真是 我們兩太妙了！

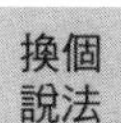

» It's really wonderful!

» It's extraordinary!

» It's fantastic!　真是太好了！

» This is spectacular!　太驚人了！

» He has had the most marvelous experience.
他有過非凡的經歷。

Track143

I promise.

我保證。

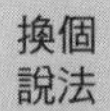

» You have my word.
» I guaranteed.

» I promise to you. 我向你保證。
» I promise I won't tell. 我保證不說出去。
» The news brings little promise of peace. 這消息使和平無望。

I swear on my name.

我以我的名字起誓。

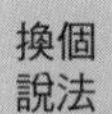

» I swear on my mother's maiden name.
» I swear on my mother's grave.

» I swear to God. 我對天發誓。
» I swear on my own life. 我以自己的性命擔保。
» He was so angry that he swore at her mother.
他氣憤得罵了她媽媽。

I guarantee you.

我向你保證。

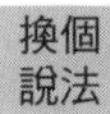

» I guarantee you will take back what you just said.

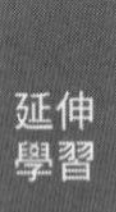

» He had to break his word. 他必須失信了。
» But you gave me your word. 但是你答應過我了。
» Many shopkeepers guarantee customer satisfaction.
許多店主保證會讓顧客滿意。

In other words, …

換句話說，……

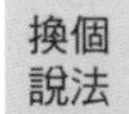

» In another word,...
» Or you could say,...

» Words failed me. 我激動得講不出話來。
» Tell me in your own words. 用你自己的話告訴我。
» The word “home” means the place we live.
「家」這個字的意思是指我們居住的地方。

Just a second.

等一下。

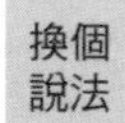

» Wait a minute.
» Just wait.

» It’s just that you should be rewarded for your work.
你因工作而得到報酬是很應當的。
» Hold on just a sec. 等一下。
» It will just take a moment. 再一會兒就好了。

May I kiss the bride?

我能親新娘子嗎？

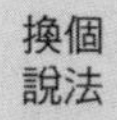

» Can I kiss the newlywed?
» Could I kiss the new bride?

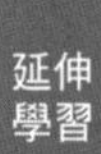

» May I invite you to dance the next song?
我能邀請你跳下一支舞嗎？
» May I have your attention, please? 請注意！
» Please pay more attention. 請對此多加關注。

Track144

So sweet of you.

你真體貼。

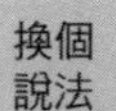

» Oh, you are really sweet.
» Oh, you are really considerate.

» You are so sweet. 你真體貼。
» She is my high school sweetheart. 她是我高中時代的女友。
» He was not so much angry as disappointed.
他的失望甚於惱怒。

Oh, my god!

喔！天啊！

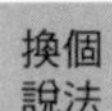

» Oh! Gosh!
» Oh! Dear!

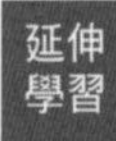

» Oh, boy! 喔！天啊！
» Oh, brother! 喔！天啊！

Picture this.

想像一下。

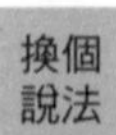

» Just imagine.
» Put yourself in.

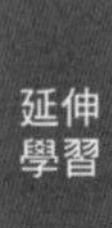

» She pictured herself at school in a foreign country.
她想像自己在國外上學。
» Visualize it. 想像一下。
» Try to be a little creative. 有創造力一點。

There's a conversation starter.

我有個話題。

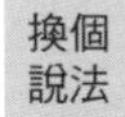

» I have a topic.

» I like to say something to start.

» Well, for starters... 嗯，首先呢……

» To break the ice, here is a joke. 我來說個笑話，打破沉默。

» I had a long conversation with your teacher.
我和你的老師進行了長時間的談話。

Tell me all the juicy stuff.

告訴我所有的八卦。

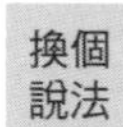

» I want all the gossip.

» I want all the juicy details.

» Tell me more about it. 再多告訴我一些。

» I want to know all the details. 我要知道所有的細節。

» It's a juicy contract. 這是有利可圖的合約。

15 實用諺語
Beauty is in the eye of the beholder.

🎧 Track145

Beauty is in the eye of the beholder.

情人眼裡出西施。

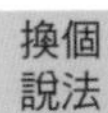

換個說法

» I have my eyes on you and only you.

延伸學習

» I didn't believe in love at first sight until we met.
你是第一個讓我一見鍾情的人。

» I believe that fate has bonded us together.
我相信是命運將我們湊在一塊的。

» There's no place for sentiment in business.
做生意不能感情用事。

Better safe than sorry.

謹慎為上。

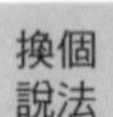

換個說法

» Take precaution.

» Watch your back.

延伸學習

» You can't be too careful. 還是小心點好。

» Think twice. 做事要三思而後行。

» It is good to be safe at home on a night like this.
這樣的一個夜晚在家裡待著是最安全的。

Don't count your chickens.

別打如意算盤。

換個說法

» Do not hit the wishful thinking.

» Do not indulge in wishful thinking.

» You never know. 誰知道會怎樣。
» Don’t throw a party yet. 先別得意得太早。
» Every second counts. 每一秒鐘都很重要。

He’s blowing his own horn again.

他又在自吹自擂了。

換個說法

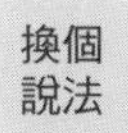

» He is bragging about himself again.
» He is bluffing again.

延伸學習

» He’s just bluffing. 他只是在吹牛。
» Let’s call his bluff. 我們去撕破他的牛皮。
» The wind has blown my hat off. 風把我的帽子刮走了。

I am stuck between a rock and a hard place.

我陷入左右為難之境。

換個說法

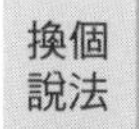

» I am caught in between.
» I am facing a dilemma.

延伸學習

» He’s really between the devil and the deep blue sea.
他真的是進退兩難。
» He is running out of options. 他沒什麼選擇的餘地。
» The bus was stuck in the mud. 公車陷在泥裡動不了。

The best defense is a good offense.

攻擊就是最好的防守。

換個說法

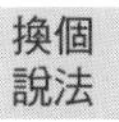

» The defense is the best attack.

延伸學習

» Offense is the best defense, agree?
攻擊是最好的防守，同意嗎？
» Honesty is the best policy, don’t you think so?
誠實方為上策，你不認為嗎？
» I meant no offense. 我沒有冒犯你的意思。

語研力 *E097*

英語自學1本通：單字、慣用語、會話 ALL IN ONE，打造英語力，一本就夠！

作　　者　陳信宇
顧　　問　曾文旭
出版總監　陳逸祺、耿文國
主　　編　陳蕙芳
執行編輯　翁芯琍
美術編輯　李依靜
法律顧問　北辰著作權事務所

印　　製　世和印製企業有限公司
初　　版　2024年07月
出　　版　凱信企業集團 - 凱信企業管理顧問有限公司
電　　話　（02）2773-6566
傳　　真　（02）2778-1033
地　　址　106台北市大安區忠孝東路四段218之4號12樓
信　　箱　kaihsinbooks@gmail.com

定　　價　新台幣380元 / 港幣127元
產品內容　1書

總 經 銷　采舍國際有限公司
地　　址　235新北市中和區中山路二段366巷10號3樓
電　　話　（02）8245-8786
傳　　真　（02）8245-8718

國家圖書館出版品預行編目資料

英語自學1本通：單字、慣用語、會話ALL IN ONE，打造英語力，一本就夠！／陳信宇 著. -- 初版. -- 臺北市：凱信企業集團凱信企業管理顧問有限公司, 2024.07
面；　公分
ISBN 978-626-7354-49-0(平裝)

1.CST: 英語 2.CST: 讀本

805.18　　113005330

凱信企管

用對的方法充實自己，
讓人生變得更美好！

用對的方法充實自己，
讓人生變得更美好！

用對的方法充實自己，
讓人生變得更美好！